亲历

Muriel Derome
Avec la collaboration d'Astrid Éliard

Le courage des lucioles
Ma vie de psychologue auprès des enfants à l'hôpital

萤火虫的勇气
我在儿科重症当心理师

〔法〕穆里叶·德罗马 著
〔法〕阿斯特丽·埃里亚尔 执笔
刘舒怡 译

上海文艺出版社

致我的丈夫

致我的孩子
和他们的孩子

感谢E.S.永恒的支持,
与我同甘共苦。

我沉睡时梦见人生尽是欢愉
我醒来后看到人生无非服侍
我服侍方知服侍即是欢愉

　　　　——拉宾德拉纳特·泰戈尔

目 录

1	尴尬的聚餐	1
2	非洲童年	5
3	真相让人自由	12
4	返回法国	21
5	"她是早熟吗？"	27
6	发现一个不太友好的世界	34
7	"我给予过那么多爱，太美了……我准备好了"	40
8	另一种语言	49
9	脑袋里的橡皮	52
10	"现在你可以去了。我爱你。"	62
11	"遗传病，就是一个麻烦的病……"	71
12	严重还是不严重？	80
13	全部捐献	88
14	多事之夜	112
15	"太冷了，因为很热……"	116
16	试图在今日解决明日的不幸，只会全盘皆输	133

17	顺其自然地生活	142
18	错愕	145
19	为人父母	166
20	夫妻矛盾	174
21	阿莱克西斯的敌意	181
22	知情权	190
23	我实在没这个心情!	206
24	面向大海	215
25	摆脱难过和焦虑	220
26	一段插曲	235
27	哨兵	242
28	我受够了	251
29	生命力的奇特之途	257
30	连环悲剧	265
31	医疗事故?	268
32	我变成恶魔了吗?	274
33	现代社会的寓言	286
34	直面未来	290
35	宣誓	300
36	选择人生	303

| 后记 | | 315 |
| 致谢 | | 319 |

1   尴尬的聚餐

不知为什么,在某些聚餐开始前,我有时会感到不自在,仿佛我必须要扮演一个角色……

我还记得在巴黎的一次聚会,事后回想起来令人发笑。那是九月初的时候,我因为医院里各种紧急情况忙得不可开交,夏日长假对我而言仿佛已经过去了很久。我一开始没怎么注意其他人在聊什么,满脑子还想着刚才科室里的事。不过,还是有些片段钻入我的耳鼓。

"你们在科西嘉去了哪里?"爱丽丝突然迫不及待好奇地问道。

"韦基奥港。"

"不会吧?我们也是!简直不可思议,你们什么时候去的?等等,我给你们看照片吧?"

她丈夫赶忙打断她:

"亲爱的,拜托,别强迫朋友们看这个啦!"

"怎么了?"

"你自己知道,你老是裸着胸,因为状态很放松……呃,我是想说你已经不年轻啦。哎,最好别……"

这时,我才从自己的思绪里脱离出来,问我身旁的客人:

"你们有孩子吗？"

"有，四个，三岁和六岁。"

"什么？"

"是的，我们有两对双胞胎。"

"哦。这是你们的最后一对吗？"我也不太清楚自己为什么这样问。

"对。"她丈夫抢先答道。

"哎，我可不敢打包票。一想到冷柜里全都预备着，还挺想去试试的。"

"我们不是说好了……"

"对不起，但是你知道，现在我有了你的精子，已经不需要你啦。说实话，我还没决定要怎么做……"

我和弗朗索瓦——我丈夫——交换了一下眼神，仿佛都在想"我们在这儿是干嘛呢"。我第二天还要早起去医院给患者做咨询，于是后悔为什么没清清静静地在家待一晚，却要来这里赴宴。多亏有人对一幅画发表了几句评论，这才填补了无话可谈的空白。我们就势入座，表现出十分自在的样子。

幸好，有个话题让晚餐的气氛重新活跃了起来。座中有好几个搞金融的。证券交易所的新闻成功使人忘记了女主人的胸，以及彼此之间不知轻重的评论——直到博努瓦抛出这个话头，就像往汤里摆了一粒老鼠屎："你呢，穆里叶，你多幸运啊，不用忍受这些股票带来的该死的压力。你不知道那是什么，对吧？"向我提问的这个人脸上挂着一丝高傲的微笑。不知为何，这微笑狠狠刺痛了我。我反击道：

"是啊，当然啦，股市的涨跌……我完全没概念。我嘛，我只是陪着那些一心扑在孩子身上的父母，他们的孩子或者生了重病，或者有残疾。他们整天提心吊胆，不知道孩子能不能活过第二天、活过未来三个月或者五年。今天我和一个小姑娘在一起，她快不行了。可能熬不过今夜，谁知道呢？"

气氛彻底凝固了。只听得见我拿勺子用力切开巧克力挞的声音。我短短的几句话让正准备品尝甜点的宾客们瞬间没了胃口。女主人只得故作轻松，打破冰封一般的沉寂："有人想要咖啡吗？"

聚会艰难地延续到午夜，离开时，所有人都感到了某种解脱。

回到车里，在漆黑夜色的保护下，我问正在系安全带的弗朗索瓦：

"我又没珍惜让自己闭嘴的机会吗？"

"没有，你做得很好。我经常觉得你把一切都夸大其辞，但刚才，说真的，他们不应该那样和你说话！"

"谢谢。"

"的确，我有时会想，如果你能放轻松一些，我们也许能有一个更美妙的夜晚。但是，算啦，别担心，这又不严重，他们会想通的。"

就这样，连续好几年，我的一个弟弟，每回见到我，他都会——甚至在和我行贴面礼之前——让我保证对医院里的事**一字不提**。人们经常埋怨我破坏气氛，因为我会讲那些身患重病的孩子和悲惨家庭的故事。可它们就是我生活的一部分啊！我花了很长时间才明白，不是所有人都愿意聆听我的日常经历，对于许多人来说，这是一种考验。医院令人害怕。

总是有人提醒我："你不怕自己精神失常吗？你不觉得应该停止这个工作吗？所有这一切会不会太沉重了？"这还不算精神崩溃、疾病、癌症和意外事故——人们认为我如果不立即换一份职业，这些问题迟早都会找上门来。但这些不吉利的预言是爱的证明……我的家人和朋友一度十分担心我的健康，这既让我感动，又曾使我陷入深深的自我怀疑。

就这样，我搞砸过一些社交活动、家庭聚会或朋友聚餐，因为我太需要把孩子们面对的苦痛传递出去，但更主要的是传递他们展现出的生命之力，以便可以继续品味。我曾经很想把自己与某些人群隔绝开来。我对一些人没有好脸色，因为当时我很难与那些只关注鸡毛蒜皮而与幸福擦肩而过的人产生共情。现在我并不轻易相信表象。最痛苦的并不总是我们以为的那些人。不可见的痛苦往往最是沉重。

当年，重症科室里还没有心理学家的位置，所以多年间，我陪伴的都是住院儿童。他们教会了我一切。他们用一种与成年人截然不同的方式经受磨难。我欣赏他们那种令人难以置信的活在当下的方式，不让一时的疼痛或痛苦给一整天都蒙上阴影。这些孩子和他们的家人，还有悉心工作的、勇敢又可爱的医护人员，永远都能给我带来新的教益……这样说或许显得奇怪，但医院里的的确确会发生无与伦比的事。当苦难到达顶峰，正是友情、亲情、爱与生命展现其力量之时。不过，要想体会这些，首先要能倾听许多人听不进去的东西。

2　非洲童年

人们有时会问我，怎么选择了重症科这样的地方。是出于对重病或者死亡的兴趣，还是因为从孩提时代起，就被医疗领域所吸引？说实话，这更多是机遇所至罢了。

一天，一名心理学系的学生给我打电话，想来实习。我不知她是怎么想的，或许是为了得到实习机会所以编造了一个动机，竟然对我说："死亡令我着迷！我对死人比对活人更感兴趣。"这让我错愕不已。我回答她：

"但在这里，我们和活人打交道。活人才是我们的重点。"

她究竟是怎么想象这份职业的？她认为我是某种专门研究死亡的心理学家吗？在这个科室，我们时不时就与死亡相遇，我们学会了如何靠近它，但我还从没见过哪个医生或护士能完全从容地面对死亡。死亡不会随着工作经验的增长而变得"有趣"甚至"令人着迷"。有件事是可以肯定的，那就是我从未感到它有任何迷人之处。

少年时期，我曾经怀疑自己是否冥冥之中注定要过上以马内利修女或者特蕾莎修女那样的人生。我想象自己一身白衣，为他人无私奉献，有时从冥想中获得力量，永远给予而不会枯竭。

我如今的生活与儿时的想象并没有很大区别。我穿着白大褂，在一所由旧修道院改建成的医院工作，建筑四周绿荫环绕。这里有一些沉默不语的患者——他们并非主动选择生活在寂静之中，而是失去了讲话的能力。

回顾自己的职业历程，我一直认真对待出现在我生命中的每个人，我希望自己对他人和身边的人有用。前不久，我找到了童年时代的日记。其中一本里有一张时间表，让我觉得尤其有趣。我当时十二岁，在上学、娱乐和用餐时间之余，我给自己规定："下午四点到五点：留给他人的时间。"我想为他人服务，为亲近的人，也为那些成长环境不如我的人——为他们提供帮助，或者仅仅是一点有限的关怀。

我们家里头是六个兄弟姐妹。我们的父亲是外交官，负责法国和派驻国之间的文化交流。他从来不把家安在法国人聚集的区域，所以我们很小就领略到各种各样的文化差异。我们跟着他每四年换一个国家：法国，刚果，马达加斯加，回到法国，后来又去埃及。

童年时代，我们造过小木屋，编过故事。然而现实世界远非如此美好：我们在客居过的所有国家都经历过政变或暴动。我七岁时，刚果总统在布拉柴维尔遇刺。[1] 我们住得离总统府不远，听到了枪声。但我并未真正意识到在离家不远的地方发生了什么。当时，我们的父母去了沿海一带，被困在黑角[2]，所有航班和通信都中断了。当局实施了宵禁，我们必须待在家里。在我记

---

[1] 1977年3月18日，刚果人民共和国（后改回原名刚果共和国）总统马里安·恩古瓦比在布拉柴维尔总统府内遇刺身亡。（本书注释如无特殊说明均为译注。）
[2] 刚果共和国第二大城市，是该国重要出海口。

忆中，这几天就像放大假一样，因为我们会从花园篱笆上的一个洞钻去邻居家，那是我们唯一被允许去的地方。我还在那边交了个小男友……那对我来说真是幸福的回忆！

随后，我们在马达加斯加生活了四年。有我姐姐维罗妮卡编故事，我们幸运地度过了一段无忧无虑的时光：我们玩坐飞机，布娃娃充当我们的"子女"；我们时而扮演船上的见习水手，时而扮演罗马人，又或者寄宿学校——"落枕学园"——里的孤儿。本地邻居家的十个孩子有时会加入进来，大家玩上一下午。

在马达加斯加，由于连续的食品短缺，我们遇上了食品限量供应的日子。我一度有些嫉妒我的邻居，他每个圣诞节都能收到一盒雀巢速溶可可和一罐栗子酱！所幸，我和我的妹妹马蒂尔德——我们俩是一间房的"亲密战友"——每年都能从法国带回六条玛氏巧克力棒（每人三条）。每当我测验拿了满分或者一个不错的分数，我就奖励自己一小口。时间一久，这些巧克力都变了色，甚至口味也大不如前，但仍然会勾起我们对法国的念想，仿佛回到了那里。真正回到法国后我才发现，正常的玛氏巧克力棒并不是白色的，除非开封太久或者已经过了保质期！而且我震惊地看到有些人三两口就吞下一条，连味道都不带尝的。

我十二岁那年夏天，我们全家回到法国。在那个时期的所有照片里，都能看出我有多么闷闷不乐，多么孤僻，多么不自在。我从天涯海角来到这里，不适应法国的生活和同龄人的习惯。我的衣着一看就土里土气。别人全穿着喇叭裤和运动鞋，而我却是连衣裙和绳底帆布鞋。我不晓得任何能让我"跟上时代"的东西，甚至不知道Prince、大卫·鲍伊和迈克尔·杰克逊这些当红歌星的名字！另外还有一件折磨我的事：人们对待移民的方式和个别人对外国人的蔑视令我感到羞耻。

我们住国外那会儿，我在街上见过睡在纸箱里的孩子，在马达加斯加依然有人得鼠疫。

法国也有阴暗的角落。当然，比起马达加斯加来，当时这里的问题不那么严重，没有非洲那样明显，但仍是现实，在我看来人们关注不够。我受不了人们竟然如此缺少团结互助精神，甚至基本礼仪。我还记得，当时七岁的弟弟从学校回来抱怨："这个国家是怎么回事，人们听不见小孩向他们问好吗？"

在非洲的时候，人们一提起法国，言必称美食的国度、法式优雅，还有生活艺术和礼仪教养。我也曾是这样想象法国的，直到来到巴黎一个还算平静的郊区生活。"如果这就是法国人——人人为己，以貌取人，粗暴地对待外国人……那我宁愿脱离这个社会！"我在心里暗想。话虽如此，我还是坚持自己的信念。我记得自己在家里的院子里组织过一次慈善义卖，用来帮助马达加斯加的儿童。

相反，学习方面，我差点就辍学回家。由于患有阅读障碍，我的学习状况很不理想。我从来不觉得自己聪明，而我所有兄弟姐妹学习都很好，并且在为更光明的前途做准备。餐桌上，爸爸妈妈总会把我们往一些有意思的话题带，但我生怕说出什么蠢话，宁可不开口。

我的成绩加重了这种态度。初中二年级时，课程委员会用了很长时间讨论我的情况。老师们最终断定，我适合走职业培训道路。我妈妈是家长代表，老师们的评价——"她太笨了"——令她绝望。这时，我大哥，以他十五岁的良知问她："你怎么看，妈妈？你觉得她笨吗？"

"当然不！"

"那你为什么不相信她能行呢？"

母亲去找了校长，为我争取到重修初二的机会。但是，直到初中四年级[1]，我的成绩仍旧不达标。校方再次建议我选择学习年限较短、能快速就业的升学方向。幸好，爸爸向学校解释说，由于我们要迁往开罗，他不能把我一个人留在法国。反正老师们以后也不会再听到我的名字，所以还不如干脆让我通过……

因此，对我来说，迁往埃及是一次十分重要的转折。在开往亚历山大港的轮船上——那时我十六岁，金发碧眼——我的感觉就像是所有青春痘都瞬间消失不见了。甚至有个埃及人向我求婚！离开法国使我安心，让我可以用另一种眼光看待自己。我渐渐摆脱"闷闷不乐的牢骚鬼"身份，决定微笑面对生活。

这次远行令我绽放。我得以按部就班地升学，重新找回自信。在开罗的生活教会了我某种人际交往的方式，使我相信只要敢于逆流而上，事情就总有解决的办法。这种笃定的态度源于埃及人闲聊的方式，也源于我父母的鼓励——我父亲派我去和出租车司机砍价、在市场上和商贩交谈，而我那永远完美、优雅的母亲反复告诉我："出丑死不了人。"

我们住在市中心的解放广场附近，是那片街区仅有的几个法国人。肉店老板很快就注意到我们这几个"巴黎客户"。我们生活的环境喧嚣热闹，永远有地方在施工。近三十年后的今天，这种埃及式的生活艺术让我每天都保持着乐观。

---

[1] 法国的初中阶段共四年。

然而，我的学校焦虑症还是没有解决。老师和分数令我害怕。我还记得进开罗法国高中后的第一份法语家庭作业就让我压力山大。最终，将近午夜时分，爸爸看我可怜，替我完成了作文。这次作业我惊人地得了16分（总分为20分），红色的数字清清楚楚地写在卷面上。真是神奇，似乎人们一用看待好学生的目光看待我，我就能真正成为好学生。我各科的平均分从此开始提高。

为了让我在开罗考取驾照，爸爸让穆斯塔法教我开车。穆斯塔法用一种极不寻常的教学法帮我尽快掌握要领。他带我到墓园，留我一个人在车上，自己去找朋友喝咖啡。所以，我最初尝试开车是在一座比巴黎蒙帕纳斯公墓还大很多的墓园里。起初一切顺利，直到我发现自己开进了一条死路，而当时我还没学会倒车。我正在思考要怎么出去，突然听到身后一阵响动，我立刻起了一身鸡皮疙瘩，不敢回头看。我只瞥到一个男人从一座专为死者而建的纪念建筑里出来。我迅速掩藏起自己的惊讶，用我有限的阿拉伯语问他能不能帮我把车开出来。我把钥匙给他，心里嘀咕着是否还能见到这辆车。不料他很绅士地就帮我把车倒了出来，然后又回到了"他的"墓里。后来我发现，由于开罗住房紧张，活人只好和死者当邻居。这样的人成千上万，他们只求一个容身之所，即使这意味着和已经入土的人住在一个屋檐下。他们打理这些坟墓、开挖新墓，或者卖花给前来扫墓的人——按照当地传统，他们一般周五来。另一些住在墓碑中间的人则制作铜器和地毯，然后拿到开罗著名的旅游集市汗·哈里里市场出售。

在妈妈的安排下，我还见到了以马内利修女。她当时六十六岁，和开罗最最贫穷、靠分拣垃圾为生的拾荒者住在一起。如此深入的参与对于当时的我来说是难以理解的，同时也令我惊异。她是那么地活泼、快乐，永远忠实于自己的内心。以马内利修女说话总是直来直去，无论是在贫民窟，还是在大使馆的招待会上。

我有幸见过她，亲眼看到她和孩子们玩耍、嬉笑，仿佛他们就是她自己家的孩子。他们为她注入无穷的生命之乐——抑或相反？有一点可以肯定：这些贫穷的孩子把握快乐的能力简直不可思议。他们在垃圾堆里绽放的笑容深深印刻在我的心中，那是幸福与物质基础无关的明证。多年之后，我在医院里又看到了这同一种快乐，星星点点，在病痛之中熠熠生辉。这些时刻向我证明疾病与幸福时光并不相斥。

我努力记住这些贫民区孩子教会我的事——经营快乐。以马内利修女做得那么好。每次在衣柜前犹豫不决的时候，我常常会想起她，她曾对我说："你知道吗，当修女之前我很爱打扮。我花很多时间思考穿什么衣服，做哪种发型，揣摩人们会怎么看我。我的修女服解决了这些问题。它把我从外表的控制中解放了出来。"衣着优雅、把衬衫和毛衣搭配好，这很重要吗？反正披上白大褂，谁也不会来评论我里面穿的什么。因此我很少在意这些，抓到哪件衣服就穿哪件，这样我就能每天都节省一点精力和时间，把它们用在更实在的地方。

3   真相让人自由

第一次踏入儿科重症病房我还不到三十岁。面对把小马克桑斯送进医院的那场悲剧，我感到自己极度缺乏经验，手足无措。医护团队召唤我，说有一起极度惨烈的事件，而我只能记住一些碎片：车祸，两人当场死亡，一人幸存。

马克桑斯的妈妈应该和我差不多年纪，我们的孩子也年龄相仿。这个四岁的孩子陷入了深度昏迷。我看着一大群白大褂围着他忙忙碌碌，感到有些心虚。他们明白自己该做什么。而我却全无方向。我在这里干什么？我被重症病房的场景吓到了：各种信号声、仪器、管子、注射装置，不能讲话的孩子，还有心急如焚、哀痛过度，已经无法清楚表述的家长。看着在马克桑斯身边来回奔忙的护士、护工和医生，我真的很想问："你们是怎么做的？你们对家属如此关心，同时又能高效地救治病人，究竟有什么诀窍？你们是怎么做到继续工作而不被击垮，下了班又能重新过回自己的日子的？帮帮我！"

我的头脑一片茫然，不知所措。但我仍然尽量控制情绪，假装自己能提供某种帮助。这真是一场疯狂的豪赌！当时在法国，人们并不认为心理干预能在重症科派上用场，从未有女性心理学家被派到那里，我如今的岗位还不存在。一名在医院工作了二十年的同事反复劝我:"这简直就是胡闹!你去重症想干嘛?那里只关心身体,没心理什么事!你真的觉得你在那里会有用?难道就等着你一个人去救那个小男孩?"

我妈妈一直说,只要有人给我把路堵上,我就会突然产生向前冲的欲望。她说"不可能"这个词是我移山倒海的动力。于是便有了如下场景:我穿过一条条走廊,手插在白大褂口袋里,双拳紧握,上错电梯和楼梯,像个游客一样问路:"请问儿科重症是从这边走吗?"

我的同事说得对。当我走进监护室的时候,没人在等我。大家都很忙,动作很快,精神集中:护士在准备药品,一滴一滴地数;一位医生在检查仪器,眼睛盯着监护仪。我的脑海里浮现出一位老师对我们的告诫:"心理学家只有在他人有需求的时候才能开始工作",我暗想,今天这需求来自谁呢。所有人都忙得脚不沾地,无暇顾及我的存在。而马克桑斯的妈妈,她晕头转向,甚至完全懵了,不可能提出任何"需求"。她面色苍白,重重的黑眼圈,目光涣散。我看着这样一副面孔,感觉自己要面对的是一项不可能完成的任务。短短几米将我和她隔开,我寻思着如何接近她,端详她,接触她。我的喉咙发紧。"我也有可能是这个女人,这个崩溃的母亲。"我自忖,"是什么导致现在在那里的是她而不是我?偶然。纯粹的偶然!"

我觉得自己无法直视这个女人的眼睛而不流泪,我怕她的不幸会传染给我。于是我稍稍挪开视线,盯着她的耳朵。借着这个一直沿用至今的技巧,我向她介绍自己,与她交谈,发声清晰、平稳。

"您跟马克桑斯说话了吗?"

"嗯,说了。但发生的事情,我一个字也没告诉他。"

"什么意思?"

"医生叫我不要跟他提车祸。事情太大……呃……他已经重度昏迷了,不能再去折磨他……"

这个女人才刚刚葬下她的丈夫和长子。在她的小马克桑斯身边时,她就尽力用日常的语气和最平静的神情——其实是努力挤出的笑容——和他说天气晴雨,说窗外的小鸟,还有他们很快就能一起吃的巧克力蛋糕。医疗团队建议她不要透露关于事故的任何信息。科室全体一致认为,一个避而不谈的谎言总要好过残酷的现实。向一个陷入重度昏迷的孩子宣告他父亲和哥哥的死亡,在他们看来过于残忍。无论如何办不到,这超出了他们的承受能力,超出了马克桑斯妈妈的承受能力。

回到家,我躺下准备入睡,但白天医院里的场景不断在我的记忆中闪回。突然,灵光乍现一般,一句话占据了我的脑海:"真理必叫你们得以自由。"[1] 没错!谎言不是解决问题的方案,它只会是陷阱……第二天,我就试着向马克桑斯的妈妈传递这一点。

"我一直在想您和您的儿子。我想,也许他需要听您讲讲车祸的事呢?"我小心翼翼地问。

随之而来的是漫长的沉默。这时间长到我开始后悔,想要收回刚才的话。法朗斯太太轻咬着嘴唇。我知道她在想什么:一旦说了,就不仅是"讲讲"车祸,而是向马克桑斯宣告他的父亲和哥哥已经死去。然而,目前,这还不可能。她下不了这个决心,

---

1 出自《约翰福音》。

这样的"真相"她说不出口，太冒险了。巨大的打击难道不会夺去孩子的生命吗？

整整一周，我都在反复思索我鼓起勇气对这位母亲说的话。我怨恨自己。然而，似乎任何方法都不能让马克桑斯醒来。于是他的妈妈又找到我，说她已经决定告诉孩子真相。但她同时又踌躇不定。我试着收敛起自己的迟疑，尽量安抚她："您比任何人都了解马克桑斯。您一直都知道怎么和他说话，您会找到方式方法。这次也一样，您可以做到。"

法朗斯太太一方面想把事情做好，一方面又有点担心。

"我和他说话的时候，您可以陪着我吗？"她问我，"这样，如果我的声音停下来，您可以接着说。"

"我会在的，我会陪着您。但是您要告诉我，您打算怎么向他说这件事。"

她思考了很久才开口，近乎啜嘴："他要知道，如果他回来和我一起生活——我多么希望是这样——我永远也没办法把他亲爱的爸爸和哥哥还给他。"

她掂量着每个字的分量，谨慎地选择用词。但她不知道的是，这样的努力就是在给她做宣告消息前的心理准备。我看出她打起了精神，鼓足勇气，然而一个念头又让她动摇了："要是他选择和他们在一起呢？"

一想到这里，她的泪水就夺眶而出。她难以自持，但她也认为——我能感觉到——无论如何，马克桑斯都需要我们告诉他他当时经历了什么。

我想把手放在她的肩上。但是，我没敢这样做——暂时还不敢。大学里五年多的专业训练让我循规蹈矩。我仿佛还能听到一个老师在我耳边重复:"心理学家永远不能和患者有身体接触,永远!"

和马克桑斯的妈妈谈完,我去通知医护团队,试着用最坚定的方式告诉他们即将发生的事。他们全都愣住了。

"你会要了他的命的!"一个护士对我说。

"你会想活着吗,如果别人告诉你这样的事?"另一个护工补充道。

"可以肯定的是,如果所有人都对我撒谎,我是不会想活着的。也许他亲眼见到他爸爸和哥哥死去呢?可能他已经知道了,不能忍受我们向他隐瞒真相。我真的相信一切都会顺利的。"我用坚定的语调回答。

谨慎起见,我还是补充了一句:"但还是请你们做好干预的准备。看好监护仪……如果有必要,尽一切可能抢救。"

他们觉得我极度草率还是非常自信?他们看不到我两条腿软得像棉花一样,也不知道我几乎迈不动步子。幸好,我内心有一个微小的声音在给我鼓劲:"你会成功的!"这让我多少平静了下来。当然,我和我陪伴的这位妈妈一样害怕,但我确信她做出了正确的选择,我全力支持她。我感觉我的镇静也感染了她。

我跟着她来到马克桑斯的病房。她走近他,握住他的手开始和他说话。她的声音温柔,有些颤抖,同时又很平静。她以前从来没发出过这样的声音:"我亲爱的小男孩,请你原谅妈妈。"

她是多么担心接下来会发生的事。但我能感觉到,在恐惧之余,她很想说话,想最终把真相说出来。

"我有一件特别重要的事还没告诉你。我白天和夜里都在想它。你肯定已经感觉到了，我有你在身边是多么幸福，但同时，我又十分担心，因为你总是醒不过来。另外，你可能也知道了，我的心里有很深的痛苦。最近发生了一些事，很严重的事。所以我到现在都还没有勇气对你说。爸爸和哥哥……爸爸和哥哥……你可能记得，你当时和他们在车里，就在……就在车子掉进水里的时候。你，你被及时救上来了，但他们……你的爸爸和哥哥……他们在车祸中去世了。这意味着，我们再也见不到他们了。现在，我怕我连你也会失去，我好怕……"

泪水顺着她的脸颊淌下来，她用衬衫的袖子拭去，接着说："你可以选择回来和我生活在一起，尽管我们的世界里将不再有他们。你知道吗，那样我会多么高兴啊！我是多么爱你！我只有你了。你是我全部的幸福。"

我站在她身后，准备在她无话可说时接替她说下去。但她一直坚持到了最后。随后，沉默的空气在病房里弥漫开来，饱含着期待和希望。

不可思议的事情发生了。就在这个时候，马克桑斯微微张开了眼睛。起初只是一点点，仿佛他的眼皮过于沉重。他似乎没看到我们，又闭上了眼。几分钟之后，他的眼睛又睁得更大了些，看上去更清醒了。他仔细地看着他妈妈，嘴边突然浮出微笑。如果不是亲身经历，我恐怕永远不会相信这个故事。它让我终生难忘。这个重度昏迷多日的小男孩被他妈妈真诚、平静的声音唤醒了。他的妈妈继续哭着，但这不再是痛苦和心急如焚的泪水，而是洋溢着欢欣。为了让他们享受这个亲密的时刻，我悄悄退出了房间。马克桑斯和他妈妈不再需要我了，而这正是我能给他们的所有祝福。

在医疗团队的治疗和照料下，马克桑斯的身体日渐康复。我经常去看他。有一次，他给我讲了他所经历的那次车祸。其实，他全都记得。他记得父亲当时突然身体不适，失去了对方向盘的控制，记得车体紧接着便剧烈转向，也记得他们坠入罗讷河的瞬间。他告诉我，他亲眼目睹父亲和哥哥溺水身亡："你知道吗，我们的车子'扑通'一下就掉进了水里。水先淹到了爸爸，然后马上就淹到了我们。我解开了安全带，拿着娃娃到了后面可以呼吸的地方——我不知道为什么，也许你知道，反正后备厢里还有一点点空气。我以为我哥哥也会来。我不停地喊他，但是……他没来……"马克桑斯逃到车尾，一直等到急救人员把他救起，而他的哥哥却没能幸免。他因为没能救出哥哥而感到万般自责，不明白急救人员为什么没有先救哥哥。我向他解释说，急救人员永远都是先救最有可能生还的人，在看到他哥哥时，他们一定知道为时已晚了。

连续六个月，我每周都去看望马克桑斯，帮助他把那一天改变了他人生的经历用语言表达出来。通过画画、做游戏、捏橡皮泥，他后来能借助图像来讲述这场可怕的悲剧了。如今，他的身体已从车祸里完全恢复，然而可以想见的是，丧亲之痛还会时常折磨着他。

马克桑斯在重度昏迷几周后的神奇苏醒并非奇迹，但也绝非纯粹的巧合。在我陪伴重症儿童的职业生涯里，这是一个重要篇章：它坚定了我的信心，让我确信心理疗愈在救治身体的过程中是必不可少的；它也帮我在医疗团队中挣得了一席之地。这太难了！因为不管马克桑斯的案例有多少启发意义，相对于这所医学堡垒里延续了几个世纪的理论、实践、惯例和偏见，它基本无足轻重。

在这个儿科病房，患者并非总能走向康复。有时他们要在这里待上很久：几年，整个童年，甚至一生——有些孩子不等走出这里，生命就提前结束了。我们收治的都是在事故或疾病中遭遇严重创伤的孩子。他们有的有残疾，有的身患重病——遗传疾病、神经肌病、癌症。这些病痛或是从他们出生之时就有，或是在某一天猝不及防地或者慢慢地缠上他们。在这里，紧急才是日常状态，大家无时无刻不在和死神搏斗。多数医护人员竭尽全力，想尽办法缓解孩子们的痛苦，把他们从每一场危机中抢救回来。我对他们的昂扬斗志和身上散发出的人性光辉始终敬佩有加。

起初，有些医生在走廊里遇见我会挑挑眉毛。我的作用在他们看来简直微不足道。他们要处理紧急情况，身负重任，还要操作那些维系孩子生命的复杂仪器——他们对这些仪器驾轻就熟。"你逗四肢麻痹的孩子玩，给他们唱那种小木偶唱的儿歌吗？不是开玩笑吧！然后他们就能两条腿站起来走路了？真的管用吗？等等，你这些东西很有意思呀！"

我的一些心理学家同行则对我选择在重症科工作表示不屑，不明白我是如何与医护团队相处的。

很显然，在最绝望的病例中，心理陪伴不会带来奇迹。但它至少能帮助患者消化创伤，或者减轻创伤对未来的影响，即便在所有人都觉得无力回天之时，就像马克桑斯和他妈妈所经历的那样。我知道亲人的离世给他们内心蒙上了难以磨灭的阴影，但他们仍然决定生活值得好好过下去。有一次,马克桑斯的妈妈在见面时对我说:"从前我一直确信,一场巨大的不幸会降临到我身上。现在好了,我终于可以让自己好好享受生活了。"这本身难道不正是一场美丽的奇迹吗?

4 返回法国

十八岁的时候,我离开开罗,离开父母、妹妹和弟弟,回到巴黎求学。那段时间我深感孤独。其实我住在学生公寓,但周末大家各自回家,一切就都安静、沉寂下来。周日我出门买面包,就为了听听别人跟我说话,对我说"你好"。

我在开罗那么活泼开朗——因为我会说一点阿拉伯语,这个客居之地的所有大门都很容易向我敞开——但在巴黎,我一片茫然,交不到朋友,因为不知道怎么去和别人打交道。

与日后的丈夫相遇使我放下了对巴黎人的成见。他帮我树立了自信,让我相信自己的智识能力,让我这个漂泊者、这个有阅读障碍的差生完全放下了包袱。我第一次见到他是那年去斯特拉斯堡听教宗若望·保禄二世为年轻人讲道的时候。没聊几句我就问他是做什么的,他回答说他在ISEP[1]。我假装知道他说的地方,随后又加了一句:

"那你以前做什么?"

"鼹鼠。"

"哦……"

---

[1] 巴黎高等电子学院。

我丝毫不想让自己看起来像个白痴，于是就没有继续问下去。回到巴黎，我打电话给姐姐，问她这是什么意思：

"'鼹鼠'这个词，有什么含义吗？"

"鼹鼠？你是说那种动物？"

"对。没有其他意思了？"

"有，也指间谍。"

这个可能性在我看来太离谱了，但听到学生公寓里一个女孩传话"弗朗索瓦从意大利给你打电话了"，我还是立刻就开始了天马行空的想象："鼹鼠"、意大利、秘密旅行……我遇到了一个间谍！太刺激了！其实，他既不是间谍，和意大利也没有什么关系。我后来才明白，工程师学校预科班的学生自称"鼹鼠"，因为他们每天埋头学习，从来不出门。我也知道了他的名字——弗朗索瓦·德罗马（而不是"打自罗马"[1]！）。这个笑话我一直用到今天，当我向患者家属自我介绍，我会说："我是穆里叶·德罗马，就是意大利首都罗马的罗马。"

和弗朗索瓦结婚，意味着成为一个残疾人家庭的一员。我想，残疾的问题之所以成为我思考、研究的主题以及在医院的工作重心，其实绝非偶然。弗朗索瓦在他的兄弟之中比较特殊：他身体很好，很"正常"……但正是这一点让他显得"不正常"。他的两个兄弟都有听力障碍，还有一个在出生时没有横膈膜，只活了几个小时就夭折了。我们订婚的时候，我妈妈想到在他家庭里笼罩着的这片"阴影"，很是担心。我们想在清楚了解未来风险的情况下结婚，于是就去做了基因检测。结果并未告诉我们太

---

[1] 法语中Derome（德罗马）和de Rome（自罗马）发音相同，所以之前传话的女生误以为弗朗索瓦是从意大利打来的电话。

多信息，也没有改变我要和他结婚的愿望。

从一开始，我就问到一些弗朗索瓦从未和他父母谈起过的事情。我未来的公婆接受了我，回答了我所有的问题："埃里克夭折的时候发生了什么？当你们知道奥利弗和达米安有残疾时，是如何面对的？"谈论这些问题对我来说十分必要。我需要明白我要面对的世界是怎样的。

我的职业生涯是从一个附属于法国国家科研中心的儿童发展心理实验室开始的。我加入了佩肖女士（Marie-Germaine Pêcheux）的团队。她为人和善，在教会我掌握方法、用严谨的工作态度要求我、使我成长的同时，总是用非常亲切和鼓励的目光看顾我。那时，我带着一个小摄像机，去一些志愿者家里观察婴儿的行为，评估他们对母亲的关注程度。"像往常一样就好"是我进门后对父母们说的第一件事，为了让他们放松下来。"OK。"有一次一个年轻妈妈这样回答，说完就让我跟她到浴室去。她把孩子放在婴儿澡盆里，自己脱掉全部衣服，躺进浴缸，给孩子喂奶。面对这个的的确确"像往常一样"的妈妈，我既窘迫又感激。后来，我还会想到她，于是自己也在浴缸里给孩子喂奶。我极度享受这些亲密时刻，但永远不会是在一个摄像机镜头前！

科研工作令我着迷。整个团队都对我十分亲切和耐心。但是，五年下来，我感觉生活总归缺少点什么。我觉得自己远离了开罗的贫民窟，远离了那些被主流社会排斥、处境艰难的人们……我想要贡献自己的价值，想关照他人。躲在一个镜头背后观察生活，这对我来说还不够。

就在这时,我有幸进入一所医疗心理教育中心工作,整整一年,跟随精神分析师克洛德·阿尔莫(Claude Halmos)[1]锻炼临床触觉,她是弗朗索瓦丝·多尔多(Françoise Dolto)[2]的学生。阿尔莫医生的信任让我敢于尝试很多不同的方法。我得以教会一些有严重心理问题或残疾——三体综合征、儿童精神病等——的孩子认识时间,并从中体会到巨大的快乐。

这两种角度为我转向心理治疗、从事现在的职业打下了基础。在法国国家科研中心工作几年后,我进入残疾和适应不良研究技术中心(CTNERHI)担任研究员,与妮可·布歇(Nicole Bouché)和塞尔吉·勒波维奇(Serge Lebovici)[3]共事。我挎着摄像机,挺着日渐滚圆的孕肚,拜访那些有残疾儿童的家庭——这些家庭不能不令我想起我丈夫一家。我研究的课题是儿童肌病对未患病的兄弟姐妹的影响。我向这些孩子询问他们在家里和学校的情况,询问他们无疑被患病的兄弟或姐妹形塑了的日常生活。

几乎每一次,家长们在接待我的时候都表示,自己的孩子基本不说话或者很少说话:"他特别害羞","他说不出什么来"。这样的态度我后来遇到过无数次。孩子们总是说自己过得很好,即使真实情况并非如此。这样一来,他们就能很快中止谈话,通过隐瞒痛苦的、令他们悲伤或不幸的事来保护亲人。我知道不能被这一行为欺骗。我尝试把话语权交给孩子,不满足于他们一开始的回答——"还好!"或者"没有,不算很难",帮助他们避

---

[1] 法国当代著名精神分析学家,儿童及虐待问题专家。
[2] 1908—1988,法国著名儿科医生、精神分析学家,法国儿童精神分析先驱。
[3] 1915—2000,法国医生,精神分析学家。

免保护本能的陷阱。即使接下来会听到十分沉重的内容。

我为残疾和适应不良研究技术中心做的这些访谈极富教益。我有时也会被深深触动。我还记得我遇到的一个六岁的小姑娘。她和患病的弟弟同住一个房间。随着谈话的进行，我才知道，每天夜里，只要她的弟弟呼吸困难，她都会醒来。

"你为什么会这样做？"

"呃……只要他躺平，就没法好好呼吸，有可能窒息，我得让他侧着身子睡。"

"这挺难的吧？"

"没有，还好……"

"为什么不是你妈妈来？"

"因为我妈妈……她……她太累了。"

她说话的方式仿佛是在告诉我，她小小的肩膀上负担着弟弟的生死，这是明摆着的事。她仔细思考了一下，认为有件事让夜晚变得"困难"：

"如果我的娃娃丢了，我会很难过，这是真的。但有它在的时候，它会给我起床的力量，让我照顾我弟弟。"

渐渐地，我学会了让孩子们倾诉，让他们表达自己的恐惧和痛苦……我发现，他们的话确实很少，直到确认自己可以和盘托出，不用顾忌谈话者的反应。我会对他们说："我在这里，就是听你说令你感觉困难或者沉重的事情。"或者问他们："如果你遇到一个小朋友，他的弟弟得了病，你会给他什么建议？"这样，他们就会一直说上几个小时。这些访谈往往是沉痛的，可能对当时还在我肚子里的阿莉泽也是一样，她会时不时地踹上几下……有一次，她正铆足了劲儿踢我，我当时访谈的小姑娘说了一段话，让我心乱如麻：

"课堂上，有时我没法听讲。我试着集中注意力，但是我做不到，因为……我心里能听见我妹妹快要死掉的那种'嘀……嗒……嘀……嗒……'的声音……"

阿莉泽突然停下了。我瞬间感觉到一阵筋疲力尽，仿佛全身的力气都被抽光了。

"你想休息一下吗？我感觉你有点累了。"我对小姑娘说。

其实，是我自己需要休息！我无论如何都得恢复一下，吃点东西。我对面的孩子神色从容，脸颊红润，目光平静，炯炯有神。显然，能这样倾吐让她感觉很好！

尽管对于我这个当时要做母亲的人来说，这些访谈有时是一种煎熬，但也让我更加自如了，因为它们有一种疗愈作用。一起研究这些录像的时候，我的同事惊叹："真不可思议！这些孩子怎么这么能说！他们对你怎么能说这么多！"

我找到了自己的使命。

5 "她是早熟吗？"

我是从1990年代开始经常出入医院的。起初，我每月只去几个小时，为一个研究项目做心理测试（智力和人格评估）。那时还没有神经心理学家，我被当作"心理测试专家"。随着时间的推移，医生们越来越需要我在这方面的专业能力。于是，工作时间从几小时扩展为半职。渐渐地，我减少门诊咨询，开始主要关注住院儿童，先是在日间病房，而后是小儿神经科，最后到重症监护室和重症康复科。

最初几年，我需要熟悉医院这个崭新的环境。我经常在走廊和各幢大楼之间迷路，记不住医生、护士和护工的名字。

我和两个心理学家同事共用一个办公室，分享同一张办公桌，每人有固定的使用时段，接待有预约的家庭。但有些事情我必须独自学会：适应在医院的生活，克服这个地方带来的恐惧感，找到我的位子、我的节奏。这一切，独自完成。

回想起最初的阶段，我觉得自己当时像被卷进了旋涡里。那时，阿莉泽还没上小学，西普里安只有六个月。我是一个儿女双全的幸福妈妈……但不堪重负，精疲力竭！白天往往十分漫长。我在医院做半职，还在一所幼儿园做半职，观察孩子和负责照料孩子的工作人员的日常行为。他们和孩子之间的关系潜移默化地启发了我这个见习妈妈。

夜晚却十分短暂。连续三年，我的睡眠时断时续，因为西普里安每夜都要把我吵醒六到八次。每次我都试着把他放进摇篮，但他有胃食管反流的毛病，平躺令他十分难受。我精疲力竭，被睡眠不足和日常生活的压力累得不堪重负。早晨去上班时，家里都是乱糟糟的。脏衣服摞成一堆，孩子的玩具摊了一地，冰箱永远都在等着被塞满，而我烦躁地发现自己的衣服上还有污迹。西普里安经常把喝下的奶吐在我肩膀上！"哎，没事！只不过有些脏衣服，家里有点乱，外加宝宝的呕吐物而已。"我这样对自己说，试着给自己打气。

在医院，去心理学家办公室有两条通道：要么穿过日间病房的大厅，要么走后面的一个小门。不用说，开始的时候我喜欢走后面，可以避开日间病房的患者。疾病缠身或者在事故中重伤的孩子的眼神实在沉重得令人难以承受。我见不得那些瘫痪或者做了气管切开的孩子，见不得他们扭曲变形、痛苦的身体。有时，我在办公室都能听到他们的哀怨，要么是因为等待护理，要么是坐着难受而躺着舒服些，抑或是相反。呻吟和啜泣穿过办公室薄薄的板壁钻进我的耳朵，令我心碎。但我不能介入，因为他们不在我的负责范围内。幸好，我也能听到他们的笑声和令我动容的对话，听到医护团队通常极其体贴地照料他们。

起初，我安安静静待在办公室里，只负责评估罹患神经肌病儿童的智力水平。我给他们做测试，永远是同样的问题："一年的四个季节分别是哪些？""四乘二等于几？"等等，久之令我厌烦。

我每次写报告时都觉得不太自在。我有种招摇撞骗的感觉。我没办法把事情放在它的情境中去想，告诉自己，评估他们的是一个精确的、标准化的工具，并不是我，而是不停地扪心自问："我自己在学校落后了那么多年，有什么资格评估这些孩子的智力呢？"此外，测试里某些常被心理学家用来评估儿童智力和行为方式的问题，在我看来完全不适用于我在医院接待的这些孩子，非常不妥当。当我必须问那些身体瘫痪、穿着背架、被绑带固定在轮椅上的孩子"你在汽车里系安全带吗？"的时候，我整个人都会有一种强烈的不适。

除了给这些重度躯体障碍的儿童做测试，我也接待一些身手灵活、不佩戴任何医疗器具的孩子，他们能游泳、攀墙、爬树，但是有睡眠问题，或者在学校里遇到困难。随着工作的推进，某些病症成了我的专长——癫痫、失眠、言语障碍等，开始接待一些由主治医生或学校校长介绍过来的家庭。他们来见我是因为孩子身上"有点儿问题"。

就这样，我遇到了苔斯的父母。她的父亲长得人高马大，看起来十分自信。她母亲则身材苗条、举止文雅。在这对仪表堂堂的夫妻面前，我暗自庆幸白大褂遮住了我右边肩膀上已经干掉的奶渍！但是，透过这种自信，我能察觉到他们的焦虑。他们七岁女儿脸上的微笑和他们担忧的神情形成鲜明反差。苔斯的父母一坐下，还没等我问起求诊原因，就向我解释了他们的"诊断"："您看，我们女儿跟别的孩子不太一样。她对上学没什么兴趣，她很敏感……我们觉得她是早熟。我们看过一个电视节目，上面总结了几个早熟的特征：难以融入周围的人、兴趣和其他孩子不一样、观察能力强……我们觉得苔斯符合这些特征。我们很期待从您这得到确认。"

和往常一样，在开始正式的评估之前，我询问苔斯的成长过程，她的家庭背景，以及一家人的生活习惯："苔斯有时会帮忙做饭或者摆餐具吗？她能自己系鞋带吗？她知道学校和面包店怎么走吗？"苔斯和她父亲沉默不语。她的母亲回答了我所有的问题："苔斯不知道学校在哪儿，因为她去学校时不太注意记路。她不记得做蛋糕时要放鸡蛋，因为她会走神。她比较懒，不愿意辨识任何单词，即使是她名字的第一个字母。"

我记录着她的回答，脑子里同时冒出一个想法：苔斯也许不是早熟，而很有可能是受先天缺陷的影响，亟待评估。在整个谈话和随后的测试过程中，我记录所有可能反驳或证实我第一印象的迹象。在整理了所有结果并且做出深入分析之后，结论已经再清楚不过：苔斯有智力障碍。

我要怎么把这个结果告诉她的父母？我打量着笔记本里的这两页纸，重新审读她母亲给我提供的所有细节信息。这些细节可以帮我用尽可能委婉的方式传达一个生硬的诊断结果。打定主意，我对他们说："您二位观察得很对，苔斯没法在时间和空间里自我定位。这不是因为她懒，而是因为她**不能**。"

这时，苔斯问妈妈能不能把她的毛绒玩具给她。她的母亲立刻从包里掏出玩具，眼睛仍旧盯着我。那目光仿佛是在问："怎么可能？她怎么会**不能**？"比喻往往比理论更有效，于是我解释道："生活就像玩扑克牌，有人一手好牌却打得很糟，另一些人一手烂牌，但尽全力打好每一张，精彩迭出。"

我知道，许多家长对孩子要么要求极为苛刻，要么几乎放任不管，二者都会打击孩子的自信心。要求过高，孩子会被压垮；

要求过低，他们又会给孩子传递一种负面的自我评价。苔斯的父母坐在那里，心灰意冷、不知所措，他们本来以为自己的女儿比别的孩子更聪明，而我想让他们知道，她有很多长处，应对此加以鼓励。

"二位注意过她微笑的时候吗？有没有发现她和人交流非常自然？她向所有人问好，和别人交谈……"

她的父母听不进我的话。他们被吓傻了，思绪回到二十分钟之前，那时这个噩耗还没降临，他们还抱有幻想。几秒钟过去了——这几秒钟漫长得仿佛没有尽头——她的父亲终于鼓足勇气问："她还能认字吗？"

"根据测试结果，她很可能不具备这个能力。"

苔斯重读了幼儿园的最后一年，仍然没达到上小学的水平。她在一边给娃娃重新穿上裙子、粘上搭扣，而她的父母已被悲伤击倒。但我也从他们的眼神中发现了一种新的感受。他们似乎感到了解脱。他们终于可以不再责备他们以为"懒惰"的女儿，不再让她感觉自己是犯了错。他们也不会再认为，苔斯没能像其他同龄孩子一样成长是他们的问题。我觉得，这个发现帮他们卸下了心理上的重负。

每当有医生来我的办公室，愁眉苦脸地告诉我他们必须要向病患家属公布一个坏消息时，我就会想起苔斯和她的父母。我也曾经历这种状态，必须宣布一个无法扭转的事实，打破一个家庭的幻想。我理解医生们的感受，试着成为他们和孩子与家长之间最好的中介。

掩盖真相和坏消息的企图其实是一个陷阱。最初一个阶段在门诊部门的接诊经验让我很快明白了这一点。我惊讶于孩子周边的人竟会如此不遗余力地向他们隐藏真相。他们似乎不明白，孩子需要了解**与他有关**的真相，即使他还不会说话或者还是个婴儿。谎言往往适得其反，它会使孩子陷入深深的不解和孤独之中。事实上，他们完全能解读我们的肢体语言，感觉到人们在欺骗他。于是他不敢再相信大人。我亲历的许多故事都证实了这一点。

有一次，一对母女找我咨询，想解决一个谜题。这个叫伊奈斯的十二岁女孩成绩很不理想。没有任何预兆地一落千丈。在此之前，伊奈斯在学校里很用功，活泼开朗，有一群好朋友。后来，突然有一天，情况急转直下：在十八个月的时间里，她的成绩变得非常糟糕，班主任说她不愿意集中精力，拒绝学习。是什么使她走向失败的道路呢？

我听了伊奈斯和她母亲的讲述，随后让这个女孩做了测试，评估她的智力。结果一切正常。她的发育状况符合她年龄的正常水平，家庭似乎也比较和睦。我试图寻找一些迹象和征兆来理解她的问题，但一无所获。

就在她们走出我办公室的时候，谜底终于揭晓了。明显的真相往往就在急急匆匆就着门缝丢下的几句话里。正当我目送伊奈斯离开，她母亲转回身，显得很无所谓的样子，小声告诉我："其实，我没跟您说，因为这件事和我们咨询的问题无关，但是……呃……"她偏过头去，确认她女儿已经在走廊中走远，听不到她要说的话……"我得了癌症。"

我错愕不已。

"十八个月之前？"

"对，差不多是那个时候，我一年半以前曾经住过院。"

"刚好相反，您说的这件事十分要紧。是因为这个您才没有去看她的年末演出？您并没有像您女儿以为的那样去度假，而是住院了，所以没办法去看？"

"是的。我想保护她，不让她知道这些。我不想让她为我担心。"

这位女士对她女儿三缄其口，然而她的秘密却不知怎的就暴露了。伊奈斯明白，有些东西她不应该知道。为了避免知道她母亲不想让她知道的事，她索性放弃了所有学习。她仿佛下意识地对自己说："既然不能弄明白我自己的人生，了解与我息息相关的事情的始末，我就干脆对所有知识都不感兴趣好了。"那一天，我明白了，孩子们往往能破解隐言，他们理解——或者说能感知到——事情的发生。所以，向他们隐瞒或远或近与他们有关的真相是徒劳的。

6 发现一个不太友好的世界

我逐渐适应了我的工作环境。现在我可以穿过日间病房走向我的办公室了。我不再害怕和孩子们打招呼,或者和他们进行简短的交谈。面对患病的、经受过创伤的身体,我们都会有些恐惧。这些身体有些骇人,这很正常。但这种不适感在和这些孩子聊天或者建立联系后就会自动消失。慢慢地,轮椅、导管、背架、仪器的"哔哔"声、呼吸机,这些都成了我生活中的一部分。

我想,对某些细节大而化之的能力帮了我的忙,但这种疏忽大意有时也会使我犯错!我还记得我的第一场儿童心理学研讨会。当时,我负责分发会议日程。我试图照顾到每一个人,因此当我发现一位女士还没有拿到日程时就很大声地对她说:"哎,您这儿还缺了点什么!"所有人立刻愤怒地看向我。我非常不解,直到突然发现她只有一条胳膊。我的脸涨得通红,赶忙纠正:"呃,我是说……您还没有会议日程!"

我在开罗就有过类似的经历。那是一次为时几天的活动,去一个麻风病村粉刷房子。接待我们的女士没有手指、耳朵和鼻子。一看到她,我就本能地后退了一步。我被吓得不能动弹,甚至几近窒息。"现在怎么办?"我心里斗争着,"是继续干下去,还是马上掉头就跑,也别管涂料了?"她开口讲话,问我们的名字。她的声音中听得出笑意,于是我的心里便不再抗拒。其实这位女士和其他人一样,也会说话、唱歌、开怀大笑。她甚至还有一点别人没有的长处:她让我们意识到,我们有健全的双手和手指,有怡人的外表,是多么幸运的一件事!活动结束时,我已经不再惊讶于我们的女主人用她的残肢拿起粉刷的滚筒了。

看到残缺的身体引发的精神冲击在医院里十分常见。每个医护人员都有克服它的独门"诀窍"。有一天,我听到我的一名新来的实习生对另一名结束实习的学生说:"你知道吗,我看着这些完全瘫痪的孩子,特别想对他们说:'你们呀,还是自杀拉倒!你们明明知道,没有其他办法的'。"

"对,我刚来的时候,也有类似的想法。但是,慢慢来,学着了解他们,你的看法就会改变……我曾经觉得我永远也无法正视他们。但其实……你就想象自己参加一个派对,遇到一个人,他全身都是文身——真的到处都是。而且,他的嘴、额头、舌头和牙龈上全戴着钉。你怎么办?"

"呃……"

"你会躲着他,因为你有点怕他。在嘴巴里打钉穿孔,你觉得有点恶心、嫌憎,是不是?"

"我不知道,也许吧……"

"直到你发现他叫诺兰、约瑟夫或者尼古拉,他和你的朋友上过同一所大学,他和你喜欢同一种运动或者音乐。反正,这是一个正常人。和病人相处也是一样道理。他们让你感觉害怕,是因为他们对你而言是陌生的。只要你学着去了解他们,所有其他的一切——各种机器、设备和畸形的身体都不会再让你感到震惊。"

在医院里，所有医护都要经历这个过程，才能逐步适应患者的形体。这条路并不总是那么容易，其中可能有很多绊脚石。我还记得一位护工，她每天早上要帮助一位临终阶段的少年擦洗身体，这对她来说简直是一种折磨。她不敢看他："我可以给他洗澡、擦身子，这些还行；但别要求我看他或者跟他说话。我做不到！"她的儿子和这个少年差不多大，所以她没法不在这位年轻患者和她自己的孩子之间发现相似之处。她尽量少和他说话，以免产生情感联系，在他死去的那一天太过痛苦。她并不知道，其实应该反过来思考；情感联系越紧密——也就是说，保持恰当的亲近感——从中抽离反而越容易，因为我们会觉得自己很好地完成了陪伴的任务。

科琳娜是一位出色的护工。最初开始在医院工作的时候，她就自有一套战胜恐惧的技巧。她对自己说："你是护工，不能搞歧视，不能丢下其他病人只照顾'漂亮'的那几个。来吧，加油！"如今，科琳娜是那些工作时双腿发软的新护工的重要支柱。她不把患者当病人，而是首先当成人，当成需要她努力为其缓解生活之苦的孩子们。她经常给他们按摩、放音乐，把他们从轮椅里抱起来，抱在怀里，然后和他们跳舞。"他们在心里、在灵魂深处就是普通的孩子，即便有时我们无法和他们交谈，但是还有其他沟通方式，比如爱抚、眼神、气氛……"她常常这样说。

我并非一直有科琳娜那样的力量。我第一次见到瘦骨嶙峋的卡米耶时，感觉像是见到了一名集中营幸存者。她患有多种畸形综合征，尤其严重的是脊柱侧凸。一开始，我根本无法承受她的目光。她"丑陋"的身体令我难以接受。我不知道该如何应对，不知道手和脚该往哪放，更不知道该怎么和她说话……她的衣着更令我无所适从：她穿着细吊带上衣，佝偻的肩膀完整地露出来。"如果换作是我，我一定得把自己藏到被子下面才行！"我心说。而她却毫不在意。她是对的，因为当时是夏天，她的病房里有三十度。

我试着压抑自己的反感。产生这种情绪令我感到羞耻。我应该接受卡米耶，向她伸出我的双手。我在这儿不就是陪伴她的吗？如果我连看她都不敢，又如何让她意识到自己内心的美好、她的力量，她心灵深处独一无二的价值呢？因为是卡米耶先看出了我的不自在，并让我放松下来："慢慢来，你会习惯的。一开始有点吓人，但你能做到的。对了，我叫卡米耶，你呢？"

"你好，我叫穆里叶。我能拿一把椅子坐在你旁边吗？"

我知道了她今年二十岁，在大学里读社会学，是求生的一搏把她带到了这里，这所医院。她要接受一台风险极高的手术。她知道自己是冒着生命危险，但并不畏惧死亡——为了继续坐在轮椅上生活，承受这种风险是她必须付出的代价。

随着时间的推移，见到卡米耶的第一印象——这具只穿了一件吊带衫的令人不适的身体——变成了与现实毫无关联的抽象存在：这个女孩简直光彩照人！科室里所有人都有同样感受。我发现，她的病房里永远都有人，他们时不时爆发出一阵笑声。护士们休息时都爱去她那里，随便聊上五分钟。

虽然外表令人生畏，但卡米耶有一种能让他人感到舒适的天赋。她很快乐，积极向上。她会称赞蔬菜泥"美味"，汤"温度恰到好处"，在吞下不知道第几种苦药之后说："啊！这种还不算特别难吃嘛，真好！"最惊人的是她自如地面对自己残缺之躯的态度，这种态度鼓舞我们每个人接纳自我、展现自己真实的一面。渐渐地，每个人都来卡米耶这儿汲取能量。她成了科室里的阳光。人们就差排队去找她聊自己的周末、求教人生经验了。

"嘿，你假期过得怎么样？"她问。

"唔……我又跟老婆吵架了。"一位体疗师答道。

"你不爱她了？"

"当然爱呀！"

"你得告诉她！但是你不能像往常一样说，知道吗？你给她写一封真正的信，或者在浴室的镜子上写几个字。"

她躺在床上给别人提出建议，赞赏或鼓励他们。疾病没有夺去她的幽默感，也没有让她失去关心他人的能力。这几乎是一种第六感。她一看到我满脸倦容地进来，就问我："你呀，一夜没睡吧？你儿子没睡着？"

"他夜里醒了五次。"

"有进步呀！比那天少了一次呢。"

我从来没从这个角度想过问题。但是，啊，她说得多么有道理！和她聊天后，我觉得自己更有活力、更清醒、更振作了。

我就是在这时开始明白，我们这些医护人员也应该学会接纳患者。我们只有接受他们的表现，才能使他们保持良好的自我评价。

有一天，一名住院医急匆匆来到我的办公室，瞪大眼睛一脸严肃地问我，四肢瘫痪的人是不是会"读心术"。"我不觉得。"我有点好笑地回答他。他刚从一名四肢瘫痪患者的病房出来。他在调整血压计袖带的时候,患者对他说了一句让他卸下心防的话:"哎哟,我感觉你累了。你待会儿再给我测血压,先去休息一会儿吧。"他为此深深动容。

到头来,往往是那些身体残疾最严重的人给我们带来了不可思议的教益:做一个更真实的人,接受自我,接纳自己的弱点……

7 "我给予过那么多爱，太美了……我准备好了"

经常有一些家长，在得知自己的孩子即将不久于人世之后，惊恐地抓着我的袖子对我说："千万千万不要告诉他他就要死了。"我是从丽兹的父母口中第一次听到类似的话的。那时，这个十七岁的姑娘在小儿神经科住院治疗。

四年来，由于疾病肿瘤在她全身扩散，丽兹的每个白天都在医院度过。大家都认识她、喜欢她，昵称她"丽丽"。但是，由于一个新的肿瘤出现在脑干部位，她现在不得不二十四小时都住在医院里了。她浑身颤抖得厉害，失去了行走和书写的能力。由于她必须在医疗设备的辅助下呼吸，因此需要做气管切开。最后，她也无法吞咽任何东西，只能靠一条导管进食，还有一个小小的机器替她吸走唾液。她身处抑郁的深渊，令医护人员不知如何是好。一名护士和一名护工接连发现她试图自杀。第一次，她坐在轮椅上，准备冲下台阶，被她们紧紧抱住；后来，她又试着用厕纸盒上的金属锯齿割手腕，也恰巧被她们发现。正是她们发出了警报："必须帮帮她！"

她们惊慌失措地找到我，寻求我的帮助。然而即便是医生都对此束手无策。肿瘤在丽丽的身体里扩散。而我呢，如果无法帮她走出绝望，又能如何安抚她？

我们的多学科团队后来花了将近十年的时间思考相关问题，不单单思考我们能"做"什么，还着眼于我们的"处事方式"——我们依旧会隔三岔五地遇到这个问题。现在，我们知道美好的目光、体贴的动作、温柔的声音和简短友好的交谈能带来非常多的益处。

在我刚开始工作的那几年，医生几乎不太关心临终阶段的患者。他们认为这些患者已经"没有希望"了。他们担心消耗过多精力，或者让自己陷入迷茫无助的境地。对于这种态度，他们给出的解释是：要把精力用在还有抢救希望的人身上。

在医疗和辅助医疗团队"巡房"查看每个孩子的情况时，我无可奈何地观察到，他们会忽略其中一些孩子，因为在他们眼中，这些孩子已经没救了，而且也没有任何新情况可以告诉孩子的父母。在对抗死亡的最后关头，他们认为能做的只有等待。他们不会想到走进那些病房，问问患者的近况，问他们这一夜过得如何，父母好不好……那时，我还不知道如何面对一个即将离世的患者。是一些护士和护工慢慢教会我如何与他们说话，目视他们，抚摸他们。

丽丽就成了人们想要避开的病患之一，这让她感到极度痛苦。从别人的目光中，更准确地说，从他们躲避她的动作里，她明白了自己流着口水、戴着那个小小的吸唾器的样子多么令人嫌恶。

我没有一上来就和丽丽谈这些，而是先在游戏室里和她"寒暄"，聊她生命中重要的事。这是我们互相熟悉的阶段。我不想逃避她，我想阻止自己把目光从她身上移开。我怕我做不到。

我担心自己的反应，怕让医护人员失望，怕自己无法胜任，靠不住。她能感觉到我不想逃避她吗？我想和她有真正的交流，光有这愿望就足够了吗？她是否能听到我脑海里不断回响的声音，我母亲的名言："别撒谎，别忍耐，别退缩"？不管怎样，她很快就对我敞开了心扉。我知道，她此前已经拒绝了好几个心理学家。为了避免激发她的反感，我摘下了印有我职位的名牌。我开始和她聊些无关紧要的话题。她给我介绍了很多我不知道的演员、电影和音乐。渐渐地，我们开始交流更具哲学性的话题：自由、艺术、快乐、痛苦、生活的意义……

在闲聊了一个星期后，我感觉自己必须要告诉她我的来意了。我没有像往常一样去游戏室找她，而是到她的病房，直接对她说："我要跟你说一件事。我确定你听了之后再也不想跟我说话了。"

丽丽看着我，眼睛里像有一对巨大的问号，示意我说下去。

"我是心理学家。"

"啊！好吧，我明白啦。"她带着一副了然的神情回答，"你知道我已经有过六个了吗？我需要的不是心理学家。我没疯……我只是……呃……我知道我要死了，但是医生们太懦弱，不敢和我说，我爸妈提到这件事又太悲痛……"

我被她敏锐的洞察力震惊了。我不知道如何回复，只好说："我还不太了解你，但我觉得你能谈论这件事，而不是憋在心里，这真的很棒！"

我感到十分窘迫。我不知道自己为什么鬼使神差地说了"很棒"——她可是在向我宣告她即将死去的消息啊。这个词在这个语境下显得那么突兀、不合时宜。我多想收回我刚刚说的话，或者让时间倒流一点，来选择更谨慎的措辞。但话已出口，我也想不到其他可以补充的内容。幸好，她很快回答了我，这次轮到她惊讶了："哎呀，这可稀奇。一般来说，我一表示我要死了，所有人都会打断我：'打住！说什么呢！别说傻话。别想这种事。你太悲观啦……'但我知道我在说什么、为什么说！我想要能够谈论这件事。"

紧接着，丽丽、她的父母，以及医护团队都在担忧的问题就来了："我真的要死了吗？"

"你问了这个问题，就说明你想着它是有原因的。只有你自己能确切知道你正在经历什么。跟我讲讲吧，你为什么这样说呢？"

从这天起，丽丽开始十分坦诚、清晰地跟我讲述她的痛苦。我发现，我们的交流非但没有让她心情沉重，反而慢慢止住了她内心深处的绝望。她向我解释："最让我难受的，不是没法咽口水，而是从别人的眼中看出我有多么令他们厌恶。"她的话很难听清，但我能察觉到，谈论这种死亡临近的感觉缓解了她的焦虑，打破了从前包围着她的孤独感。她身边几乎没有人能接受这个十七岁少女的生命即将走到尽头的事实。她的父母想方设法让"死亡"成为他们词汇表里的禁用词，她周围的人也一致认为千万不能和她说起这件事。

她的父母不理解我的在场对他们的女儿有什么意义。和许多人一样，他们认为只有发疯的人才需要看心理学家，所以我的陪伴工作让他们感受到轻微的冒犯。有天下午，我走进丽丽的病房，发现他们正在看电视。"电视节目、广告、新闻，播了好几个小时，但他们之间看上去没有任何交流！"医护们如是说。有些家长一进入孩子的病房，就拿起电视遥控器。病人亲属希望电视节目像屏风一样，帮他们屏蔽掉那些寂静、痛苦、孤独……他们一看到我来，就赶忙起身把我堵在了门外："谢谢您，我们什么也不需要。祝您下午愉快。"我愣住了，震惊于自己无法了解丽丽的消息，于是站在原地不动。丽丽的母亲站在我面前，坚定地抱着双臂。"请您放心，我们没事，谢谢！"她用一种关门拒绝推销员的语气对我说。

"我只是来看看丽丽……我不知道她有没有对您说，我们很喜欢在一起闲聊。"我知道"闲聊"这个词能让她父母放下心来，"我想，我可以在您二位去喝咖啡的时候陪陪她。"她太紧张了，我感觉这点小小的希望会让她放松一些。她的态度软了下来，但在闪身让我进去之前，叮嘱我："千万别跟她说她就要死了，什么都别说。"

我安抚她："我理解您的担忧，我的目的也不是和她聊她不想聊的事。但是您要知道，她自己反而经常提起这个！"

她听了大惊失色："什么，她自己经常提？"

"两位可以到我办公室来一下吗？让我慢慢解释。"

她的父母答应了。我很紧张，不知道要说什么，也不知道如何取得他们的信任。我选择让他们说说女儿患病之前的事。他们似乎很高兴能对我讲述共同度过的美好时光。渐渐地，我们谈到他们对丽丽最后的日子、最后的时刻的预想。

后来的几天，我发现病房里的电视不再一直亮着，而是只有在放电影时才会打开。被青春期和疾病所动摇的家庭关系正在得到修复。父母和孩子重新开始深入交流——即便丽丽有语言障碍，开始彼此爱抚、彼此注视。奇特的是，正是在这些最艰难的日子里，他们体验到了彼此前所未有的爱意。丽丽一天天平静下来。她的平静令医护们感到迷惑，尤其是几周前还发现丽丽正努力尝试结束自己生命的人。

丽丽经常对我说她"准备好了"。她向我倾诉自己生命中已经完成的事："我给予过那么多爱……有些人需要九十年才能做到，而我，在短短的十七年里，就经历了那么多亲密的时光，和朋友、妈妈、外公……还有一个男生！"我们交谈了许久，谈起真心实意关照他人的感觉，谈起满怀爱、温柔和善心做事的想法，谈起给予的幸福。

在临终阶段，丽丽失去了仅存的一点自主行动能力，以及除视觉和触觉之外的所有感官能力。她已经听不到任何声音，也不能说话。面对这种状况，连她的父母都感到深深的恐惧。他们难以承受丽丽还有意识的事实，对他们来说，女儿就像被囚禁在一具羞辱她的躯壳里。她的妈妈不是在病房里来回踱步，就是在走廊里游荡，试图逮住一名医生问："难道没法加快这个过程吗？给她用些药让她睡着也好啊！"

"没办法，女士，我很抱歉。我们不能像您说的那样'加快'这个过程。"

这位年轻的主治医生路易表现出坚决、不容讨论的样子。而我知道，给丽丽终止治疗的想法盘旋在所有人的脑海里。

"让她经受这些简直太荒唐了，她对这一切都有意识！"丽丽的母亲愤愤不平。

我向她解释说，她还有很多可以和丽丽一起做的事。既然她的女儿还有视力，就仍然可以和他人沟通。她不解地看着我，直到我告诉她，其实只需要设置一个规则：我们把写在白板上的字母指给丽丽看，她只要眨眨眼睛或者吐一下舌头，就可以表示确认。这样一来，字母连成词，词串成句，对话就能够进行了。用这个模式对话动辄要花上几个小时，但却产生了小小的奇迹：丽丽的母亲抓住还能和女儿交流的机会，不再站在走廊里等医生路过。她和丈夫都意识到，丽丽还在以她自己的方式生活。几天前，女儿的世界对他们来说还难以进入，甚至已经黯淡下去，但现在却又绽放出全新的光彩。他们惊叹于女儿揭示细节的方式，比如："你看到今天早上照进我房间的阳光有多么美丽了吗？"或者："我真喜欢干净的床单在我身体上留下的温柔触感。"有一天，外面开始下雪，丽丽想要最后一次坐轮椅出去，欣赏雪花从天空中安静地飘落，温柔而美好。她知道，这是她一生中最后一次见到雪景了。她不想错过任何一片雪花，还想邀请我们和她一起尽情享受。她的神态仿佛在说："你们看，生命是多么美好。品味当下这一刻吧，每时每刻。"

一天早上，丽丽告诉我，她有"非常重要"的事要告诉我。她恋爱了，就在这儿，在医院里。她爱上了一名年轻的见习护士。

"我想告诉他，让他知道我有多么爱他。你觉得呢？"她用眨眼的方式问我。

"这对你很重要吗？"

"对，十分重要。"

"那么，我觉得你确实要告诉他。"

我正准备从她的房间出来，迪约戈进来了，给丽丽做日常护理。由于他没有时间使用交谈系统，所以丽丽坚持要我替她表白心迹。我有些局促不安，不知道是否应该岔开话题来回避这种场面。最终，我还是鼓起了勇气："迪约戈，丽丽想对你说，她……"

"嗯？"

"她想让你知道……她非常爱你。"

丽丽仔细觑着这位年轻护士的目光，观察他的反应和肢体语言。他先是感到尴尬，这是一个低调的男孩，可能不喜欢被他人观察或者欣赏。他脸红了起来，含糊不清地说了些什么，最后终于找到一个方式，得体地回复他刚刚听到的话：

"我也是，你知道的，你对我很重要。即使我和你感受的方式不同。我知道，我永远也不会忘记你。"

几天后，丽丽去世了，亲人好友陪伴着她。我也在她身旁……她接受了死亡，向迪约戈表达了爱意，走时心情平静。我按照她生前的嘱托，把几篇她尤为喜爱的文字转交给她的母亲。这些文字可以在葬礼上宣读。

幸好，没有医护人员来管我，所以没人发现我的忧伤和不幸。这是我人生中第一次看着一个人死去。我难受至极。

至于她的母亲，则这样概括女儿的离世："这里只剩她的旧衣服，我们留在这里已经没有意义了。"

我离开医院时，夜幕已经降临。我很难过。是的，在如此漫长而紧张的几周过后，怎么可能不难过呢？但我内心的一部分却又感到幸福，如释重负：丽丽重新找回了活到人生最后一刻的意义，而且在这个旅途中，有父母牵着她的手。他们让她知道，她曾给他们带来莫大的幸福，以及她对他们意味着什么。这样的准备也让他们的悼念不那么沉痛。

我急切地想要见到我的孩子。回到家，保姆西尔维已经收拾好了屋子，小家伙们也洗了澡。我一直惊讶于她如何能把一切打理得井井有条，同时还能想出有趣的儿童游戏，并且精心照料孩子。而我呢，头绪一多就容易手忙脚乱。她让我惊叹不已。

阿莉泽一看到我就笑开了花，这给了我一种不可思议的力量。她有那么多事要对我说，那么多的画和剪纸要给我看。我把她紧紧搂在怀里，搂了许久……接着，我抱住西普里安，一遍又一遍地抚摸他柔软的头发，嗅他身上婴儿的香味。我是多么幸运才能拥有他们，做他们的母亲是多么幸福啊！

此后好几个月，和丽丽共同度过的时光都仿佛电影一样，在我的脑中、心中不断地回放。我想向亲近的人讲她的故事，但他们不能理解。我的同事更是如此。面对丽丽，我逾越了边界，我随性而为了，我从我的心理测试岔了出去，从前来做门诊咨询的学业不理想的孩子身上岔了出去。

给这个年轻女孩和她的家人提供支持的经历，成了我生命中的关键节点。那时我还不知道，临终陪伴将成为我职业生涯中最重要的工作方向之一，而丽丽则是一长串名字中的第一个。不过，或许对于当时的我来说，不知道反而是好事……

就这样，日复一日，我意识到我们应该思考所有可能改善科室环境的方式——病床和医用橱柜可以比传统款式更温暖，以及所有能营造温馨气氛的事物：室内装饰、游戏、生日礼物、信息技术产品……我对好几个医护朋友说起过这个想法，他们都觉得很有意义。于是，在2002年，我们创办了儿童患者支持协会（SEM）[1]。

---

[1] www.la-sem.com。——原注

8 另一种语言

陪伴过丽丽之后，我越来越频繁地参与到重症科的日常事务中。我被邀请参加科室的例会，会上有主治医生、住院医、护士、护工、体疗师、营养师、作业治疗师、社工、特教员。我试着跟上节奏，但总感觉自己像是在一个陌生的国度。

"迪兰觉得痛（algique）吗？"

"al"什么？我从来没听到过这个词[1]。我望向围坐在桌边的参会者。有人聚精会神地听，另一些人的心思则飞到九霄云外。有个医生盯着一只在屋内打转的苍蝇，看着它飞向天花板，那上面玫红色的涂料已经剥落。突然，我回过神来：一个住院医——她由于有孕在身而把工作服的扣子解开了一半——环视四周，确认自己没有打断任何人讲话，而后坚定地回答："他**超级**痛。"

"也许可以给他上吗啡，不是吗？"

"行，但得是DP。"

"我们可以试试VNI，双路模式。"

说真的，我从来没听过这样的对话方式！我不敢问DP、

---

[1] algique 为医疗术语。

algique或者VNI是什么意思，因为似乎所有人都听得懂。我怕被人笑话。

年轻的住院医点了点头。一个护士建议道："我们不能给他戴'眼镜'吗？现在面罩在他脸上勒出的痕迹太重了。"

"可以，只要……"电话铃响了，全体参会者获得了短暂的休息时间，纷纷开始和自己的邻座交谈。通话结束。"可以，只要他不把'眼镜'摘下来，我这边是没问题的！"重症科负责人回答。"现在来说萨米拉的情况。请注意，你们都知道她'怀疑'了。"

"是的，但现在稳定了吗？"一个护士问。

"还没有，还要等几天。"一个体疗师回答。

怎么回事？他们是在说心理稳定性？如果是这样，为什么不来问我？我完全跟不上了！

自我在重症科待的时间变长以来，同事们决定每周固定一个时间探讨孩子们的病情，商议最佳的陪伴方式。但问题是我们说的不是同一种语言。我必须慢慢"解码"例会上使用的语言。我后来明白，他们所说的"眼镜"（lunettes）不是一个镜框上装着两个镜片的物体，而是对"双孔鼻氧管"（lunettes à oxygène）的简称。我也发现，我混淆了"被感染"（septique）和"怀疑"（sceptique）——我可是有阅读障碍症呀，两个同音词混在一起，我是一定会犯迷糊的！

起初，我并不总是敢于承认我缺乏医学知识。为了习惯新的工作环境，给自己树立信心，我发明了一套适应策略。我不会说"我一点也听不懂"，而是会问"这个的意思是？"来示意对方给出更多细节，这样对方就会重新组织语言，让我听明白。如果还是不清楚，我会问："那……您是怎么向患者解释这个的？"如果对方的话始终难以理解，我就引导他们往另一个方向想："好吧，也许您应该换一种方式来表达，不是吗？……"

虽说心理学家经常需要一张词汇表（algique=疼痛；VNI=非侵入性呼吸器，用面罩辅助的输氧装置……），但反过来也是一样。不知多少次，我在这些会议上被医生问到，某某是不是歇斯底里、患有精神病或者精神分裂——这些词在心理学或精神病学里的含义与在日常用语中完全不同！在医院工作的心理学家也必须调整自己的语言，以便所有人都能正确理解他的意思。

9   脑袋里的橡皮

在医院，我很快就被当作"女强人"看待，无论是帮助深陷绝望的患者和家庭，抑或是安抚身心疲惫、情绪消极的医护人员，我几乎都是随叫随到。在将近七年的时间里，没有人想到问问我的情况怎么样，能不能坚持住。对于整个医护团队来说，我的角色是向别人提出这些问题，而不是回答它们。好像我的白大褂就是超人的斗篷，能给我某种超能力一样！

自从我在这里工作，每当发生危机或意外状况——一位父亲像"吃了枪药"一般火冒三丈，或者一位母亲大吼大叫、精神崩溃——大家第一时间想到的总是我。一次，一个怒气冲冲的男人来到医院，打定主意要把负责治疗他孩子的人胖揍一顿。前台的一位秘书忙不迭地跑来我办公室。她压根没想到去找医院保安，一秒钟都没往那儿想！对她来说，能处理这种情况的人肯定是我！

还有一次，他们甚至让我去向一个同事解释说，他身上有味道，得想想办法！他的体味让所有人都觉得不舒服，但是没人敢告诉他！结果我被其他人推上最前线，他们确信我能"找到恰当的措辞，同时又不伤害他"。说得容易！我不记得我是怎么搞定这件事的，但对方肯定完全听明白了，因为打那之后，他养成了一进医院就先换衣服的习惯。

其实,我是一个非常不自信的人,即便医院的同事们不愿看到这一点。我每天都对自己的工作抱有怀疑,会担心很多事情:我的言语、用词,我可能忘记的事;我怕自己说话太多,倾听不够,行为不妥或者伤害到他人;还怕处理不好和患者、家属以及医护团队的关系。

十五年间,我只能独自一人慢慢摸索在这类科室工作的特殊之处。在心理诊所做咨询是我初来乍到时唯一可参照的工作模式。我很快就明白,我从前所学的一切都是围绕患者—治疗师的一对一治疗关系做准备,然而这里的实际操作大不相同,陪伴涉及的范围更广。年复一年,我越来越体会到医院这份工作的多样性。我学会了处理和接纳自己的怀疑。这是我的一部分,或许从来都是,但它如今已经被我"驯化",成为我的亲密战友。我最初的弱点转化为力量,因为怀疑让我时刻检视自己的信条,反思僵化的成规,在竭尽所能做到最好的同时,又不会因为追求完美而毁了自己。

为了保持清醒,不让自己被怀疑、痛苦、焦虑或恐惧折磨甚至摧毁,我一直会找另一位心理学家咨询。我向他们讲述我的工作和私生活之间的相互影响。每一位陪伴过我的人对我而言都是如此珍贵。直到有一天,仿佛丑小鸭找到了自己的家,一切都变了!五年来,随着儿童重症心理学家交流协会(Clepsydre)[1]的成立,我再也不觉得孤单了!我时常能见到我的同行,她们和我一样在巴黎大区的新生儿或儿童重症科室工作。这个协会由

---

[1] Communication lien échanges des psychologues de réanimation de l'enfant。——原注

塞琳娜·里奇诺罗（Céline Ricignuolo）、奥尔加·弗斯蒂尼（Olga Fostini）、希尔维·塞居雷（Sylvie Séguret）和勒吉娜·洛朗-梅耶（Régine Laurent-Mayer）四名心理学家发起。我加入后，发现也有其他心理学家面临与我类似的临床经验。和我一样，她们都调整了自己的实践方式。每一位参与者的友善都令我感动。我们就像亲人一样，坚定地彼此支持！我是多么开心呀，能与她们共同思考父母在治疗中的角色，思考怎样陪伴患儿的兄弟姐妹或解惑人（personne ressource）——不一定是祖父母……我发现每个地方都有不同的规则和习惯，其中也不乏荒谬之处。在一些新生儿重症科室，患儿的哥哥姐姐可以定期探视他们刚出生的小弟弟或小妹妹，但是在很多儿童重症科室，住院儿童——他们可比早产儿大多了——却被认为太脆弱而不能接受探视。我们每个人都能在这个群体里把自己的工作方式、快乐和困惑和盘托出。这是一个坚强的后盾，让我们能够时刻保持有益的怀疑精神。在那里，我得以和我的工作拉开一点距离，若即若离，颇有建设性。这些重要的聚会帮助了我成长。有这样一个地方能让人自由表达疑虑而毫无后顾之忧，这多好呀！这和我平日在科室里要承担的角色完全相反，在那里，我必须展现自己最好的一面，不能犯错。

在医院，我努力陪伴好每个人。提供咨询十分消耗精力，为此，我有一些小技巧，在两场咨询的间隙帮助自己恢复能量。在确保不被人看到的情况下，我会利用每一次短暂的喘息工夫，在电梯里闭上双眼和嘴巴，发出"嗯……"的声音来放松身心，哼唱歌曲或者甩动手臂，让自己重新振作精神。在这些有一定私密性的空间中——电梯、卫生间、汽车里——我会摘下平时的面具，做小结，尽情哭泣，或者找回自己内心的力量。

在我的实习生面前，我倒不那么害怕展示自己的失误和不足。为此，其中一个表达了她的不满。"你知道吗，我们有点烦你老是说自己的弱点和疑惑，因为很难相信你说的是真的。"她这样对我说。当天吃晚饭时，我对弗朗索瓦讲了这件事，反倒是我们的儿子吕多维克戏谑地回应道："跟我们一模一样！别人总在我们面前夸你，真是讨厌，因为当我们在家里看到你，很难相信这些人说的是真的！"

丽丽去世后的几个月，正当陪伴重症患者的工作日益常态化，我的职业志向却在重重疑虑的冲击之下出现了动摇。亲眼见到失去生命的丽丽使我受到强烈的震动，但并没有给我留下阴影。这件事由于太过特殊，反而变得可以接受。不过，如果面对死亡成为常态，我有些怀疑自己能否坚持下去。我不想和家里人讨论这些疑虑，我把它们记在小本子上。我列了一张症状清单，它们的出现将会提醒我，重症科的工作已经开始削弱我的身心。我这样写："如果我：生病，经常做噩梦或失眠，失去生活的乐趣，失去乐观精神，失去对生活的信心或者自我封闭，和自己的孩子在一起会过分焦虑，如果丈夫向我提出：我就应该**辞职**。"我向自己发誓要遵守这些约定，为了保护我的身体健康、我的家庭生活和我的婚姻。

这个清单让我有点害怕，我小心翼翼地窥探着那些迹象：失眠、噩梦、恶心……我没发现任何警示性症状。至少，我认为没有。不过，一年中有那么一两次，当科室的工作让我"头大"时，我早上醒来会发现自己的脸产生了明显的浮肿。我的脸变成平时两个那么大，看起来完全像另一个人。我的嘴巴是歪的，眼睛周围肿成一圈，面部高高地鼓起。应该把这个现象也算进我工作的"副作用"里吗？也许吧。但也要承认，这并不是十分严重的事。

这张清单现在还在我家里的某个地方躺着。我一直没扔。如今，它提醒我，无论在家还是在医院，我都过着自己想过的生活。这让我既幸福又骄傲。这种生活虽然不完美，有时令人焦虑、疲惫，但它是美丽的。它是如此美丽，我甚至不会希求过上另一种生活。能达到这一步也并非易事，我给自己制定了有时难以遵守的金科玉律，我试着接受、悦纳在医院的经历，发现每一天中美好、愉悦、积极向上的一面。

为了不把医院的创伤带到家里，我有另一个方法：遗忘。我的脑子里有一块橡皮，能擦除我在科室里目睹的苦痛。但它也不总是那么管用。有些画面会一直跟随着我，难以磨灭。但更多的时候，它却过于有效——这就是另一个问题了。由于强迫自己忘掉一些事，我的头脑简直成了一团浆糊！没有人比我更健忘。我的橡皮会擦掉它不应该擦掉的东西：预约的日期，别人的名字，还有很多其他事情。在生活里，我的记忆也一直在捉弄我：它过了好久才记住托尼·布莱尔已经不是英国首相了！它还让我偶尔弄丢钱包、支票夹——有一次，我在医院的冰箱里找到了支票夹，它静静躺在我好几天前买的东西旁边！

这些意外考验着我的神经。比如那次，我瘫倒在沙发里，因为我在多媒体图书馆发现钱包不见了。我四处寻找，哪儿都找不到。我正在生自己的气，突然，我听到六岁的阿莉泽的声音，我感觉到她的小手扶住我的肩膀："你想和我聊聊吗？"真不愧是心理学家的女儿!

这些"程序漏洞"还包括口误,经常让我闹笑话。我记下了其中一个……为了不要忘记!几年前,我在宜家买了一张圆桌,以让我的办公室更有居家感,像家里的书房而不是医院的办公室。我正趴在地上仔细研究组装说明书,突然发现我缺少一把十字螺丝刀。我的同事、重症医生西蒙很会修修弄弄,他的抽屉里应该会有。

"你有十字苦像吗?"我推开他办公室的门问道。

西蒙是犹太人,他琢磨着这个十字苦像的问题是不是一个玩笑。由于我的神情看上去再正经不过,他于是问道:"你是说十字螺丝刀?"

"对!"

"因为,十字苦像,你知道,这东西跟我关系不大……"

这些失误有时让我觉得好笑,但它们也提醒我,死亡无孔不入地试图干涉我的生活。它们往往令人难以忍受,但它们也使我不会受习惯驱使,或者因为贪图舒适,去寻求对他人的全知全能或者绝对控制。

我进入医院工作时并非带着十足的把握,更没有什么超能力。我其实是如履薄冰,恐惧如影随形,挥之不去。初到这个科室时,我是摸着石头过河,善良可爱的丽丽和马克桑斯是这段时期的见证者。陪伴他们的经历决定了我全身心地投入这里的工作。从那时开始,我感觉自己越来越投入。我与医护人员建立起一种合作,他们逐渐学会了发现患者的痛苦,并及时提醒我。

起初,我没怎么面对过死亡,只有我的祖母——我对她冷冰冰的遗体只有模糊的印象——还有就是丽丽。那时，我不知道等待我的会是什么，我害怕极了。就像我得习惯与那些被病痛折磨的身体打交道一样，我也得学着适应太平间在我工作中的存在。在医院里，我们管它叫"大教室"或者"殡仪室"。

去那里有两条路。可以像家属一样从外面进去，也可以像医护人员一样从地下通道走。从内部通道可以更隐蔽地运送死者的遗体，以免其他前来探视的家庭看到这一幕，引发痛苦和恐惧。我时常走在这些长长的地下通道里。奇怪的是，那里的气味会让我想起开罗的某些街区。不知道是不是墙上斑驳的涂料、氖灯照明、潮湿的空气和发霉的气味混杂在一起的结果。不过这些病态、压抑的元素于我而言竟会有"普鲁斯特的玛德莲蛋糕"的意味，也可算是一种幸运了。

护士和护工们负责这一可怕的任务——把遗体护送到太平间。渐渐地，他们开始向我倾诉，把一个死去的孩子抱在怀里或者放在担架上送到下面对他们来说是多么痛苦，尤其是在夜里。话虽如此，但往往我们对太平间和死者的想象有点夸张过度，比现实更恐怖、更令人坐立不安。我是一步一步适应太平间的存在的。每次都借了患儿家属之力，是他们帮助我一路向前。

我迈出的第一步要归功于一对父母，他们不愿与自己死去的孩子分离。我对那个场景记忆犹新：医护人员来叫我，因为那位母亲把她已经过世的孩子紧紧抱在怀里，说什么也不松开。护士、护工和医生轮流开导她，全都无济于事。然而这是规定，必须要遵守：他们的小宝贝不能一直在那里，他们不能无休无止地陪着他。父母最终必须要拿出勇气，和他道别。那位母亲说，这绝不可能，她永远做不到，那是她的宝贝，心肝宝贝，她还要一直保护他。我从一开始就陪伴着这个家庭，所以她信任我。于是，我建议由我亲自把他们的小男孩送到太平间。父母接受了这个折中之策。我问他们是想要自己把孩子放在担架上，还是想由我们来做。显然，这个环节在整个悼亡过程中至关重要，因此，尽管医护人员训练有素、周到细致，父母还是愿意亲自做这件事。我们向太平间走去。我和同事在里面安置孩子的遗体，他们在外面等我。出来时，我告诉他们小朋友已经安置好了，有他的玩具娃娃作伴，我说他们明天就可以来看望他。

还有一次，另一对我陪伴的父母想在孩子入殓前看他一眼。但太平间令他们恐惧，他们既想见上这最后一面，又害怕这最后一面，于是请我陪同。这些经历帮助我在类似情况下更好地找到了自己的定位。

有一天——又是崭新一步——我带着一个失去了妹妹的少女走进太平间。从前，我一直认为最好让孩子在病房里看到逝者，而不是在太平间。这次陪伴让我改变了想法。我发现逝者在太平间里看上去更"美"，因为他们由专业人士精心打理过了！入殓师会调整逝者的面部，掩饰疾病的印记，因此等到我们去时，已经看不见痛苦的痕迹，也看不见橡皮膏和导管了……

在和孩子们的交谈中，我发现他们对死亡的描绘往往十分凄惨。他们会想象一具具骨架和干瘪的人形。所以，比起病房，我现在更倾向于太平间里更平静的气氛。现实环境往往没有幻想那么骇人。

在很长一段时间里，我都告诉自己决不能触碰死者的遗体。这对我来说是一个忌讳，一条无法逾越的界限。我坚持了五年。后来，经验——又是"经验"——打败了原则。有个小姑娘提了一个天真的问题,我才终于敢去抚摸死去的人。

"我可以摸摸他吗?"她问我。

我无处可退。只要孩子表达了她的意愿,我就必须陪她完成这件事。

"当然,我们可以摸他。"我回答,仿佛这一切再自然不过。

我把手放在小男孩冰冷的手臂上。他的妹妹把自己的手放在旁边。我豁然开朗,能抚摸逝去的亲人是多么重要:(冰冷、毫无生机的)死者和(温暖、充满活力的)生者之间的区别变得具体可感。只要事先帮助孩子做好心理准备,并正确地陪伴他,这一环节就能方便悼亡机制的运行。

在学习面对死亡的这段时间里,我自己也得到了太平间工作人员的支持。那里的人非常体贴,这是他们工作技能的一部分。他们也十分注重保持快乐的心态和幽默感,总是活力满满,与人们对这份职业夸张的想象正好相反。他们认识我有十五年了,把我当作"自己人"。当我来看一个孩子的遗体时——为了确认这是可以让家属见到的模样——他们就会让我自己进去。

我并不是一开始就能辨别太平间的独特气味。那是一种令人恶心的气味,与任何我熟知的东西都不沾边——或者,可能有点像腐坏的鸡蛋。很快,我就明白了那是死亡的气味。打那时起,我隔着几米就能辨别出来。

殡仪室、大教室、太平间、告别大厅——这个地方让我想起电视剧《六英尺下》的场景,不同的是,这里一切都是真实的,甚至包括这张订在门上的计算"收益"的纸——是的,这听上去很荒诞,但太平间也要有效益!这上面记录着医院的死亡人数(用缩写DC表示)、遗体解剖数量,以便计算这些"业务"的进展情况。

推开门，迎面是一排排嵌在墙里的冷冻柜。每个柜门上都有一块超现实风格的牌子，告诉人们里边是谁："马丁先生""杜博瓦女士""腿·布洛涅"……第一次看到这个名字时，我天真地问太平间的员工玛玛杜："真有趣呀，这个名字！腿·布洛涅'先生'还是'女士'？"

"这个呀，我可不知道！这不是名字，这就是一条腿。"他回答，带着明亮的微笑和他一贯平和的神态，"放在这儿有一段时间了。是有人在布洛涅森林里找到的。不过，到目前为止，还没人来认领！"

我突然感觉喉头发紧，只能强迫自己干笑了两声。接下来的那个周末，我和弗朗索瓦正好去布洛涅森林散步，我心里一直在打鼓，天晓得会不会撞上剩下的那部分尸体！

10   "现在你可以去了。我爱你。"

三年间,我的儿子西普里安没有睡过一个完整的觉。我一心认为问题只能出在心理上,因此试遍了所有相关的理论和方法。这一思路曾对阿莉泽很管用,在他身上却毫无成效。医生最后决定用奥美拉唑治疗他的胃食管反流——这种药的药效很强,当时还只能给成人使用——他终于睡得像个婴儿一样安稳了!

由于不想让孩子们的年龄差距太大,我们决定再要一个孩子。但我们双方的家庭都认为我的身体依旧十分疲劳,同事们也不理解我的选择,因为这可能影响到我的职业发展,我可能无法通过已经等待了五年的医疗系统公务人员考试。

几个月后,我发现自己怀孕了。我们很快就把这个天大的喜讯告诉了我的妹妹维奥莱娜。我对她说:"我肚子里有小孩了,不过注意,目前这还是个秘密!"她两岁半的儿子听到了这句话。一会儿我妈妈来了,他连忙跑过去对她说:"穆里叶肚子里有小孩了!"我妈妈回答:"真是太好了!不过她没说这是个秘密吗?"

"说了!呃……'秘密'是什么意思?"

我才怀孕几周,早上起床时反应就已经挺大了。但现在我了解我自己了!如果我不想呕吐的话,就要在站起来之前吃东西。

有天早上醒来时，我感到脚后跟一阵莫名的疼痛。我检查了一下自己是否被碎玻璃或者刺扎到。什么也没有，甚至没有淤青。于是我出门上班，但走路时完全没法把脚放平。这让我很担心。到底怎么回事？到了医院，我科室的领导——一位目光柔和、专注的女士——细细打量我："哎，您今天早上怎么了这是？"我简短地解释了一下，以为她会用一种安抚的口气对我说："就这？这不算什么！"但她皱起了眉头。我索性把话再说清楚些，我告诉她我怀孕了。

她赶忙把我带到她的办公室给我听诊："嗯……您的心脏跳动时有一种微小的声音，我不喜欢……我想有某种可能。需要做一个断层扫描或者磁共振来确认，但您现在的状况不允许……办法只有一个：今天马上做淋巴结取样检测，排除癌症的可能。"

我被吓得目瞪口呆。癌症？感染？这一天，我无暇穿上白大褂。我通知了我丈夫，马上就赶去手术室。全麻手术进行得很快，但这点时间足以让我接受手术的消息传遍医院的各个角落！我醒过来一睁眼就看到在成人重症科工作的心理学家同事。她来确认我是否安好，有什么需要帮忙的……她是好心，但我尤其需要她从我视野里消失。我想见我的丈夫和孩子，想确认我身体里孩子的情况……

弗朗索瓦来接我回家。那时的我还不知道，自己下一次开始工作，要等到十八个月之后了。

我心力交瘁地等待着检查结果，整整十天的时间，一切都处于悬置状态。我思考我的人生，思考我是怎样度过它的……我想到丽丽，同一个问题在我脑海中打转："我付出过足够多的爱了吗？"弗朗索瓦的爱是那么美、那么有力，照亮了我的人生。两周过去了，总算不是癌症。我感到无比幸福……但心脏的问题依然存在，找不出原因。医生们给我做了大量的检测和分析，都没能诊断出结果；我的病历有电话簿那么厚。他们密切留意我的情况，就像盯着火上煮的牛奶。而我呢，则有种强烈的似曾相识的感受。尽管原因不同，但我在怀阿莉泽和西普里安的过程中都很艰难，最后的四个月甚至只能躺在床上度过。妇产科医生曾把手放在我的肩上，对我说："您知道吗，您可能最好还是不要留这个孩子了……"这句话如今又回响在我耳边，再一次冲击着我。但与此同时，我也找回了我曾经在丈夫的支撑下选择相信生活的那种力量。今天，我们的孩子不就在这儿，和我们一起吗？每天早上，他们不是都会愉快地扬起嘴角吗？他们不是也会为一点小事而开怀大笑吗？

妇科医生每次打开我的病历，都会用担心的目光打量我。但我孕育着一个生命，一个小小的生命在我身体里长大，这是唯一重要的事。我经常对我的宝宝说："你知道，哪怕你只能活三个星期，我也会全心全意地爱你！"慢慢地，几个星期成了几个月，几个月成了几个季节。我有失血现象，虽然小宝宝没事，但我必须卧床静养。幸好，有我丈夫支持我，公公婆婆也来照顾孩子，帮了很多忙。

白天对我来说显得尤其漫长，我没法保持自己理想中做母亲的样子……曾经我一直告诫家长们不要做的事，现在自己全做了：当孩子们向我提出要求时，我起初说"不"，但只要他们坚持，我最终就会答应。我试着威胁他们："小心，数到三我就真生气了！"但他们很快就明白，数到三什么都不会发生，因为我没法从床上下来追着他们跑。我的床成了游戏场、阅读室，尤其是——多数时候我并不情愿——电影院。我们把迪士尼所有经典作品都看了一遍。当我需要安抚他们时,由于并不知道有什么可以给他们,我就许诺他们糖果或者小蛋糕,无论在什么时间。我感觉自己正在变成一个失败的妈妈,我对教育理念的坚持已经不复存在。

每天晚上,我丈夫回家时,我都仿佛迎来了救世主。他负责购物、照顾孩子、收拾屋子、打扫卫生,还总是带着微笑和满满的爱意。我呢,我给他列出所有他需要做的事。我变得令人难以忍受,鸡蛋里挑骨头,比如哪里有一点灰尘都要告诉他。我的脾气实在太差,但他却教会我什么叫"爱对方,包括爱他(她)的缺点"。

好在他每隔两个月都要去参加国际会议,世界各地到处跑。他出差的时候,他的父母和我们的亲戚就来帮忙。只有这时,我才能起床吃饭。我害怕我丈夫离开……我感觉自己没法料理这一切。尽管想哭,但我仍然会在他面前忍住,祝他一路顺风。他一走,我就觉得自己完全被孩子们累垮,家里也不可思议地乱成一团。

有一次临近我们的结婚纪念日。我是多么想念弗朗索瓦呀……突然,阿莉泽和西普里安出现在我面前,每人手里各拿了一束花。西普里安递给我一个信封:"结婚纪念日快乐!"而后,每到傍晚,同样的场景就重现一遍,但"收信人"总在变:"致如你这样的女人""致最好的心理学家""致我的妻子""致我的女主人""致孩子的母亲",等等。原来,临行之前,我丈夫在孩子们房间的壁橱里藏了好几束花,都浸在水里养着,每一束都配着几句问候。那个星期结束时,弗朗索瓦终于回来了。尽管经过了十二小时的漫长飞行，但此时的他变得比我记忆中更迷人。我的病一直持续到小宝宝出生之后，但奇特的是，这段生病的日子却与无与伦比的爱意紧密相连。

我的肚子开始非常明显地隆起了。不过据说光看背影似乎还猜不出我有身孕！医生们看到我时，眉头皱得比以前稍微松了些。离预产期两个月时，他们终于允许我下床了。

不幸的是，我得知久病多年的父亲必须要住院，因为他的身体已经糟得不能再糟了。

一年前，他的身体也曾拉过警报。我当时问他的医生，他的病严重到什么程度。我想把情况说得严重点，这样医生的回答或许还能让人有所宽慰，但没想到反而掉进了自己的陷阱。"我爸爸的身体已经差到极点了，他快不行了吗？"我问道。但我并非真的这么想，我只是想听医生说他的情况并不严重。然而，医生却告诉我："那倒不至于，他应该还能坚持三到六个月……"他没有意识到这个消息对我来说宛如晴天霹雳。我恍恍惚惚回到家，几乎无力思考。我无法想象未来，我的全部思绪都集中到了当下。

全家没有人预料到这种情况。我告诉了我的兄弟姐妹，他们都不愿意相信。"你总是那么悲观！"他们说，"你把一切都往最坏的方向想！"或者："你在医院的工作干扰了你的判断！"我只好向他们解释，这不是判断的问题。是医生告诉我的，我没有凭空想象任何事情。从那时起，我决心把父亲剩下的日子当成馈赠，尽可能充实地过好每一天……

现在终于可以见到父亲，我发现他身体衰退的标志已经非常明显了。为了掌握确切的情况，我和兄弟姐妹约好一起和医生见一次。他们当中只有两个人愿意来，另外三个选择在还能逃避现实的时候暂时逃避。母亲也没有来。对于父亲的身体状况，她不想比他自己了解得更多，因此每次她都和父亲一起去见医生。那时，我还不能理解这种态度，觉得她不配合。如今，我不仅已经理解，还认为她的选择是正确的。她尽可能与我父亲自身的体验保持同步，顺应事情本来的节奏。

那年的圣诞节别有一番意义，因为我们都知道，这是最后一次与父亲共庆圣诞了。由于他已经不能亲自外出为母亲挑选礼物，一位善解人意的珠宝匠就给了我们两条项链，让父亲选择。

圣诞当天，看着笑逐颜开的母亲，他欢喜地说：“我不知道明天会怎么样，但今天，现在，我很幸福。”

我希望全家人还能一起庆祝新年。我和他说起这个想法，但他答道：“不，我想12月31号我们没法一起晚餐了。我觉得不行……”他温柔地重复着，以让我对无可避免的事做好准备。

我的精神已经到了崩溃的地步。一边是准备迎接新生命的幸福，一边却要陪伴父亲度过他人生的最后时日，二者同时进行何其艰难！我不想让我的宝宝以为我是因为他而难过，所以不停地对他说：“妈妈在哭，是因为妈妈的爸爸，也就是你的外公，马上就要去世了。但你要知道，有你在我身体里，我是多么幸福！我多么爱你呀！我迫不及待地想把你抱在怀里，等你再长大一些，能懂得这些的时候……”

26号，爸爸又住进了医院。我一等自己的身体许可，就和一个姐姐赶到医院——以一个孕妇最快的速度！父亲面色苍白、身体虚弱，但仍然很清醒，语言表达十分清晰。"我的路走到头啦……到头啦，但我准备好了。"他平静地告诉我们。姐姐拒绝接受现实，抗议道："别说傻话，爸爸！"但她马上又改了口："反正，我们还没准备好呢！"而我此时想起了丽丽教会我的所有事，尤其是，对于临终的人来说，能够谈论自己对死亡降临的感受是多么重要。在我惊慌失措的姐姐面前，我只是对父亲说："你准备好了，这可真好！你还有什么想做的事吗？有什么能让你觉得开心？你有想要见的人吗？"

接下来的几天，我的兄弟姐妹都来到医院，见父亲最后一面，和他最后聊聊天：一个弟弟在时，他们就点评时政，另一个弟弟则试图逗他开心……和我交谈，父亲就会说起死亡，担心母亲在他过世之后如何生活……虽然身体每况愈下，但他欣然接受家人来爱羸弱的他——他，始终庄重优雅的杰出外交官。在我们的整个童年，他始终提醒我们要端正身体，吃饭时应当把叉子送到嘴边，而不是相反。现在，则是我喂他吃饭、喝水，帮他擦拭嘴角……许多老人都拒绝以自己衰颓、脆弱的一面示人，而我父亲，尽管鼻子因创口而变形，尽管被子下面的他身躯赤裸，纤瘦的手臂活像碎肉牛排——他的原话——并且布满了抽血留下的数不尽的淤青，但他仍然让我们爱他，这是多宝贵的馈赠啊。

几周后，父亲必须接受紧急插管，此时的他已经失去意识。他和仪器对抗着，备受煎熬。他试图拔掉令他难受的导管，但他被绑在床上，他弓起整个身体……我生平第一次抱住他。我试着接受他的瘦弱，极致的瘦弱，几乎要侵入我的身体。我轻轻掀起被单，握住他的手。看到他这副模样，我的心都碎了。我不敢解开绑带，我还不知道其实可以那样做……我用言语描述他的痛苦：越来越严重的呼吸衰竭，通过鼻腔输入的氧气不起作用，呼吸面罩对他有短暂帮助,但很快也失效无用,必须插管。他平静下来。我此前找护士加大吗啡的剂量,现在她终于姗姗来迟。母亲也来了。为了父亲,她把自己打扮得漂漂亮亮的,直到最后一刻。

几天后,一名年轻的住院医对我们说:"这可能不算一个好消息:我们认为他的血压很快会骤降,到时心跳就会停止了。想陪伴他最后一程的人,今晚都请留下来吧。"午夜时分,我们六个都围在父亲身边。我们诵读关于内心和平的祷文,我们祈祷、温柔地歌唱……随后,我们每个人轮流凑近他耳边,和他说话。大哥说,在我妹妹结婚那天,他会代替父亲,亲自把她送到圣坛……弗朗索瓦陪在我身边,我听到他对父亲说:"感谢您信任我,把您女儿交给了我。遇到她是我的福气,我会倾尽全力让她幸福。"我们向他托付即将降生的小宝宝和我们的未来……

6点30分。护士确认父亲的心脏正逐渐停止跳动。血压几乎归零。最后的时刻到了。仪器发出警示声的频率越来越低,监护仪上的线条越来越平缓。死亡已经近在眼前。然而,每当母亲说出"我爱你"三个字,心电仪就重新响一声,监护仪上的绿线——尽管已经绝望、凄凉地趋于水平——就重新跳动一下。他听到了母亲的话,并且在回应她!"我真替你高兴,真的。你现在应该感觉轻松了。我在哭,但这是因为我自己。我多么为你高兴呀。别担心,一切都会好的。现在你可以去了。我爱你。"她在他耳边呢喃。就在这一刻,父亲真的走了,仿佛他一直苦苦等待着这个承诺,听到后方肯上路。

疲惫不堪地回到家后,我们惊讶地发现,自己竟然不悲伤……我们想见证这段一直绽放到生命最后一刻的爱情。父母向我展示即便到了疾病缠身、死亡降临的关头，他们依然可以相爱如故，而后平静地接受至爱的离世。这是多么美好的礼物啊……对于在医院工作的我来说，这始终是一股力量。从此，我知道了人可以让生命的终点成为一种强烈的精神体验，成为至高无上的爱的时刻。

几周后，强烈的阵痛变得越来越频繁。我终于很快就能把我的小宝贝抱在怀里了。我打电话通知弗朗索瓦，为了缓解疼痛，我还泡了澡。由于当天的大规模游行造成市区交通拥堵，我们只好叫了消防车。我知道，只有闪灯和警笛才能让我按时抵达医院。就这样，我在两名消防员的"护佑"下进入产科大门。二十分钟后，吕多维克出生了，他真是个可爱的宝宝！第二天，阿莉泽被如此幼小的生命吸引，着迷地看着在婴儿床里熟睡的他。西普里安则有点失望，因为他不能马上和弟弟一起玩。

生产过后，我终于可以通过磁共振和断层扫描来确认病因了。为了摆脱心脏的问题，我接受了长达一年多的治疗。然而，由于这种疾病时常复发，我有时会疲惫不堪，但稍后就会轻松下来。带孩子去离家只有五百米的街心花园要花上我半个小时的时间。不过，渐渐地，我们——我和我的疾病——学会了如何共处。如今，它依然会时不时地冒头，但这已经不成问题。我已经知道怎样管理它、知道怎样照顾自己的身体了。

11 "遗传病，就是一个麻烦的病……"

在医院工作的第七年，我终于拥有了自己的办公室，就在重症科旁边。起初是个很小的办公室，三年后换成了面积稍大的一间，可以由我随心所欲地装饰了。我绞尽脑汁，不想让它看起来像一间医院的办公室。我想让来访者感觉到了我家做客。我在里面摆上了西普里安的画、阿莉泽装饰的面巾纸盒，还有三盆绿植。在办公桌和置物架上，我随意放了一些马达加斯加的贝壳——那是我的童年回忆……还放了一罐茶、几张明信片和不少毛绒玩具、娃娃、魔方和偶人，都是我家孩子们曾经玩过的。尤其值得一提的是一套德国摩比世界组合玩具，细致入微地再现了医院的场景：轮椅、病床、手术室、吊瓶……一应俱全。最后，我还在办公桌上放了四颗鹅卵石，上面白色的字是阿莉泽和我一起刻的："此时此地歇歇脚"。

早晨总是比较安静，但我知道，这并不一定意味着我的一整天都将平静地度过。套上我的白大褂，我先坐下来回复邮件，处理一些日常事务，定日程表、安排会议之类的。

有一天，我正在准备一场培训，突然电话铃响了。电话那头是住院医瓦蒂姆。"我可以到你那去一趟吗？""可以，当然可以。"他负责一名曾被判定必死无疑的孩子。但一段时间过后，孩子的病情突然有了戏剧性的好转。然而他的父母却高兴不起来，这让瓦蒂姆很不解。我能感觉到他很焦躁："几个星期了，他们一直都在哭，因为他们的孩子快要死了。现在他的情况有了起色，他们不是应该高兴才对吗？"

"对他们来说，要高兴起来恐怕很难。他们已经对孩子的离去做好准备，他们接受了这个现实。然而现在，突然之间，孩子不会死了，可也没有痊愈，身体的障碍仍然非常严重。对他们来说，这是一个打击，把他们重新卷入不确定性之中。他们日复一日地照顾重度残疾的孩子，整整十五年。但在这期间，他们也在变老，感觉自己越来越力不从心。他们会开始腰酸背痛，而与此同时，孩子的体重又日渐增长。于是他们就会产生怀疑，怀疑自己是否能把孩子照顾到最后，是否能一如既往地爱他，直到他停止呼吸的那一天。发觉自己变得无法忍受亲生的孩子、脾气变得暴躁，这会让人不知所措。恰恰很多父母都会有这样的疑虑。这时，就应当由我们来帮助他们重拾信心，让他们相信自己还有能力做好孩子的父母。我们也可以提议在短期内帮他们照顾儿子，不是出于身体上的考虑，而是心理上的，让他们能够暂时抽离这个环境，给自己放几天假……"

12点25分。肚子开始咕咕叫了。我饿得直打哈欠，拿起手机看时间。我一心想着我的番茄干、橄榄和菲达奶酪，它们正在向我招手。我原本要在12点半接待一个年轻女孩，但她刚刚发来一条短信，取消了预约："不好意思，今天来不了啦。"

已经是下午1点05分了。我和特教同事约好了一起吃午饭，但一通电话让我迟到了——嗐，只是这么一说而已。"迟到"在我们这种科室是一个非常相对的概念。我从包里拿出我的沙拉，想到番茄干、橄榄……我的口水都要流出来了，终于能"此时此地歇歇脚"了。不防一个护工在走廊里拉住我："啊，穆里叶，我正找你。我们那有个妈妈，太急人了。她的宝宝生下来才五天，呼吸暂停。她已经七十二个小时没睡觉了，已经累到不行，她快崩溃了。"

于是，我和我的橄榄说了再见——我下意识地把沙拉放在一个角落——就跟着年轻的护工来到这个叫伊泽娅的小姑娘的病房。她妈妈的眼睛里噙满了泪水。我轻声做了自我介绍。她低声啜泣，身体微微颤抖着说："没事的，我不需要什么帮助。"这句话我听到过太多遍了，因此一点也不气恼。我走过去看她的孩子，孩子的小脸被呼吸面罩和大大小小的管子遮得严严实实。"你看，你多勇敢呀！这么努力地抗争！"我对孩子说，然后转过头去看她的妈妈。我邀请她和我一起在临时搭起的折叠床上坐下。在这张床上，她已经度过了两个辗转难眠的夜晚。我请她给我讲述她怀孕和生产时的事，讲那些"从前"的日子。当她重新回忆起这些幸福的时光，就止住了泪水，平静地讲述起来。她甚至说起她如何想象即将发生的事情，这在几分钟之前仿佛还遥不可及。这位母亲是个虔诚的信徒，她预想过"灾难"，死亡，她把一切都托付给上帝："如果她走了，那也是主的意志。但我想陪在她身边。我多么害怕她趁我不在的时候自己一个人走啊！我现在连洗手间都是跑着去的。"但如果她能挺过来呢？这位母亲抬头看向她的孩子，泪水重新涌上双眼："在经历了所有这些折磨之后？我不敢相信她会好起来。她的身体很难康复了,不是吗?"我只是听着,努力更好地感受她此时此刻的体验。她不哭了,似乎恢复了元气……我同她告别,完全不知道她的小女儿的命运将会如何……

隔了一周,我听说小伊泽娅已经回家了。看来她最终恢复得很好。

我瞟了一眼手机屏幕。现在是下午2点10分。我收到弗朗西娜的短信,一位特教同事,她知道我们的时间表变化无常:"我们吃完午饭了,没等你。"

下午2点40分。我正在开会,一个陌生电话打了进来。由于有可能是紧急情况,我就接了起来:"喂?喂?"信号很差。"我这儿听不清。"我大声说,仿佛这样就可以消除杂音、让线路更清晰。我只能听清零星的词:"公交车""爆炸"。刹那间,某种直觉让我立刻进入了战备状态。一听到"爆炸",我立刻就想到"紧急情况":"您是说一辆公交车吗?爆炸了?喂?您听得到我吗?多少人伤亡?我实在听不清您说的话,我尽快到!您只把地址告诉我就行!多少人受伤?"

"德罗马女士?"

"哎?"

"**德罗马**女士?"电话那头的声音坚定地叫我的名字。我对这个声音有印象。我在哪里听过。正当我在脑海里搜寻它的主人时,我听到它清清楚楚地说出了我儿子初中校长的名字。通话质量清晰了,情况骤然变得滑稽甚至荒唐起来。

"啊,好了,我终于听清了,您说。"

"您的儿子上学迟到了,他的理由是他乘坐的公交车爆炸了。如果他真是坐公交车上学的,我们或许还会信上这么几秒,可现在,这谎撒得实在太拙劣了……"

我想笑,笑我自己,也笑我儿子——这并不妨碍我晚上训斥他。但我不会对他说的是,他的这个谎让我意识到我确实需要多多关心他了。

已经快下午4点了,我突然意识到自己还没吃午饭。我已经饿得不行了。我打开包找沙拉时,才想起它不可能在里面,因为刚才被我拿出去了。但我能把它放在哪儿呢?我来到走廊里,推开了好几扇门,包括医院清洁工的小工作间、护士办公室。我见到人就问:"您有没有看见一个方形的特百惠饭盒,蓝色盖子的?"大家都说没有。但就在我转身离开之际,一个护士拉住我,对我说:"你知道琳达的爸爸最近又干什么了吗?他擅自把琳达生日时我们送给她的电子游戏机带回家了!我简直气疯了!他从来都不来看她,每次一来,都是为了拿走她的玩具送给家里别的孩子!"我听到这个消息很难过,但一点也不惊讶。琳达是我们科室的吉祥物,是一个做了气管切开的年轻女孩,依靠呼吸机呼吸。她全身瘫痪,只有一个手指还能动。她在医院里生活——或者,更确切地说,她已经在我们科室住了十多年。她的父母还有另外两个孩子,很少来医院看望她,生活应该已经把他们拖得疲惫不堪了。

我继续寻找我的午饭,一直找到休息室。我在桌子上下看了个遍,还挪动了几把椅子。我机械性地打开微波炉……万一呢。

找到了！我的沙拉就在里面。我丝毫不记得我曾经把它放进去过。不管怎样，终于能开饭了……菲达奶酪变软了，沙拉菜也是。番茄干还保持着正常的形状。我拉开一把椅子，幸福地坐下狼吞虎咽起来。

下午4点35分。例会过后，我继续一天中要完成的工作。我要和雷昂的姐姐见面，现在已经迟到了。雷昂是一个八个月大的婴儿，患有非常严重的神经肌病。他出生时一切正常，医生没有发现任何问题。但到他四个月大的时候，父母开始担忧，他们发现他几乎无法支起自己的头部。他们随即带雷昂做了一系列检查。两个月后，他们得知孩子将会终身瘫痪。雷昂因为呼吸障碍被收治在重症科后，医护人员就一直在思考一个无法逃避的问题："应该为雷昂做气管切开，让他活得更久，但永远是这种重度残疾的状态，还是应该放弃介入，让他就这样死去？"我也一样，这个问题萦绕在我的脑海里，挥之不去。但现在还不到回答它或者让雷昂的父母思考它的时候。我想先听听他们全家人的想法，试着了解他们如何看待孩子的病情，以及他们是否能够想象未来和他们的小宝贝的共同生活。为此，我每周见雷昂父母一次，但今天是我第一次见到他的姐姐，一个六岁的小姑娘。

她很可爱，两条赤褐色的辫子横着扎起来，活像长袜子皮皮。

"你的弟弟怎么了？"我问她。

"很明显嘛，他得了一种遗传病！"

"遗传病，是什么意思呀？"

"哎呀,看也能看出来啦,就是一个**麻烦的病**[1]。"

"啊……"我哑口无言。

我觉得好笑,两个词如此相似,而我竟从未把它们联想到一起过。我接着说:"那,你家里现在怎么样?"

"挺好的!"

"爸爸妈妈呢?"

长袜子皮皮微笑着点点头。

"家里气氛好吗?大家什么话都可以说?"

"嗯,对。"

我继续追问:"所有话?"

"对,呃……除了他们一直在想的事情吧。"

"是吗?你爸爸妈妈一直在想什么呢?"

小姑娘伸出舌头舔了舔上唇。她的嘴唇由于干裂而泛红。

"呃……他们总是在想雷昂将来能不能走路。"

"啊……我懂了。那你呢,你怎么想?"

小姑娘闪着大眼睛转向我:"我肯定他可以走路!"她大声回答,辫子也跟着一摇一摇的。随之而来的是一阵突然的沉默。她神情严肃地思考了好一会儿,目光凝重。"怎么向你解释呢?"她试着用动作表达她的想法。她从椅子上下来,用夸张的姿势给我演示她的弟弟怎样才能学会走路:"我们给他穿一个背架,在他的肚子和后背这儿,就像这样,腿上也有好多东西,我呢,我就用胳膊搂着他,让他这样走。"她做出扶着一个大木偶走路的样子。我心想,她确实跟长袜子皮皮一样厉害!

---

[1] 法语génétique(遗传的)与gêner(制造麻烦)部分读音相近,小姑娘天真地以为两者同源,故有此歪解。

这个小姑娘全都明白：她的弟弟瘫痪了，需要穿背架，还需要她的帮助。我问她是否还有其他问题，于是她乖乖地坐回椅子上。

"有。"她回答。她小小的舌尖又伸出来，去舔嘴唇上干裂的皮肤。"我一直在想……呃……我们能一起玩摩比世界吗？"

其实，她担心的是弟弟会瘫痪到什么程度。

"这个问题很重要！你是怎么想的？"

"我一直在想，想了又想……想到最后就觉得我们肯定能一起玩。"她说出这句话，仿佛这是她内心斗争很久才做出的决定。"但是……怎么说呢，我想可能我来让它们动，他来让它们讲话。"

我欣喜地看到，我们的小皮皮考虑了所有现实条件，为弟弟找到了一条可行的生活之路。

下午5点20分。女孩的妈妈来接她。我于是又接待了她妈妈，想了解她如何看待目前的情况。她对我说，她的小男孩出生时就和老大老二不一样："我能看出他就是有一些问题，但儿科医生告诉我一切正常。我无法相信。我以为是我疯了。当他的病终于确诊时，我完全懵了，但同时又感觉心里的一块石头落了地。"她还告诉我，他们刚刚买下一套公寓："简直不可思议。在还不知道我们的小家伙得了病的时候，我们就买了一套底层的公寓，还带一个小花园，朝向街心公园。街区里所有孩子都会聚在街心公园玩，但那边没有卫生间……他们就来我家上洗手间！雷昂以后会坐着轮椅，什么也做不了，但他会遇到来我们花园的孩子。您看，这是不幸中的万幸呢……"

我注意到雷昂的母亲也在计划未来。在她的想象中，她的孩子会坐上轮椅，她甚至想到怎么让他接触其他孩子。总之，她正在接受气管切开这个选项。于是，我告诉医疗团队，这个家庭显然已经准备好接受一个全身瘫痪的雷昂，接受他自然而然的样子。

傍晚，6点25分。我的手机屏上弹出一条语音信息，是"布朗班女士，姑息治疗学术论坛会务组"。天啊……我完全把这事抛在了脑后！"我们没有收到您的发言提纲。请问您能否尽快发给我们？时间紧急。谢谢。"我决定今晚睡前写……如果我还能坚持到那时的话。

电话又响了。这次是米里亚姆，我最好的朋友之一。她患有癌症，这已经是第三次复发。她正为此备受煎熬。我很高兴她在非常痛苦时给我打电话，尽管我不知道能如何帮她……我害怕……我怕自己粗枝大叶，怕自己力不从心、坚持不住，尤其怕有一天她终将离我而去。我建议她放松一段时间，试着找回内心的力量。我感觉到她慢慢平静了下来……

她经历病痛的方式深刻而真实，这是她赠予我的宝贵礼物。我知道，只要不是英年早逝，总有一天我也要面对身体衰弱或死亡临近带来的痛楚、孤独和焦虑，也要经历别离之苦。我也知道，到那时，在或不在，米里亚姆都将是我的引路人……

12　　　　　　　　　　　严重还是不严重？

吕多维克出生三年后，我感觉怀孕卧床或者连续数月甚至数年睡不了安稳觉都没什么大不了了。重要的是试着实现我们的梦想，召唤第四个孩子降临人世。我们很幸运，因为几个月后，我就再一次怀孕了。这一次，我不再需要卧床休息，可以按照正常的日期休产假了。我对住院的孩子们解释说，我要去生小宝宝，所以会离开很长一段时间。其中一个孩子回答我："那再见，祝你退休愉快！"

生完孩子，我终于赶上了医疗系统公务人员考试，并成为三十个通过考试的心理学家之一，我当时已经以短期合同工身份工作了七年之久。回到家，庆祝气氛已经十分热烈。阿莉泽在公寓里摆满了各种颜色的爱心装饰，上面都写着："妈妈万岁！"

孩子们经常对我说："要依着你，任何事都不算事。"的确，在他们小的时候，每当有人因为一些小磕小碰而嚎啕大哭，我往往会嘲笑他们一番。

"我哭是因为太疼了！"

"所以呢？要不我叫消防员来吧？"我同他们打趣。

渐渐地，我发现，反其道而行确实有效。我越是让他们哭，就越能更好地倾听他们，他们便能越快地恢复平静。

在家里，我们对于事情严重程度的认知并不总是很一致。而这可能引发……爆炸性的对话。我还记得六岁的西普里安坐在沙发上，张开双臂迎接刚出生的马克西米利安。

"小心点，"我告诉他，"你要是把他摔到地上，后果会很严重。"

"不对，"他一脸严肃地回答我，"会严重，但不会**很**严重。一颗小行星撞到地球，那才叫很严重呢。"

我被他自信满满的回答噎得哑口无言，随即爆发出一阵大笑。不管怎样，至少他明白了，在衡量一件事情的悲惨程度或者某种痛苦时，每个人都有自己的参照系。

我的产假一直休到马克西米利安一岁半的时候。有了四个孩子，我的生活节奏变得十分紧张。我怀疑自己能否顺利地重新开始工作。我在犹豫……弗朗索瓦感觉到我需要工作。他鼓励我相信自己。

我既高兴又忐忑地重返医院。为了在继续职业生涯的同时照顾到孩子们的需求，我选择了半时工作。有我婆婆的帮助，孩子们每周最多只要去两次食堂。他们也不需要去课后晚托班，因为我一般都能在放学时去接他们。但每周四除外，这天是我公公在下午4点半去接，并且照看他们直到弗朗索瓦回家。周四晚上我要在医院接待日间上班无暇前来的家长，有时还有夜班医护人员，如果他们有特定需求的话。

遇到紧急情况脱不开身时，妈妈之间的团结互助就成为我的依靠。有她们在是多么幸运！由于知道猥亵儿童的事件往往是熟人作案，我和孩子们约定了一个暗号。我告诉他们，如果有人对他们说"你妈妈叫我来接你"，但却给不出暗号，就不能跟他走。但对我的女性朋友，孩子们十分信任，一听到她们说"你妈妈今天会晚些回来"，他们就会带着一种让人五味杂陈的洞彻回答："啊，有个小朋友正在死去……"

在家里，我们会很自然地谈到死亡。四岁的吕多维克希望我们在他的葬礼上不要忘记带可乐。西普里安七岁，是个十足的球迷，想要人们在那天组织一场所有人都能上场的足球赛。九岁的阿莉泽觉得，大家可以在她周年忌日时一起去看一场舞蹈，以免过于悲伤。至于马克西米利安，他才两岁，暂时还没有意见要发表！

孩子们放学后，我和他们一起吃点心，像往常一样问他们："你们这一天过得怎么样？课间休息时玩什么了？和谁一起吃的午餐？"大家正七嘴八舌地聊着，吕多维克突然说道："今天太棒了，因为是西普里安来接我的。平时来的那个阿姨今天不在。"

"啊，对……我们忘了告诉你，平时管我们吃午饭的阿姨，今天没来。所以，老师打电话叫我们去接吕多维克，因为他没在食堂登记。"

"那你怎么没给我打电话？"

"老师说要快一点，我就直接去接他了，免得让他等。"

"他们就这样让一个八岁的男孩带着他五岁半的弟弟

走啦？"

"呃……我到的时候，其他小孩都去操场上玩了。我就让吕多维克跟我来。克里斯蒂娜有点惊讶，但我想她可能以为你在车里等着，因为以前有过这种情况。"

"但你们就没有想过要给我打电话吗？我可以回来带你们吃午饭的。"

"确实想到了，但我们又觉得，为什么要打扰你呢？我们已经想好吃什么了。等你回来的工夫，我们就又该回学校了。我一直跟你说，不用让阿姨来。我毕竟已经八岁啦，我可以自己煎肉饼下意面，这又不是什么难事！我们俩觉得阿姨不在反而好很多！"

"嗯，对，没有她我们也做得很好……"

孩子们的适应能力让我瞠目结舌……我们调整了安排，再没去找那个保姆。

一天下午，我与往常不同，难得提前到学校接马克西米安。我和一些家长打了招呼。一位母亲来跟我聊天，历数她三个孩子生病的情况。

"我现在简直像生活在**地狱**里一样，"她说，"没完没了，他在我们面前没完没了地吸鼻子。我受够了一直给他擤鼻涕。另外，那天他还得了耳炎。我丈夫和我一夜起来了两次，太可怕了！我们**累垮了**！你能想象吗，我们真是倒霉啊……"

我觉得她想让我附和她，等着我说："真遗憾……""太不容易了……"，或者"的确，生活就是如此艰难，我懂这种感觉"。我呢，我能讲的琐事不比这位妈妈少，但她让我莫名地恼火。这句"他在我们面前",还有耳炎、吸鼻子,诸如此类的事,都仿佛是火上浇油。我感觉我快要说出一些不得体的话了。我有时脾气很差:一想到医院里的一些画面和言语,就完全受不了这种抱怨。在医院里,有的家长会因为全身瘫痪的儿子动了动小拇指就欣喜若狂,另一些家长则因为孩子死去而痛不欲生。

幸好,我还从来没在学校门口爆发过。我努力控制自己的情绪,保持平静。不过,如果我当天刚在医院经历了过于沉重的时刻,我就会站得离其他家长远一些,哪怕会因此显得不太合群。我很高兴能够管住自己的嘴,但或许这才是最痛苦的事。我也想向别人倾诉我刚刚亲历的不幸,可那样就会彻底切断我与他人的联系。而且再怎么说,当我的孩子生病,夜里要起身不知道多少次时,我自己也会觉得难以忍受。

让我感到奇怪的是,在那些患有严重疾病、佩戴医疗器具、重度残疾或者遭受创伤的孩子当中,很多人经常对我说"**疼痛嘛,其实还好**"这样的话。是故意轻描淡写?是因为他们在学着与疼痛共处?抑或他们习惯了静静等待能够减轻痛苦的治疗,等待护工帮忙换姿势来缓解某个部位的疼痛或者带他们去卫生间?

在科室里,只要认真听上一会儿,并且忽略掉仪器"哔哔"的监测声、蜂鸣声和警报声,就会发现,其实孩子们很少因为疼痛而哭喊,除了那些非常健康的小婴孩——给他们打石膏矫治髋部时,他们会嚎啕大哭。其他那些孩子,那些不喊疼的孩子,那些几乎永远在承受疼痛却一声不吭的孩子,他们是逆来顺受?勇敢坚强?抑或习以为常?我得承认,对我来说,这是一个谜。二十年的职业生涯里,我一直在探究这个问题,试图找到答案。

无论如何，我明白了一件事，那就是他们的疼痛让我联想到其他的，也就是我自己的疼痛——铭刻在我的记忆里，不管能否意识到——我想是它们帮助了我，让我能够陪伴医院里这些苦于躯体疼痛的患者。而且我觉得，如果不是自己也曾直面过它们，我恐怕也不能如此准确地理解完全被疼痛侵吞是怎样一番滋味。

比如，在分娩之前最难受的那个阶段，我发现产痛不是连续的，而是随同宫缩，来一阵，去一阵。事实上，我每痛上三分钟，都能有两分钟的间歇。我于是明白，要想坚持到底，就要抓住疼痛留给我的喘息的时机，调整自己，重新积蓄力量。我越是担心疼痛的来临，它就越严重，因为等待疼痛的过程会和疼痛本身合而为一。我从未忘记这份教益，它适用于所有"艰难"的情形：不要任由短暂的痛苦、考验、不适或难以承受的时刻控制自己，使一天中余下的时间也黯然失色。

有一次，一个患者的疼痛——准确地说是他表达的方式——把整个科室都变成了他的人质。那是一个俄罗斯小男孩，连续几天整日地哭喊，他哭得时间太长、声音太响，把喉咙都哭哑了。那次实在很棘手，医护人员束手无策，深感无力。团队里除了一位体疗师外，没人会说俄语，我于是请她做翻译，才得以和这个叫鲁迪的小男孩交谈。

"你好，鲁迪，我来看看你，是想了解你现在的感觉。我们都听到了你有多么痛苦，但是，因为你一直在哭，我们就不知道你哭是因为疼、因为难过，还是因为感到绝望。"我停顿片刻，好让我的翻译把我的话用俄语重复出来，"你要帮我们区分一下，否则我们没办法帮你缓解。医生都想帮你，但他们不知道该怎么办。"

我教鲁迪用不同的方式叫喊，用神情、动作告诉我们他的痛苦来源。慢慢地，就像父母学着在婴儿身上分辨表达饥饿、疼痛和疲惫的不同哭声一样，我们也学会了辨别鲁迪难受的原因所在。我们能够把他身体上的痛苦——头痛或肚子痛——与害怕或焦虑区分开来了。他主要是害怕。身在异乡的鲁迪感觉自己孤独地活在世界上，无依无靠。他哭得声嘶力竭，来表达被父母抛弃的恐惧。

如果感觉不到疼痛呢？这种由瘫痪导致的知觉丧失也必须以正确方式对待。有时这并不容易……我和哈迪亚相处时就闹过乌龙。这是一个四肢瘫痪的小姑娘，她妈妈怒气冲天的时候几乎要把我的办公室震塌。医生和护士一直向我强调她喝水太少，这导致她的泌尿系统出现了一系列问题。他们派我去告诉她这件事。

"你知道因为你不喝水，身体发生了什么变化吗？"

"知道，我有尿路感染。"哈迪亚回答，她了解自己的情况。

"哦！你也觉得痛，对吗？"

我以为自己的理由无懈可击。然而哈迪亚用她小小的声音反驳了我。如果可能的话，她一定还会耸耸肩膀："没有啊。"

我突然觉得自己很愚蠢。眼前的她穿着一直顶到下颌骨的背架，全身都失去了知觉。她当然不会意识到自己反复出现的尿路感染了！

"好吧。但你还是不能忘记喝水，因为你的身体会受到损害。说些别的事吧，你现在怎么样，还做噩梦吗？"

"我又做了同样的噩梦。"

"上次那个？"

"对。我不知道为什么,但总是一样的场面。布什通先生在追我。他追上了我,把我锁起来,我变成了他的一件东西……"

"太可怕了……"

"是啊,真的!另外,我不知道为什么是布什通先生。那天你跟我说,我们的梦或者噩梦会揭示一些事情,但这个梦,我想不明白……不过,我按照你说的那样做,成功改变了结局!你知道吗,这次不像从前那样——他抓住我,不让我动弹——这次,我头脑里有一股力量。太神奇了,我用这股念力推开了他,重新获得了自由。改变噩梦,这简直不可思议!你说得有道理,这不是件容易的事,但真的很棒!"

而我呢,我知道布什通先生或者说"嘴巴-躯干"先生[1]是谁,因为这确实是哈迪亚面对的现实。她曾为避免陷入全身瘫痪做过一个手术,结果却成了现在这副四肢瘫痪的样子,只剩下了嘴巴和躯干。但我不敢向她解释……既然她已经找到了控制噩梦的方法,为什么还要再去戳她的痛处呢?

---

1 布什通,法语为Bouchtron,是bouche(嘴巴)和tronc(躯干)两词相连后的谐音。

13 全部捐献

街道上装饰着光芒璀璨的花环，城市中到处都是彩灯明灭的圣诞树。假期临近，而我已经精疲力竭。两周之后，我要招待我的姐姐和外甥们。我连一件圣诞礼物都还没准备，一想到要在商店里黑压压的人群中挤出一条小路，我就泄了气。更不用说还要安排节日菜单、囤积如山的牛奶和酸奶！我多想陶醉在圣诞的欢乐气氛里，享受和家人在一起的时光呀。我想停下来。我身边的一切都运转得太快：医院、家、孩子、圣诞节……

几个月前，我在网上找到一家名叫"百片天空"的土耳其浴的地址。我心想，这才是最要紧的事[1]。我要让时间停下来，慢慢感受一分一秒的流逝……我决定了，我要调休！

我提前告知了医院，满心欢喜地为"离线"的这一天做方案。我把一切都计划好了，一切都想到了，唯独没料到会发生意外。就在星期日晚上，我休假的前一天，西普里安发了高烧，我只好取消了土耳其浴，跟舒缓的音乐和薄荷茶道别。我安慰自己说，至少还能睡个好觉。我别无所求，早上睡到自然醒，白天再小憩一会儿就足矣。欣慰地想着第二天慵懒的快乐，我进入了

---

[1] "百片天空"法语原文为Les Cent Ciels，与l'essentiel（重要的事）谐音。

梦乡。

早上9点，我微微睁开眼。家里一片宁静。在清晨的一番嘈杂过后——起床、争先恐后去洗澡、早新闻、闹哄哄地去上学——我又睡了一个回笼觉。和每天早上一样，我在脑海里预演了我的一天。今天的幸福就是没有任何紧急事项要处理，除了照顾西普里安，就是休息。但电话铃声把我从思绪里拉了出来。

"喂？"我的声音还没睡醒。

"穆里叶吗？我是索尼娅。我打给你是因为我们需要你的帮助。"

"怎么了？"

"我们夜里收治了一个叫玛侬的小姑娘，五岁，无过往病史，应该是在浴缸里溺水了。医生会宣布她脑死亡。我们得试试器官捐献。她是理想的捐献者，但不知道家长能不能同意，问题就在这里……科室的工作已经超负荷了，我一个人实在顶不住。你可以来一下吗？"

仿佛洗了个冷水澡一般，我猛然清醒过来。这番话着实有效。我接下来回复护士长的话里已经没有了一丝睡意：

"我得看看我儿子的情况。他昨天发烧将近三十九度，如果他还在烧，我不能丢下他一个人。"

"好。一会儿见！"索尼娅对我说，就好像我已经在路上一样。

西普里安也被电话铃声吵醒了。我向他房间里探了探头。他看起来气色并不好。

"你感觉怎么样？"

"唔。有点头疼，不过好了一点。"

"医院里有一件急事。如果你好些了，我得去工作，他们需要我。不过如果你还发烧，或者只是需要我，我就留在这儿。你是最重要的。"

"那边发生什么事了？"

"唉，你知道的，只要他们给我打电话，就总归是一些严重的事。"

"我知道，具体什么事？"

"你真的想知道？"

"告诉我吧。"

"是一个小姑娘……她现在是脑死亡，也就是说，她的大脑死了，但心脏还在跳动。"

西普里安睁大了眼睛，目瞪口呆。

"是的，很可怜。但是，你想，如果我们成功说服她的父母，这个小姑娘就可以把她的肺、肾和心脏捐给其他需要接受器官移植的孩子，他们就得救了。"

"好的。我会没事的，你知道。我自己能行。最重要的是这些孩子能得救。"

我确认了他不再发烧后，就又吻了一下他的额头，轻轻地关上房门。就在这时，我听到他说："如果你成功了，我是不是也有一点功劳？有点像我救了他们，对吧？"

"有点，对……"我笑着说，"但如果你不舒服，一定给我打电话，好吗？"

"好，好，不用担心……"

我始终很难接受在自己的孩子生病时反而去照顾他人这件事。在我看来，这不合逻辑……但与此同时，我也欣赏我十三岁的儿子能说出这样懂事的话。本来指望着休一天假的我，现在却在为一场马拉松做准备。我一边嚼着我的切片面包，一边给弗朗索瓦发短信："刚才有个小姑娘死去了。我们要试着说服她父母接受器官捐献。我不知道几点才能回家，你可以尽量早点回来吗？"回复很快就来了："放心，我会安排好时间的。为你加油！"

我一来到科室，就被一群闻讯赶来的白大褂团团围住。最先来的是接待处的秘书，而后是索尼娅，最后是护士们。

"穆里叶！我们正等你呢！你能抽出时间真是太好了……"一个人说。

"你已经知道了吗？"另一个打断她。

"知道了，谢谢。我去看看他们怎么样了……"

"粉色重症病房。"索尼娅提示我。医院的每个区域都有许多颜色，"蓝色"、"绿色"或"粉色重症病房"。在这个迷宫里，对于迷路的或者已经一无所有的儿童家长，颜色有时是唯一的参照物。

我向粉色重症病房走去。我有点紧张，为即将开始的这一天感到忧虑；但我也知道，这种紧要关头正是重症团队最优秀的时候，不顾饥渴和劳累，日夜颠倒，忘掉个人恩怨，为实现一个共同目标而努力。之前精疲力竭的我也在压力——尤其是肾上腺素——的作用下，感到能量倍增。

在孩子的病床周围，医生和护士们因为戴着口罩和护发帽而变得难以辨认。不过我还是认出了西蒙，重症科医生，他夸张的棕色卷发从帽子下面露出来。他一年去两次理发店，我看，下一次应该不远了……我上前一步。一只戴着手套的手迅速拦住了我:"戴上护具!还不知道是……流感、脑膜炎还是什么……"

执行指令。我在白大褂外面套上一件蓝色防护服,戴上口罩,然后问西蒙:"她溺水了,是吗?"

"我们最初是这样认为的,但她的肺没有任何问题,所以不会是这个原因。"

"她在浴缸里痉挛了?"

"也不是。是心脏骤停,但还不知道为什么。得验血才能知道怎么回事。我知道更多信息后再告诉你。你见过父母了吗?"

"还没有……"

"心电图已经平了。现在就得跟他们谈器官捐献的事了。"

"你跟他们谈过了吗?"

"大致说过,但他们没反应。靠你了!我们时间不多,一定得成功。"

我被他的信心打动了。这是我第一次陪伴一个家庭做器官捐献,我像初出茅庐时一样害怕。我试着整理我的思绪,在脑海中分别列出应该和不应该做的事。坚决禁止"如果是我"这类措辞:穆里叶,没人管你会怎么想,好吗?我定了几个基本方向:对他们失去这个孩子的理解,她的身份——她是个怎样的小姑娘?这个家庭的痛苦,评估痛苦的程度。只有在这之后,才能谈是否捐献器官。

走廊尽头,我看到两个人影。我从他们的体态便能看出消息的严重性,看出这一夜对他们而言是多么动荡。他们应该就是罗蓬夫妇,玛侬的父母。趁着他们还没看到我,我先溜进了卫生间。我慢慢地洗手,非常认真地洗,就像要洗掉与之前所有咨询对象接触留下的痕迹。我拿出粉扑，闭上眼睛，感受海绵轻柔地抚摸着我的脸颊和鼻子。我特别注意盖住几个存在了好几年的粉刺。我在发干的嘴唇上涂了补水唇膏。我对着镜子里的自己微笑。每当要面对他人，我就要给自己打足气，确保不要破坏第一印象。

在离候诊室几步远的地方，玛侬的父母迎面走来。她的父亲很高大，金褐色头发，还挺帅气，尽管极度的痛苦使他形容憔悴。旁边是他的妻子，三十五岁左右，可能还要更年轻些，厚厚的红棕色发辫垂在颈后，微微佝偻着身子，似乎被负罪感压弯了肩背。她的眼皮很肿，眼睛也由于哭得次数太多，看上去整整大了一圈。相反，她的身体看起来又是那么干瘪，几乎毫无生气。她仿佛就是痛苦本身，在这种情形下，全靠本能支撑才不至于倒下。

"这是我妻子，爱洛依丝。"她的丈夫把她揽在怀里，对我说。

"您好。感谢两位愿意和我见面。来吧，在我办公室里谈比较好。"我一边对他们说着，一边指向几米外我办公室的门。这对夫妻一小步一小步地向前挪，短短的距离显得有几公里那么长。他们缓慢的动作令我内心焦灼，因为我知道计时器已经按下，孩子们正等待救治，分秒必争，但我控制自己按照他们的节奏走。

"请进！请坐吧……好……两位愿意给我讲讲玛侬出了什么事吗？还是因为一直向医生护士们重复同样的内容，已经觉得很累或者有些烦躁了？如果两位不愿意，我也理解。"

"没有，没有，"爱洛依丝回答，"没关系的！"

我用寥寥数语向他们解释了我的角色，并且强调，与试图理清物理事实的医生不同，我关心的是他们，家长，在整个过程中的想法和感受。他们会像许多人一样告诉我他们不需要我，说他们"会好的"吗？

"您来得正是时候！"玛侬的爸爸博努瓦对我说，"这正是我们想要表达的。很难……呃……"他转头看向他的妻子。他并不是在寻找合适的词语，而是欲言又止，实难开口，"即使一起谈论，也还是……太难了。出事的时候我不在……我太自责了！我当时在昂热，我导演的一部剧在那边首演。他们等演出结束后才告诉我。如果我做的不是这样一份职业，在那个时刻……我就能和我的妻子、孩子们在一起了。我没法原谅自己。"

他任凭眼泪顺着脸颊淌下来。尽管声音哽咽，他还是继续说下去："我希望有一天我能真正……真正不再……**怨**我的妻子。我知道她做了一切该做的事……是最好的母亲，但是……玛侬……她现在救不回来了，这真的无法承受……"

爱洛依丝目光呆滞。她陷入真空之中，被虚无紧紧包裹。她一直弓着身子，脖子缩进肩膀里，双臂交叉在腹部，好像肚子痛得不行。谁看见她恐怕都想逃跑。哪怕只是看上一眼，她的悲痛都让人难以招架。

"我看您的妻子似乎非常痛苦。"我说。她还一言未发，我想把她从沉默中拉出来。我问她："女士，您能告诉我，以前一切都顺利的时候，玛侬是什么样的吗？讲讲她病倒之前的那些日子吧。"

她微微伸了伸脖子，就像一只乌龟懒洋洋地从背甲里探出头："玛侬……？"她浮肿的眼睛里流露出一丝不易察觉的微笑，

"她是个十足的小女生,她很棒。她喜欢玫瑰花、首饰,还有公主的装扮。"

她讲起女儿时突然用了现在时,我心里暗道不妙。我估计她还没真正意识到她的女儿已经死了。

"周六那天,她还活蹦乱跳的!她一整天都在她最好的朋友家。她们关系很好。周日,她却不太对劲了。"她接着说,"她午睡醒来就发烧,然后还吐了。吃了退烧糖浆之后,她的体温下降了些,但几个小时后又突然蹿了上去。她直打寒颤。我建议她和哥哥还有那天在我们家玩的小邻居一起洗个澡。和往常一样,他们一边玩一边打打闹闹。这时,我……我离开了一下。"

她能组织词语来讲述她不久前经历的惨剧了,这些词语一点一点地组成句子,串成一段连贯的话。但突然之间,她又泪流满面,回到了消沉的状态,脖子缩进肩膀。说话对她而言越发困难了,但她的声音仍在继续:

"我去接电话时就把他们三个留在那了。我听到他们在玩水、嬉闹。然后……过了一会儿……玛侬喊我。她想出来。于勒也是。我跟他们说我做完手头的事就来。我当时还在准备晚饭。我太后悔自己没有马上回应他们了……为什么我没过去?"

"很可能是从她的声音里听不出紧急或者令人担心的情况。"我说。

"我应该留在他们身边的。"这可能是她二十四小时之内第一千次重复这句话了,"因为之后……之后……我就没听到他们的声音。后来我的儿子于勒喊我,从他的声音里我立刻明白发生了严重的事情。我马上赶过去,眼前的景象可怕至极。玛侬的身体浮在浴缸里，一动不动。我赶忙把她从水里捞出来。我大声喊她。"

她泣不成声，一时无法继续说下去。她的丈夫温柔而坚定地握住她的手。她调整好呼吸，接着说："我永远无法忘记她小小的、无力的身体在我怀里的分量。永远。我试着像电影里那样，嘴对嘴给她做人工呼吸，但她就是醒不过来。我继续喊她。我从来没喊过这么久。我打了急救电话，还打给了我邻居……您明白和急救中心的接线员说话有多么困难，我同时还在做人工呼吸，还要回忆地址，诸如此类。幸好我的邻居很棒，她替我说的，我自己说不清楚。消防员五分钟之后赶到，然后是急救中心的人。他们开始上重手段，但我内心深处明白她已经死了。我的胳膊和整个身体都无法忘记那种感觉。我崩溃到极点，甚至无法想象要怎么通知我丈夫。是我邻居的丈夫告诉他的。"

爱洛依丝的目光重新变得模糊起来。她翻来覆去重复着这几句最沉痛的话："这个一动不动、小小的身体，很重，多么重啊，就在我无力的怀抱里……她的身体那么小……那么重，一动不动，那么小，那么小，怎么可能呢？这种事怎么可以发生呢？那么小，那么柔弱，她那么小……"

她重复的次数多了，我也开始体验到这种可怕的感觉，体验到一个死去的孩子身体的重量。我的脑海里瞬间浮现出我照看马克西米利安的那个令人焦躁的夜晚。那次，他十五分钟吐一次，一直持续了十个小时。他的身体被排空了，蔫了。他甚至无法站立，我们只好带他去住院。输液之后，他立刻就不吐了，终于能够入睡。我也睡着了。看到他的面色重新红润起来，我也安心了……跑题！现在要关心的不是我，而是玛侬的父母。"集中精力！"我对自己说。我转向博努瓦："您呢，先生，您是怎么得知这个消息的？"

"是在演出结束的时候。大家都在剧院大厅等我们一起开香槟庆祝。我听到手机响。我特别高兴地看到我妻子的号码，我以为她要说她想我，那么晚……但电话那头不是她的声音，是我的邻居。一个很好的男人，我很欣赏他，但是我不明白他为什么要在这个时间给我打电话。他问我：'你现在坐着吗？'我就开始浮想联翩了！这一瞬间你脑子里能闪过的东西实在是很愚蠢。我以为他要告诉我：'喏，我爱上你妻子了。'他们之间不可能会发生什么事，但还有什么原因能让他在深更半夜拿着我妻子的电话呢？"

爱洛依丝露出了一丝微笑，她任凭自己被丈夫的言语包裹着，那是爱的表达。

"我怎么也不会想到出了那么严重的事。"他接着说，"我像我邻居要求的那样坐了下来，尽管我觉得这很荒唐。然后我听到：'你必须尽最快的速度赶回来。你女儿出事了……她在浴缸里溺水了。'"

"'在浴缸里？'我愚蠢地问。我想，浴缸里从来不会有太多水，玛依溺水应该也没什么不得了的。我想跟爱洛依丝说话，但她的嘴里发不出一点声音。"

"我的身体僵住了。喉咙里像是卡着一团东西，让我什么都做不了，说话，进食，喝水。"爱洛依丝补充道。

这对夫妻互相握住了对方的手，握得很紧。泪水更汹涌地流下来。我听到博努瓦低声对他的妻子说："我对你说，别担心，我很快就到。就好像我到了就能解决所有问题一样。而现在，我们在这儿……"

"等了那么久。"

我想起西蒙的话:"我们时间不多,靠你了!"

的确,时间在流逝,我必须提起这个敏感的话题了,这个对悲痛中的父母来说如此刺耳的话题……器官捐献。我开始了:"医生向两位解释过现在的具体情况了吗?"

"解释过,她是……她的大脑……嗯……毁了。"父亲鼓起勇气回答我。

为了让自己尽可能体会他们的感受,我假装毫不知情地问:"就没有一点希望了吗?"

"没有了,"博努瓦回答,"她现在是……'脑死亡'的状态,他们是这么说的。"

"她死了?"

"是的,某种意义上。"

"那接下来要怎么做呢?"

爱洛依丝叹了口气,疲惫而绝望。

"我不知道,"她说,"太漫长了……"

"他们和两位提起过器官捐献的可能性吗?"

这个问题在他们脑海里掀起了一阵风暴。我能猜到那种打击,宛如晴空霹雳。

"什么?"他们齐声喊道。

"器官捐献。"

"说过。"爱洛依丝小声答道。

"没有。"她丈夫几乎同时回答。而后,他错愕地转向他的妻子:"他们什么时候说的?你确定?他们都跟你说了什么?无论如何，我都反对。"

玛侬的母亲吃惊得直起了身子。

"您看起来很惊讶，女士。"我对她说。

"是呀……你怎么这样说，博努瓦？"

"还不够难受吗？你想雪上加霜？"

博努瓦的目光生硬起来，谈话开始偏离可控的范围。这对夫妻眼看就要吵起来了。我的心怦怦直跳。

"你怎么这样对我说话？"爱洛依丝生气了，"你的意思是责任全在我，对吧？"

我必须说点什么了，否则他们两个都会炸开。

"两位已经快三十个小时没合眼了，会有些敏感、易怒，这是正常的。"

我的手机震了一下。我悄悄瞟了一眼，为了看时间——时间在飞快地流逝——也为读屏幕上的短信。显然，负责器官捐献的人到了，她等着见玛侬的父母。我继续说："女士，您能给我们讲讲您对器官捐献的看法吗？您以前听说过吗？"

"嗯，"爱洛依丝答道，"我曾经面临这个选择，在我妈妈去世的时候。"她讲起当时和两个姐姐的激烈争执，她们支持而她反对。"我指责她们要肢解妈妈的遗体，指责她们对她不敬。"

"那现在呢？"我尽可能小心地问她。

"我发现我的立场太幼稚了。"

"您当时拒绝可能是想把母亲留在您身边？"

"对，就是这样。后来，我明白了我们没法逆转已经发生的事。妈妈去世了，我应该接受这个现实。"

"所以您及时改变想法了吗？"

我的脉搏在加速。我多么害怕拖得太久，输掉这场和时间的赛跑。我试着掩藏内心的焦躁，表面上尽可能波澜不惊。

"对，"爱洛依丝回答，"幸好如此，不然我可能会怨恨自己……我会觉得，由于我的过错……"

"导致那些等待器官移植的人死去？"

"嗯，就是这样。"

任务完成了一半，但距离成功还遥遥无期，因为另一半十分棘手……玛侬的爸爸在椅子上坐立不安，他心里窝着一团火，我甚至怀疑他会不会马上摔门离开。我顺着爱洛依丝的话证实说这是一个艰难的决定，说爱洛依丝当时接受器官捐献的提议也经历了好几个阶段，就像在不时遭遇碎石堆的崎岖道路上远足。而博努瓦仍是摇头。他什么也不想听，这条路、路上的石子和其余一切，他通通不愿考虑。

"无论如何，我都反对。"他嘟囔着。

女儿刚刚过世，就要考虑他人的需求，这超出了他的能力范围。想到其他父母得知孩子能通过器官移植得救时的喜悦，他就觉得反感。幸福和"幸福"这个想法令他忍无可忍。或许，想到还有别的孩子死去，别的家庭也要遭受痛苦的折磨，令他在无意识里隐隐地感到些许宽慰。

"从您的反对中，我尤其听到了您的痛苦。它是那么强烈、撕心裂肺，完全把您给吞没了。"我平静地说，"您听我说，现在还不是给出答案的时候。您也许想去看看玛侬？"

霎时间，四只圆睁的眼睛齐刷刷看向我。

"可以吗？"这对夫妻异口同声地问，急不可耐的样子。

"我去问一下。待会儿见。"

我走出办公室,心里有些挫败:我没做好,说服他们的意图太明显了。减分。正当我反复琢磨刚才谈话的细节时,一个纤瘦的金发年轻女人径直来到我面前。她向我伸出手,用力握了一下我的,力气大到快要把它握断,然后开始介绍自己:"您好,我是达芙奈,器官捐献的协调人。您就是心理学家?"

"是的,我是穆里叶·德罗马,"我一边说,一边偷偷地揉着手腕,"我刚才跟两位家长在一起。"

"您觉得他们对器官捐献的态度怎么样?他们准备好了吗?"

我面前站着的仿佛是一架战争机器,一辆推土机。

"呃……其实……没有,他们还没完全准备好,但还有进展的空间。她的妈妈准备好了,爸爸还没有。"

"我们来看看。从现在开始,都由我来处理,好吗?"

我假装同意了,尽管我还不太清楚她看问题的角度。如果"都由她来处理",我们其他这些人,我们有什么用?达芙奈在等候室里认出了玛侬的父母,还有她家的一些亲属。他们带了一保温瓶的咖啡和一盒小点心,这两样东西尽其所能地缓和着所有人的不安。达芙奈靠拢我:"您向他们介绍一下我吧?"

我走近玛侬的父母:"请允许我向两位介绍达芙奈,她是……"

"协调人。"她打断我,同时已经伸出了她有力的手,"从现在开始都由我来负责,我就像是您二位和孩子之间的脐带。我会尽最大努力保证一切顺利。"

我一时气结。这个"脐带"是怎么回事？我觉得对于这个场合而言她过于生硬和粗暴了。我不喜欢这位达芙奈。不过，我心里却有一个微小的声音立刻回击："你认识她还没两秒钟，就有资格评判她了吗？我来告诉你，这个女人哪里让你不喜欢吧：你怕她取代你的位置，怕她夺走你的合法性。喏，放松一点。唯一重要的，是这对父母的痛苦，还有器官捐献的事。其余都是次要问题。"

我向达芙奈露出一个微笑，即便她令我不快，我也决定协助她的工作。随后，我来到治疗室找西蒙和整个团队，询问他们对玛侬的死因是否有了更多了解，以及她的父母能否在她身边待一会儿。

房间里到处堆满了文件和书籍，在这有序的混乱之中，我看到西蒙的脑袋，顶着一头等待理发师打理的乱发。如果是在漫画里，他头顶上还应该冒出一团青烟来。他显然很烦躁，连连叹气。

"我们一直没收到实验室的结果！他们给弄丢了！你能相信吗，你？现在好了，家长正等着我告诉他们，他们的女儿是死于脑膜炎、脑炎还是流感……但我什么都没法说！啊，可以，我可以说她没有艾滋，也没有任何阻碍器官捐献的病，因为这个结果我们倒是有！对他们会很有用吧，是吧？"

"真是受不了。"

"我没法再整天跟这些蠢事较劲了！真的，这么卖力是为什么呢，如果……"

在这样的一天里，一粒微小的沙掉进科室的齿轮里都会引发一场灾难。西蒙正在彻底泄气。他可不能倒，焦虑情绪太容易传播了……

"你很生气，我理解，这种情况确实让人烦心。但我们可以的。你再去采样，我帮忙让玛侬的父母再耐心等等。不过，器官捐献时间紧迫。我们需要他们的决定。"

西蒙看了看墙上的钟，深吸一口气，像是准备来个短跑冲刺一样，对我说："十分钟后，我们跟协调人和家长在图书室见。"

达芙奈在走廊里拦住我。她也为时间的流逝而心焦，不停地转动她手腕上的表链。支撑她到现在的坚固铠甲正在一点点裂开。

"我们需要家属的同意。"她重复着，目光里流露出一丝惧怕。

"对，一会儿重症医生也来，我们就能得到同意了。怎么样？"

我感到我们之间有某种东西突然松弛下来，似乎她和我这才意识到，我们是站在同一阵营的伙伴。

"这种会面真够让我焦虑的！"手链表在手腕上转了一整圈。

"我想我们都差不多。来吧，加油！"

玛侬的父母在走廊尽头等着我。一看见我，就径直走来。我知道他们要对我说什么："我们可以看看玛侬吗？"很可惜，现在还不是时候。我们还停留在那个极为沉重的问题上：要不要摘取玛侬的器官？

"我想，医生想和两位介绍一下目前的情况。"我抢先一步对他们说。

爱洛依丝失望透顶。

"为什么我们不能去看玛侬？以前她有什么难关我都在她身边，为什么突然不行了？他们把她怎么样了？我不想让人伤害她！"

"这些都是重要的问题，您可以问医生。他会回答您的。跟我来。"

图书室里空无一人。这个房间有些凄凉。墙壁已经很久没有重新粉刷过，书架上落满了灰尘。平时我从未留意过这些，但今天，我觉得这里有点病态。不过，至少我们远离了重症病房，远离了它的吵闹和骚动不安。这样的寂静场所正适宜进行决定性的谈话。达芙奈让玛侬的父母讲述——不如说是再一次重复——那场悲剧。

"我当时不在，"博努瓦用一种指责妻子的语气说道，"所以还是由我妻子再讲一遍比较好。"

爱洛依丝闭上眼睛，大颗的泪珠砸在桌面上。

"您觉得自己还可以讲吗？"我一只手扶住她的肩，用极轻柔的声音问道。

"必须要讲……"

玛侬的妈妈鼓起勇气，再次叙述这个让她耗尽精力的事件。她的丈夫在一旁听着，毫不掩饰自己的不耐烦，他无法再忍受这个循环往复折磨他们的故事了。我看着他们，他们身上还穿着两天前的衣服。在过去的二十四小时里，他们是不是水米未进？我甚至不确定他们有没有去碰一下其他亲戚带来的小点心。爱洛依丝还没讲完，她的丈夫就急着问西蒙："医生，您知道她的死因了吗？"

西蒙多么担心这个时刻的来临！多么厌恶这个时刻的来临！感觉他就像是心上被扎进了一根刺。

"我们还不知道她的死因，我们还在等其他检测结果。"他说。他声音喑哑，压抑着一团怒火，"我们始终无法解释她的心脏为什么停跳，但我们正全力以赴，希望尽快了解原因。"

当一个问题已经剥夺了你整整两天来的一切活动——休息、睡眠、进食，你怎么可能满足于这样的回答？玛侬的父亲以一种超乎常人的努力保持着冷静，但这只是暴风雨来临前——或者预告暴风雨来临的——令人忐忑的平静。

"您是否意识到，我们的小女儿本来好好的，突然间，我们要通知所有人她死了，但说不出原因？有人可能会以为是**我们**杀了她。甚至可能连您，您也这么想……"

我看到西蒙的喉结上下滑动了两下。我想到他在科室度过的这些年，他的经历，以及发白的鬓角，那是他阅历丰富的证明。但此时的他却哑口无言。他说不出话，也做不出任何动作。他彻底缴械了。

"不知道原因确实很难受，"我说，"未知只能增加痛苦……"

"对不起……但是……"利用安静的间隙，达芙奈突然介入，把话题拉回最紧要的事："您二位听说过器官捐献吗？"

"没有。"博努瓦回答。

"听说过。"他的妻子肯定地说。她扬起下颌看他，不是为了表示反对，更像是确认他们团结一致。她的目光满怀柔情，没有离开他半分，她一字一句地说出那句我们等待了几个小时的话:"我们谈过了,博努瓦和我。我们同意。"

固执己见、敏感多疑的罗蓬先生于是牵起他妻子的手,紧握在掌心。我想,我们很可能见证了他最令人心碎的一次爱的表白。我高兴得想跳起来拥抱他们。相反,达芙奈仍然保持谨慎。她知道,"好"也可能在最后关头变成坚定不移的"不"。

"我对二位表示无限感激。"她说。随后,她开始解释整个规程,像小姑娘背诵一首难念的诗一样:寻找匹配的接受人,把玛侬送到另一个医院,在那里,她的器官将在与外科手术同等的卫生条件下被取出,遗体会得到和手术患者同样的尊重。介绍完毕,她递给这对父母一张表格,请他们签字同意。

他们看上去是那么虚弱,我甚至怀疑他们是否能握住手里的笔。玛侬的妈妈俯身签字,她坚决有力的样子令我吃惊。而这位父亲,再三思索后,他最终同意,但提出一个条件:让他们想象玛侬会留在此处,在这个他们或许厌恶但至少熟悉的空间里,想象女儿不会被送到整个地区另一端的医院,在那里被取出心脏。他们不想看到急救中心的车辆,更不想看到负责运送遗体的护士。

"当然。"达芙奈惭愧地回答。

我提出现在带他们去看看女儿,陪他们到那里后便离开。我请他们结束后来敲我办公室的门:"在两位回家之前,我还有些事和两位说。"

我向窗外看了一眼,发现天已经完全黑了。我完全没意识到夜色降临。我今天不知看了多少次时间,但现在却盯着天空,分不清此时是傍晚、长夜伊始还是夜半时分。已经是晚上7点了。这一夜对玛侬的父母而言将格外漫长。他们能否入眠,哪怕只是片刻?

我回到办公室,把门开着,等待他们。我不知道要做什么、想什么,也不知道如何表现……我发现自己全身紧张。我在想自己是否吃过午饭。我不知道,完全记不起来,但我还不饿。我想喝一杯茶,但又怕他们在我享受热茶的时候突然回来。不,最好还是不要喝。又一想,还是喝吧,也给他们准备好咖啡、茶或者药草茶——埃及式的。我看到他们正朝我走来。看着他们脚步踉跄的样子,互相挽着手臂,我不禁思考究竟是谁在搀扶谁。

"在两位离开之前,我想帮助两位为接下来要发生的事做一下心理准备。这件事要告诉于勒,可能不是今晚,因为我估计两位回家时他已经睡觉了。但明天一早就要告诉他。"

"我们不能等一等吗?就几天的时间,等我们调整好心态?"

"晚一点告诉他只会让这个消息变得更难理解,也更残忍。即使您二位会哭,也没有关系。重要的是坦诚面对你们的儿子,向他解释发生了什么。无论如何,他都会察觉到父母和往常不同,发生了很严重、很悲伤的事。有点像我们在听音乐时,即便听不懂歌词,也能感受到音乐是欢快还是忧伤,令人害怕还是令人平静。用语言描述情绪,承受的负担就能轻一些……两位打算怎么向他解释?"

"我们跟他说,他的妹妹离开了,她去了天堂,变成了一个天使?"爱洛依丝建议。

"嗯,两位当然可以用类似的表述,但他也需要知道真相。"

"我们总不能告诉他,他妹妹已经死了吧?"玛侬的父亲博努瓦反问。

"两位就说说自己想说的,或者'能说的',这个词更合适些。我只是想告诉两位我的经验。听了之后,如果两位从内心深处感觉我的话似乎不那么正确,就请别当回事。两位是最了解于勒的人,是他的父母,请相信自己,不要因为我是心理学家,就把我说的一切都当作金科玉律!于勒需要知道玛侬已经死了。如果两位对他说,她走了,他就会一直等着她回来。而且,他不仅需要人告诉他,她死了,还需要知道死亡意味着什么。换言之,他有可能以为是像课间游戏里那样,人'死'了,过了一会儿又不再'死'。'人死了就像睡着了'这种说法也不明智,因为于勒从此可能会很害怕睡觉。他需要两位向他解释,两位万分伤心,因为全家人不能再一起去街心公园、一起玩耍、一起吃饭,等等。这个时刻会非常痛苦,但也非常必要。然后,两位可以告诉他,人死后,因为死者不能和生者待在一起,遗体就被火化、烧成灰,或者放在一个盒子里,被埋在地下,也就是说土葬——看两位选择怎么说。但我们不仅仅是一具躯体。玛侬生前爱过很多人,尤其是她的亲人。她的爱,或者她的灵魂——取决于两位看待事物的方式,所有她曾给予过大家的爱都会与广袤宇宙、与崇高之爱、普世之爱或上帝之爱——如果两位信仰上帝——合而为一。这种爱很博大,所以人们会说死者去了天上——但事实上,乘飞机时我们不会看到任何一个死去的人——只因为天空是最广阔的,人们就选择了这个意象来提示爱的无限。"

玛侬的父母认真地听着,一言不发,就好像在集中精力听讲。我也对他们说，这几天随时可以找我，我会帮他们度过之后的每个阶段。如果他们愿意，我也可以和他们的儿子见面，跟他再谈谈这件事，回答他可能有的疑问。

"谢谢，您可能也需要见一下阿克塞尔，那个小邻居。我们忘记告诉您了，那晚他也在我们家，我们照看他。事情发生的时候，他和玛依、于勒三个人在浴缸里。"

"当然，我也很乐意帮助这个小男孩和他的父母。我还可以……我知道这听上去或许不可思议，甚至有点吓人，但我可以先陪两位去太平间看女儿，确认她的遗容得体，然后，我还可以……和两位一起，再陪于勒去一次。我发现，不能让孩子的头脑被幻想中的死亡画面占据，这很重要：最好真真切切地去面对它，因为现实往往没有他们想象的那样令人恐慌。"

他们点头表示同意，但我能感到他们的精力已经耗竭，不足以支撑任何思考了。玛依父亲方才的满腔怒火和暴躁情绪，此刻已经完全蒸发。"两位快去休息吧，试着吃点东西，至少喝点水也好。"我这样说着，带他们往走廊方向走去。

天色已晚，医院进入了"夜班"模式。走廊的光线暗下来，病房里也鸦雀无声。一切都很静，静到担架床轮子滚动的声音传到我耳朵里像是放大了数倍。不用问，他们运送的是玛依。一定不能让她的父母看到。我转过身去，试图找到什么人或事来转移他们的注意力。幸好，西蒙来了。我向玛依的父母道别，留下西蒙和他们做最后的交代，也让我有时间"藏起"两个运送玛依的担架工。

我走出医院。我还没法想象这一天已结束，想象我们果真完成了目标，而我现在要回家了。我感到自己没法马上回到日常生活——亲吻我的孩子们，问问西普里安的病情，把他们吃剩的晚饭盛满盘子，然后沉浸到家庭生活中去：吕多维克有数学测验，阿莉泽的蓝色T恤或者马克西米利安的运动裤不见了，但他们第二天有体育课……

我感觉自己轻飘飘的。下雨了，但我没有立刻意识到，因为我还没找回与身体的联结感。直到看见路人用大衣把身体裹得严严实实，我才发现自己的大衣还敞着；但最要命的是，我把围巾忘在了办公室，被北风和冰冷的雨水灌了一脖子。我机械地扣上大衣，像个幽灵一样朝医院旁边超市的停车场走去。我记得早上来的时候，为了赶时间，我把车停在了这里……我继续走着，越走越快，也越发感觉到寒冷。突然，我发现停车场被一圈栅栏围着——它打烊了。我看得到我的车，但休想接近它。"不会吧！"我一边大喊，一边猛摇停车场的围栏。我很冷，身上都湿透了，后悔忘戴围巾，又累又饿，而现在居然不能回家！我给弗朗索瓦打电话。一听到他的声音，温柔而平静，我的泪水就瞬间涌了出来。"穆里叶，怎么了？你还好吗？"我抽泣着对他说："我的车被锁在超市的停车场里了。我回不了家。"

"待在那别动，我来接你。"

二十分钟后，弗朗索瓦到了。他拍打着胳膊向我跑来，试图驱散寒冷。我不知道自己为什么哭：是疲劳吗，还是因为需要我爱的丈夫来抚慰？泪水从我的脸上滚落下来。我扑到他的怀中，埋在他的衣服里抽噎。我浑身冰凉，他把他的围巾裹在我的脖子上。

"他们没同意捐献器官？"他问我。

"同意了。"

"那你应该高兴才对呀？怎么哭了？"

我不知道。我找不到词语来形容我现在精神上的疲惫。

"我的意思是，"弗朗索瓦接着说，"我以为这是你期待的结果，不是吗？"

此刻，我空空如也的大脑唯一捕捉到的，就是弗朗索瓦身上被我泪水浸湿的羊毛衫的味道。

"看来我还是什么也没明白咯？来，我们走吧。一直站在这儿的话，我们就要被冻死了。"

听到所有诸如"死了""死球时间""怕死了""冻死了""笑死了"之类的表达，我的血液就会凝固起来。因为它们让我想到日常表达之外的另一层现实，这层现实要凄郁得多，笼罩着病魔的阴影……

我上了车。一路上，我沉默不语，泪水汩汩而出……弗朗索瓦也一言不发，但这种安静名叫尊重……

我试着把注意力转移到现在等待我的事情上，但我还想着达芙奈。我知道她今晚不会睡觉，她的夜晚会在玛侬身边过。我想着她，希望她能感受到，也希望我的关切能帮她度过这一夜。只要器官还没被移到那些需要它们的小小身体上，我就始终隐隐地担心。我知道，如果玛侬的心脏不能及时移植的话，一个四岁的小男孩就会在四十八小时之后死去……我想着这个小男孩，但思绪最终还是回到玛侬的父母身上。我多希望这次捐献能够圆满完成啊……我给达芙奈发了一条简短的消息表达支持，并且告诉她，今夜任何时候都可以给我打电话。

14 多事之夜

当我终于躺到柔软的枕头上,已经是午夜时分。在完全进入梦乡之前,白天的画面接二连三地闯进我的脑海。起初是按照时间顺序有条理地展开,后来就变得越发潦草、模糊,甚至离奇。凌晨3点,达芙奈打来电话时,我觉得自己才刚刚睡了五分钟。她紧张到了极点:附近地区没有一个外科医生能抽出空来摘除玛依的器官。可怜的达芙奈打了好几个小时的电话试图找人,却一无所获。

"我不行了,穆里叶。我们跟她爸妈说吧,没成功,就说……"

"别,别,别。"为了不吵醒弗朗索瓦,我起身下床,思维奇迹般地敏捷,"你能行的!告诉他们,尽最大可能保留她的器官。你再等等,几个小时以后就都顺利了。会解决的。"

"我太累了……"

"我明白,但你一定要顶住!"我的喉咙发紧,脑海里响着"嘀嗒嘀嗒的死亡倒计时"——这是某次一个孩子跟我说的。但我必须讲实际,不能被激动的情绪所控制。我唯一想到的事就是问达芙奈:"你觉得你还能坚持四个小时吗?"

"可以。"

"那么，就再给你自己四个小时的时间，给省内所有外科医生打电话。如果早上7点还找不到人，我们就到邻省找一个。"

"好——吧。"

我们的对话给她重新打了气，我感觉到她已经准备好继续这场战斗，这场无尽的战斗……两个小时后，我的电话又响了。达芙奈哭着告诉我："我放弃了，穆里叶，对不起，但这真的太过分了，过分就是过分！我真的一点办法也没有了……移植没法进行了。"

"什么？但是……？发生了什么事？"

"多可恶啊！我好不容易找到一个医生，所有人都等着我们，一切准备就绪，但偏偏电梯坏了！我们在这儿，推着担架，全都傻眼了！如果把玛侬放在轮椅上，从楼梯抬上去，她的那些常规指标就会跌落，还没等我们摘取任何一个器官，她的心脏就会停跳。**全完蛋了！都是白搭！**"

达芙奈语调的变化提醒我她已经愤怒到了何种程度。我完全能感觉到她的绝望和伤心。她已经说不出话……我听到几声啜泣。突然间——就像我每次察觉到他人身上的人情味时一样——我觉得自己与她很亲近。我们是一个团队的伙伴。

"达芙奈，我理解你的失望，但我们不能就这样放弃。你和我都知道，如果什么都不做，那个四岁的小孩就会死去。我知道，你脑海里也只想着这件事……如果进不去儿科手术室，肯定还有其他办法。"

"对，就等着这个该死的修理工快点来！嘿，他偏不，先生一点不急！他没有需要的零件！"

"我想的是其他办法……"我这样说着，但脑子里还是一片空白……我想到什么就说什么，期待能突然冒出一个绝妙的点子！尽管现在是凌晨4点，我也得让我的神经元尽快活跃起来……"肯定还有别的办法……"

"能有什么办法？……"

"我们想问题的思路不对：这个手术室进不去，就得放弃它。"

"我跟你说的就是这个！"

"但放弃一个手术室不意味着放弃……"

"……所有手术室！你太棒了，穆里叶，**谢谢**！你说得对，我们去问成人重症科，能不能借他们的地方做器官摘除。我得挂了，现在一分钟也不能浪费。谢谢，你睡吧，现在没事了。"

我想为她加油，但她已经挂掉了电话。远处教堂的钟敲了四下。白天，我从未听到过这钟声。但在夜的静谧中，它就一直传到了这里。我从中听出了希望的信号。

对我也是一样，深夜静悄悄的这几个小时仿佛就是永恒。达芙奈把她的焦虑传递给了我，现在呢，电话挂断也没有用，我还等着它再次响起，等待它带来新消息。我知道自己在这种状态下无法入睡，于是就在房间里到处游荡，拿着手机，看着时间一分一秒地流逝，期待那个只有不到四十八小时生命的孩子不要死去。为了找点事做，我把挂在晾衣绳上的衣服取下来、叠整齐。早上6点，对面一户邻居家亮起了灯。他们开始了新的一天，而我还被困在昨日，仿佛正经历人生中最漫长的一天，甚至是永无止境的一天。清晨终于来了，我很高兴。

我回到医院上班。大家很少见到我这么早来，但我知道，我很快就会不在工作状态，必须比平常更早回家。对他们来说，任务已经结束，但他们想象不到的是，一切对我来说才刚刚开始……为了让自己平静下来，我在日记里记下这天的所有细节，这天是如此重要。这有助于我消化在刚刚过去的三十个小时里经历的所有事。由于我很可能在上午10点钟就坐在办公桌前打瞌睡，我就出去看看孩子们，进行常规巡访。正和孩子们交谈着，我的手机提示我收到了一条短信。我迫不及待地打开，终于来了，是达芙奈的消息："大功告成。手术进行得很顺利。如果器官成功运作，我再告诉你。谢谢你宝贵的支持。"

这个短暂且变故丛生的夜晚使我疲惫不堪，于是我早早就回了家。我给丈夫发了一条消息，告诉他今晚别指望我买东西、照顾孩子、做晚饭……我让自己享受了一个舒舒服服的热水澡，重新与身体建立联结。我关上房间里的百叶窗，从晚上8点一觉睡到了天亮。

15 "太冷了，因为很热……"

第二天，我就恢复了状态。去见玛侬的哥哥于勒和小邻居阿克塞尔之前——阿克塞尔只有二十个月大，玛侬死去的时候，他也在浴缸里——我花了一些时间关照内心，给自己做心理建设。我知道等待着我的事有多么沉重，我在准备面对它……当我感觉已经准备好了——提前一点都不行——我就去见这两个孩子。

我先见了阿克塞尔。一进候诊室，我就看到了他。这个满头金发的小男孩正在玩一辆玩具消防车。他的父母一见到我，就叫他放下玩具，向我问好。在同古克赛尔夫妇打招呼之前，我先蹲下来，平视着阿克塞尔："你好，你就是阿克塞尔吗？"

阿克塞尔点点头。

"我是穆里叶。等会儿到了我的办公室，我再告诉你我是谁，为什么我们今天会见面。来，你先跟我说说，你是跟谁一起来的？"

他给我看他的娃娃。

"还有呢？"

"妈妈和爸爸。"

"啊，对啦！我想也是这样！"

我起身向他的父母问好，并且跟他们解释今天的会面将如何进行。

"我会用摩比世界游戏再向他解释一次情况。最重要的是，在我接下来说的话里，如果您二位从内心深处感到哪怕有一丁点不正确，请相信自己，立刻打断我，表达二位的看法。"

到了办公室，阿克塞尔爬上摆在他父母中间的那把椅子坐下。他在这把成年人的椅子上显得那么小，小小的身躯将要面对的悲剧却是那么沉重。

"喏，阿克赛尔，你看，我穿了一件白大褂。有点像医生，但我不是治疗身体的医生。小朋友们说我是'烦恼医生'。当一些困难甚至可怕的事情发生时——就像现在发生在你身上的一样——我就在这儿，帮小朋友们理解他们将要经历什么，找到经历它的办法。在我们开始之前，我想知道你愿不愿意和我一起到候诊室去，拿你刚刚玩的消防卡车。"阿克塞尔闻言立刻从椅子上下来。

他想跑着去，于是我们一起赛跑来到候诊室。现在这里只有我们两个人，我开始向他解释死亡的含义。回到办公室后，阿克塞尔神色如常，从中丝毫看不出方才谈话的分量。我拿出摩比世界游戏，和他一起坐在地上。

"你看，阿克塞尔，这里有好多人偶。你选一个妈妈，代表于勒和玛侬的妈妈。"阿克塞尔找到一个金发碧眼的女性人偶，因为我没有红棕长发的"妈妈"，就这样吧！"现在，你找三个小朋友，两个男孩，一个女孩，好吗？"他选了两个男孩，头发分别是全金色和全黑色，还有一个金发女孩（和于勒的妹妹一样）。我拿出好几个医生，放在一边，同时偷偷把一个很特殊的人偶藏进口袋，之后会用到。

"好了，阿克塞尔，现在我们挑出了所有人物，我来给你讲讲我理解的、发生在你身上的事。记住，你也可以挪动它们，告诉我你经历了什么。"

阿克塞尔去拿他的娃娃，然后重新坐下。我开始讲悲剧发生之前的事，三个孩子在浴缸里玩耍。

"他们在玩什么？"

阿克塞尔摆动小人，模仿他们想互相泼水的样子。过了一会儿，他拿起"妈妈"，把她从浴室拿走。然后，他突然把小姑娘平放在了浴缸里。

"妈妈……妈妈！"他喊着。他在模仿于勒的喊声。

"是的，阿克塞尔，当于勒看到玛侬和往常不一样，他就很大声地喊妈妈。或许你也是，你很害怕，可能还被吓哭了。这样的反应很好！你要知道，不是你向玛侬泼的水伤害了她。发生这样的事，完全不是你的责任。"阿克塞尔的眼睛湿湿的，又拿起了娃娃。当他听到自己没有任何责任时，就重新玩了起来。他把"妈妈"拿回来，把爱洛依丝嘴对嘴放在玛侬上面。

"是的，当玛侬的妈妈看到她的女儿浮在水上，她非常害怕。她试着让玛侬呼吸，这就是为什么她把嘴巴放在她女儿的嘴上，给她送气。她真的做了所有应该做的事，为了救她的女儿……但是，在那天，我们还不知道是什么原因，发生了很少见的情况：玛侬的心脏停止跳动了。"阿克塞尔的眼眶里噙满了泪水。他爬上他妈妈的膝盖，在她怀里缩成一团。

接下来几分钟，我一句话都没说。首先是不知道该说什么，其次，我觉得在这样的谈话里，有必要让沉默占据它应有的位置。永远让孩子决定交谈的节奏。

突然，阿克塞尔从他妈妈的腿上下来，拿过消防车，他的叫喊声打破了寂静："嘀哩——嗒哩——嘀哩——嗒哩——"

我把人物重新放好，模拟急救的场景，打吊针输液之类。然后，我把玛侬放在一个担架上，把她送到消防车里。这个消防车的尺寸实在不算合适，但是，能亲自操控它，阿克塞尔简直高兴得不得了！

接着，小男孩站起身，到装着摩比世界人偶的袋子里东翻西找，拿出一个女性角色。我一下子没明白他想告诉我什么："等等，阿克塞尔，还没结束呢，我希望我们把故事讲完。别，先别拿其他人物，我们现在还没开始玩另一个游戏，这儿还没完呢。"我向他伸出手，想要过他手里的角色，但他不松开，而是径直走到房子那边坐下。他把这个女性人物放在浴缸旁，把代表他自己的小人放到她的怀里。

"哦！你记得没错！我们忘记了那位你不认识的邻居，对不起。我想你应该跟她共同度过了很长时间。你甚至可能感觉到发生了很严重的事，但没有人顾得上认真向你解释。你肯定也吓坏了！"

一行眼泪从阿克塞尔的脸颊上慢慢滑落，几不可见。他紧紧抓着他的娃娃。

"当时你得多难受呀，孤孤单单被留在那里。邻居阿姨一定是个很和善的人，但我想，在那个时候，对你来说，你应该最需要妈妈的怀抱。我得向你解释一下……当如此恐怖的事情发生时，大人们因为过于害怕、情绪过于糟糕，就会跟平时不一样。所有人都惊慌失措，所以大家没想到你，没想到要告诉你的妈妈。"

古克赛尔夫人把她的儿子揽在怀里。古克赛尔先生一只手放在他儿子的头上，另一只搂着他妻子的肩膀。五分钟就这样过去了。古克赛尔夫人向我道谢。

"不，等等，还没结束。阿克塞尔，我们可以继续吗？"

"好。"阿克塞尔迅速回答。

他从他妈妈的膝盖上跳下来，坐在我旁边的地上。

"你想听我讲之后发生的事吗？"

"嗯。"

"玛侬一到这儿，也就是医院，所有医生都试图挽救她的生命……"

我把玛侬放在摩比世界医院的病房里，所有医生都站她周围，边上还有各种仪器和医疗设备。

"不幸的是，尽管大家全力以赴，玛侬还是去世了。"

我从口袋里拿出刚才被我单独收起的人偶，用它代表死去的玛侬。这个人物非常与众不同。通常，和它一同出售的还有一个塑料壳，把它套到塑料壳里就成了一个幽灵。它特殊的苍白面色让我产生了用它代表死者的想法。我得以向阿克塞尔详细解释死亡的含义。

离开我的办公室时，阿克塞尔十分兴奋。他玩着消防车，口中还不停地发出"轰——轰——"和"嘀哩——嗒哩——"的声音。这时看到他的人，肯定猜不出他方才经历了什么。

几年后，古克赛尔夫妇重新带阿克塞尔来咨询。他五岁了，拒绝和他班上的小朋友一起去游泳。一些焦虑情绪——尤其是他父母的焦虑——重新浮出水面。这次见面让我印象深刻，因为阿克塞尔不仅记得我，而且还能复述出我们一起去拿消防车时我向他解释的关于死亡的内容。由于其中一部分只有他听过（他的父母并不在场），我因此更加确信当时的所有努力都至关重要，即使孩子还不会说话。听着他重复我当时的言语，我感到他慢慢平静下来了。

接待完阿克塞尔，我看到玛侬的哥哥于勒已经等在走廊尽头了。我一边观察着他，一边向他走去。这是一个七岁的小男孩，棕色卷发，笑起来露出不齐全的牙齿——新换的两颗上门牙正在长出来，衬衫只有半边塞在裤子里，裤子的膝盖上打着补丁。鞋尖磨损得厉害，这是老是踢球或者趴在地上玩玩具汽车的结果。他用一种既难过又狡黠的神情看着我。他是如此活泼，同时又如此脆弱，让我心里不由一紧。他的样子让我想起我的儿子。我想象着他们处在他的位置……不行，我不能走神，我要弄明白自己和谁打交道，明白这个小男孩是谁。

我问于勒，是想让爸爸妈妈和我们一起来，还是让他们在候诊室等待。他说他很想自己来。于是他和父母说了再见，就跟我到了办公室。我们的谈话开始得很直接。他开门见山地说："我不知道你知不知道，我的妹妹死了，咔，就这样，一下就死了！我呢，我也吐过，但我从来没死。这还是挺奇怪的，不是吗？幸好我爸妈有个不错的主意，他们要把她埋在土里。我觉得这样挺好，因为……呃……我不想在路上走着走着，迎面碰上她的骷髅架子……"

我被这个对话的开头惊住了，不知道如何接话，只好简单地问："呃……你知道死意味着什么吗？"

"意味着人不能动了？"

"对，但你知道不能动的时间是多长吗？"

"很长？"

"哦，比很长还要长得多。是永远……你永远不能和她一起坐在沙发上了，拉着她的手，亲亲热热的，也永远不能和她吵架了。你们也没法一起玩娃娃。你懂的，人死之后，就不再动弹，也不再呼吸、吃饭、睡觉了。她再也感受不到任何事。唯一的好处是，死去的人不会痛苦……我们知道我们会想她，因为再也不能像以前一样见到她，正是这一点令人十分悲伤。现在你明白为什么爸爸妈妈变成了这样。他们太伤心了！"

我让于勒慢慢消化我的话。他低下了头。接下来是长时间的沉默。

"失去一个人之后，有些人会感觉自己慢慢地或者突然被忧愁、悲伤或愤怒的情绪淹没。如果这种情况发生在你身上，不要一个人把所有这些闷在心里。我希望你能找到一个人，告诉他你有多么痛苦，因为说出来往往有好处。你也可以让爸爸妈妈再带你来这里。我们可以再聊这件事。"

于勒终于鼓起勇气说话了："但是，等到她不再死的时候，我就能重新和她玩了！"

"问题就是，人一旦死了，就是永远的。你妹妹，就算她的愿望再强烈，甚至拥有超能力，也永远不能再回来和你玩了。即使很久以后，也不可能……"

我感觉到这个信息是多么难以消化，于是给他提供了一个表达痛苦的媒介："告诉我，你想不想画一幅画，画你和妹妹在一起？"

于勒点点头。他画了一棵树，还有他和妹妹。然后，他问我："我上小学一年级之前，她还没死。是因为我上了一年级，才发生了这件事吗？"

"不是！当然不是啦！这个问题问得很好。你什么责任也没有，任何人都没有错。你、你的爸爸妈妈、小学一年级都没错，你做的、说的甚至想的事，都不是导致这件事情的原因。永远不要让任何人使你产生这种想法。就连你脑子里老让你有难过想法的那个小小的声音也不行！好吗？"

"好……"他的画画完了，高兴地拿给我看。

"那么，现在你想知道她的身体是什么样的吗？"

"嗯，我想看看他们把她放在了哪儿……也想看看她的模样。"

"你妹妹的身体会被安放在一个小房间里，在一个担架床上，就是一种有轮子的小床。她不会动了，但她不是在睡觉。我不建议你摸她，因为感觉到她的身体有多么冷，你会很吃惊。不过，如果你需要摸，也不是不可以。死去的人总是很冰冷的，因为他们被放在一个很冷的地方。你知道，我们没法把一个雪人放在家里。同样的道理，我们没法把死去的人留在身边，会有伤损……但是，我们一会儿去看她的时候，你会发现她的头发还是那么漂亮！你到时候可以和她道别。好吗？"

"好。"

"我还想让你知道明天会进行的事：玛侬会被放在一个箱子里的一张小床上，这个箱子叫做棺材。然后，箱子会被永远关上。一辆黑色的大汽车会来接她，把她送到教堂。在那里会有一场告别仪式。这个时候，所有曾经认识玛侬的人或者你家里的亲戚会一起祈祷，怀念玛侬，怀念和她一起度过的所有美好时光。大家彼此支持。这个仪式可能会有点长，有点难熬。难熬的意思是，我们心里觉得这段时间很难度过。你到时会明白，看到大人们哭，感觉不会太好……另外，很多人会想亲吻你，或者把你抱在怀里。你呢，你可能觉得自己不认识他们，但是，他们在你小时候就见过你，他们认识你……接下来，棺材会被重新放回那辆黑色的大汽车上——我们叫它灵车——所有人都会跟着这辆车。然后……"

我再次拿出代表死去的玛侬的人偶，又从口袋里掏出一张纸巾。

"然后，会有一个很大的坑，是人们挖好用来安葬你妹妹的。大家会站在周围，这时还有一个短暂的家庭告别仪式，比弥撒短得多，人也更少。随后，棺材会被放在这个坑里，盖上土，彻底——也就是说永远——埋在那里……"我用纸巾盖住代表死去的玛侬的人偶。"然后，大家会一起吃饭，继续谈论玛侬。一段时间之后，有些人可能不敢再谈起玛侬。大家只讲玛侬的事，可能会让你有点烦，但你要记得，所有人都一如既往地爱你，没有人对你不满，恰恰相反！你明白了吗？……来，告诉我，你想去看看玛侬的遗体吗？"

"想！"

"这不是必须的。"我小心翼翼地提醒。

他知道，但依然坚持。

"今天不行吗？"

我想到玛侬那还没有被太平间工作人员"准备"好的遗体；想到她身上由于摘取器官而留下的疤痕。只要这些痕迹还没有被掩盖、被抹去，玛侬就不像她曾经的小姑娘模样，就还见不了人。

"不行，今天还不可以。不过，如果你想的话，明天你就能去看她了。"

第二天，我一见到于勒，就立刻发现了他的变化：他穿得笔挺，不再吊儿郎当的。整个人显得郑重了许多。他父母牢牢地牵着他的手，但于勒一点也不安分，蹦蹦跳跳的。男孩不合时宜的举动让博努瓦很看不惯，他想不通小家伙为什么要在医院的走廊里上蹿下跳。他最终还是发火了："够了！你就不能安静会儿吗？"爱洛依丝叹了口气，既恼火又哀伤："他只是个孩子呀！"

我知道，要让孩子们面对沉重的事，先要让他们放轻松，几乎毫无过渡地转入沉重的事后再回到轻松的状态，因此在让于勒看到死去的妹妹之前，我提议和他在走廊和医院的几幢建筑之间赛跑，看谁先到太平间。他很高兴，而我知道，自从我鼓起勇气提出这个游戏，孩子和家长最后来到太平间时的状态也都好了很多。仿佛奔跑能帮助他们卸去一点眼前事带来的情绪上的重负。

玛侬的父母跟在我们后面，走得很慢。疲惫没有给他们一丝喘息的机会。他们顶着黑眼圈，太多的眼泪让他们形容枯槁，面色灰暗。她穿着一件长大衣，一顶不怎么挺括的贝雷帽瘫在她仓促打理过的浓密的红棕色头发上。这对夫妻穿着相仿，都是蓝色牛仔裤、黑色套头衫，估计是早上顺手撩到的第一件衣服。我能感觉到，我提出的和他们的儿子赛跑的想法让他们有些窘迫。不过，当他们来到太平间时，他们发现了一个心平气和、准备就绪的于勒。而他们自己也做好了准备。我第一次陪他们来时,他们是那么恐惧,甚至不知道自己是否真的想见到死去的女儿。他们当时觉得也许不见更好,留一个对女儿的美好印象。不过,见过她之后,他们就一次又一次地想回到她身边,全身心地度过和她在一起的最后时光。他们熟悉了这个地方,熟悉了工作人员,现在已经很自如了。

陪于勒进去之前,我独自去看了一下玛侬。她躺在一张担架床上。透过床单能隐约看到她穿了条印花连衣裙,女孩们夏天最喜欢穿这种裙子。这条裙子和室外的寒冷形成鲜明对比。我打开灯,蹲下身子模拟于勒的视线高度,以便了解从他的角度能看到什么。我也从最高处往下看,为了确认即使他被爸爸或妈妈抱着,也不会看到器官摘除留下的疤痕。我从口袋里拿出一瓶精油,朝空气里稍稍喷了几下,让气味挥发开来。我这才去带于勒。

当他走进这间新近被粉刷成暗蓝色的小停尸间时,爸爸妈妈分别牵着他的一只手,他感受到了他们的恐惧。明天就要下葬了。他的父母知道,这真的是他们最后一次单独见到玛侬了,还可以抚摸她,和她说话。他们不希望有任何事情干扰这个时刻。于勒也清楚这一点,因此不再躁动不安,几乎是庄重地走进房间。一见到死去的妹妹,于勒的反应十分令人意外,他喊道:"哦!她这样真可爱呀!"

"她真漂亮,是吧?"爱洛依丝补充道。

"你想不想走近一点?"我问于勒。

"想。"他说,有点迫不及待的样子。

"按你自己的感觉来吧。"我对他说。我不想让他感到这样或那样的约束。

他走上前去,他的妈妈跟在后面,始终牵着他的手。一个细节让他感到疑惑:玛侬的嘴角有些发青。

"这是什么?"他问。我不知道如何回答,于是干脆不去解释,而仅仅是和他一起观察:"喏,她的嘴唇有点变化,你看……"

"啊!好吧!"他不再追问,似乎只要我对他的说法表示同意就够了。他又说了次"她真可爱",仿佛是为了恢复他的第一印象。这时,他的小手松开了妈妈的手,去触碰玛侬。

"啊!她是冷的!"他一边缩回手指一边说,仿佛被火烫到一般。

即便已经做好了思想准备,冰冷的尸体仍然会在心里引起震动。

"你瞧,我告诉过你的。"我对他说。

"啊,好吧。"他转向他妈妈:"她为什么是冷的,妈妈?"

我察觉到爱洛依丝在想别的事情,就代替她回答:"因为我们把她放在一个凉爽的地方,让她还是那么漂亮。你明白了吗?"

他走近玛侬,抚摸着她的手,看上去始终很惊讶:"太冷了……太冷了,说明很热!"

我绝不会用这种方式想问题,不过既然这个解释对他行得通,我就任他这样说了。这让我立刻想到青少年口中经常说的"不行,这太热了",意思是"不妙,难了……"在这种意义上,这时候确实可以说"很热"!不过,为了确认他正确理解了现实,我还是加了一句:"一个人这样冷,意味着他已经死了。"我试着以最温柔的声音说,"你能认出她吗?你觉得她……像以前一样吗?"

"呃……她从来不像现在这样睡觉。"

"你觉得,我们可以说她在睡觉?"

"不是,"他回答,"但她的眼睛很奇怪,好像在看着我们一样。"

"哦,不,这是不可能的,她不可能看着你,因为她已经死了。"

于勒观察了他妹妹几秒钟,抚摸她的头发。他突然想起给她带了玩具,于是从他的蜘蛛侠书包里掏出他的画,还有两样粉色的、亮闪闪的小东西:一个芭比娃娃电话和一个沙漏!爱洛依丝强忍住眼泪,看着这对将永远陪伴玛侬的物品,它们象征着通讯和被永久切断的时间,她的儿子只是在他们房间里的数十种玩具里恰好选中了它们。

"我把它们放在哪儿?"他问。

"你想放在她的手边吗?"我提议。

"好……"

于勒把电话和沙漏放在玛侬的手指间。她的指甲微微发绀。

"哦,她流血了!"他说。

"不,那不是血……"我寻找合适的措辞来解释这个现象,又不能吓到小男孩。"这是……呃……"我一时卡壳,不知道如何解释……

玛侬的妈妈插话了,替我解了围。她打断了我,语气平静地问于勒:"你没有什么要和她说的吗?唱一首歌?"

"我不知道……"

"祈祷？你想我们一起为她祈祷吗？我们开始吧？"

"好，"于勒回答，"但我不知道说什么……我刚才想到了，但现在，我忘了……"

"想想，能想起来的。"爱洛依丝用力握住她的小男孩的肩膀，笃定地说。

"可能是一段回忆？你们一起度过的一段时光？"我试着引导他。

"我什么也不记得了。"

"告诉她，你非常爱她。"他的爸爸说话了。

"对。"他妈妈附和道。她伸出手臂揽过她的家人，她的丈夫和儿子，仿佛要把他们祈祷的声音凝聚在一起，变得更有力。她闭上眼睛，重新开口："耶稣、玛利亚，请照顾玛侬，在你们的天堂迎接她。我们会继续……我们会继续……"

"爱你？"博努瓦建议。

"我们会继续爱你，一生都爱你。"他们齐声道。

"谢谢你给我们带来过的幸福。"爱洛依丝说。

"是的。"于勒坚定地确认道。

"阿门。"

他们一睁开眼，于勒就叫道："哦！她呼吸了！"

我经常在太平间看到这种情况，这种让人相信死者眨了眼、肩膀或手指动了一下的错觉。生的欲望是如此强烈，以至于会造成幻象。

"不是的，于勒。这不可能。我们以为她还在呼吸，因为我们太想让她呼吸了，但不可能……"我对他说。

"我也弄错过，之前我也以为看到她呼吸了，亲爱的。"他妈妈忧伤地轻声补充道。

于勒在脑袋里进行了一番复杂的思考,面露不悦,看上去忧心忡忡。他坚信看到了妹妹呼吸,看到她的胸脯隆起,鼻孔里的细毛因为呼气而微微颤动,但我们却告诉他,这不可能。他完全不知所措了。

"死亡真是不可思议!"他总结道,仍然带着他从一开始就试图展现的无所不知的态度。

"是的,很不可思议,"我说,"你想哭吗?"

"不会!回到家妈妈会哭。"

"你知道的,她有权利哭泣……你有其他事要对玛侬说吗?你想和她说再见吗?"

"我不知道。"他回答。他的蜘蛛侠书包挂在他垂下的手臂上。

"告诉她你爱她,"他爸爸坚持道,"你不想吻别她吗?"

"这儿没有什么非做不可的事。"我说,"你想做什么,于勒?你想出去吗?以后你就永远、永远也不能再见到她了。"

"真的?"

"对,今天就是最后一天了。"

"我们会安葬她,慈悲的圣母啊。"爱洛依丝说。她的目光涣散。

"真的吗?我们再也不能见到她了?"

我又给他解释了一遍葬礼的流程,棺材会被盖上,等等。

"但如果她在车里碰了一下呢?"

"不,她不会碰到的,"他妈妈肯定地说,"她会稳稳当当的。我们会在箱子里放一张小床。"

"啊，好吧！"于勒露出洞悉一切的神情，应该是刻意装出的。

没人舍得离开，因为离开一个房间从未像此时此刻这样意味着永别。三个人都在思考还有什么话要和小玛侬说。这个漂亮的小姑娘几个月前还穿着同一件花裙子活蹦乱跳的。而于勒的父母担心他还没完全认识到死亡的不可逆转，以及故世带来的遗忘，所以想把玛侬刻在他心里，变成不可磨灭的记忆。

"你这一生，都要记得她美丽的脸庞，记得所有你们一起做过的事。"他爸爸说，仿佛在念一段咒语。

我们没法控制记忆，把它像一件珠宝或金器一样装进匣子里。他的父母想要相信这是可以做到的，但终究不可能。于勒会忘记他妹妹的声音，她的阵阵欢笑，还有她头发的气味。他甚至很快就会忘记这些，对他来说，最艰难的事将是不要因此而内疚。我试着让他明白："也许有一天，你会记不清玛侬曾经的样子。即使你不记得了，即使你头脑里会忘掉，也不意味着它不再重要：所有玛侬教给你的事，都会像一颗颗小小的种子，帮助你成长。然后你就成为一个大男孩了。好吗？"

"嗯……"于勒应道。这是赞同的意思。

他的爸爸再次提出让他吻别妹妹。"你看，爸爸现在亲她一下。"他说，仿佛是为了消解这个动作的困难程度。

我感觉于勒始终梗着一股劲儿。听到这句话，他微微后退了一步。

"我不想。"

"你知道吗，你也可以挥挥手跟她说再见。"我说，"或者，更确切地说，是'永别'。它的意思是我们再也不会见到这个人，既然是最后一次……"

"等一下，"于勒打断我，"让我试一招。"

他的手指在他妹妹手上游走，模仿一队蚂蚁入侵，或者"小虫子，爬呀爬"；然后又在她的腋下挠痒痒，所有这些基本上都能让孩子们咯咯直笑。他以为她可能会从僵硬的状态醒过来，一边笑一边对他喊停。但是，什么也没有发生。

"你想挠她的痒，确定她是不是真的死了，对吗？"我说。

"是啊。有时候这是装的。"

"那，现在，她没反应，这就说明她的的确确是死了。"

于勒最后一次俯身看他妹妹，确认玛侬确实没有任何动作。

"你对妹妹说永别吧？"他妈妈突然建议。

"永别了，玛侬！"他声音坚定地说。

几天之后，我又见到了于勒。我给他讲葬礼上等待着他的事，为他做心理准备：下葬、大家一起用餐、所有亲属都想来亲吻他。我对他的一些评价惊诧不已，比如当他问我"灵魂真的存在吗，是它让我们成为实实在在的人吗？"的时候，我简直目瞪口呆，他解释说："……因为，当灵魂离开我们，我们就会化成碎片……"

我从未如此理解过这些事。我喜欢用孩子的眼睛看世界。

又过了几个月，达芙奈告诉我，接受了玛侬器官的孩子们都顺利度过了移植后的适应期。我把这个消息告诉了爱洛依丝和博努瓦。他们十分感动，这也令我动容。博努瓦还说："真好，这也就是说她没有白白死去。幸好我们这样做了……"

16 试图在今日解决明日的不幸，只会全盘皆输

在随后一年多的时间里，我继续在医院为玛侬的父母做心理咨询。时间流逝，我看出他们脸上的疲惫渐渐消退，但目光仍然蒙着忧伤。我陪伴他们开始了没有玛侬的日子：重新布置儿童房，用一套上床下桌代替了原本并排的两张小床；重返工作岗位；见证他们的纠纷，尽管彼此深深相爱，却难免时时争吵。

亲如夫妻，双方也都必须以自己的方式消化哀思。男性和女性表达痛苦的方式往往截然不同。男性喜欢把痛苦埋在内心最深处，而女性则需要表达绝望的情绪，把它发泄出来，才不至于被它窒息。

几个星期后，玛侬的爸爸再也无法忍受一而再、再而三地听到女儿的死亡过程——洗澡、心脏骤停、消防员、邻居、电话——他的妻子不断复述着同样的事，翻来覆去地问为什么，并且不停地哭……他不明白，对于她而言，这是唯一能帮助她消化、适应创伤的方式……也是唯一避免陷入精神失常的办法。

他们来见我，在我的办公室里卸下他们的分歧，就像卸下武装。他们互相解释，也彼此发现。他们向我描述他们的噩梦，或者美梦。玛侬的妈妈讲述她的小女儿会在夜里来看她。在这些梦里重逢中，她有机会触摸她的身体，嗅一嗅她的头发，轻轻爱

抚，感受她颈后散发的温度。"实在是太美妙了！"她说，"但醒来的时候真是极度残忍。"我观察着她丈夫听她说话的样子，能感觉到他有多么羡慕妻子的梦。尽管梦醒时分的残酷在所难免，他肯定也愿意倾其所有，只为再把女儿抱在怀里一次！

他们敢于向我讲述缺席的玛侬的"在场"。不是我们想象的那种幽灵般的存在，而是由许许多多"迹象"表现出的"在场"。每一天，他们都希望遇到一个和玛侬相像的小姑娘的身影，与她相像的嗓音，或者一段音乐、一首歌曲，只要能让他们感受到玛侬的存在，哪怕是虚幻的、遥远的存在，她的倒影的倒影。

有些时候，玛侬的妈妈独自来找我，为了向我"自由地倾诉"。每当我从远处看到她头上漂亮的绒帽，她都一如既往地朝我微笑。这微笑传递着痛苦，也传递着某一天能从中解脱的希望。她来到我这儿，用言语表达她丈夫已经忍无可忍、不愿再听到的痛苦。而她呢，她感觉谈论她的苦难、清晰地界定它，是防止苦难在自己的内心啃噬、不让自己被它完全侵吞的方式。她也向我倾诉工作中的焦虑，或者不能自由地分享关于玛侬的记忆有多么难受。她对我坦言她的愤怒："他再也不想谈论玛侬了！连看照片也不愿意……但我太需要了。我想在家里摆满她的照片，他却受不了，没法'面对'，他就是这样说的。他总是同时做着无数个项目，与剧院、剧团的负责人见面。他害怕失败，变得焦虑、多疑。他经常莫名其妙地就发火！可以说，现在，除了与玛侬去世相关的问题，所有以前日积月累的问题也一股脑回到了我们面前。"

我一直很欣赏这位母亲的力量，欣赏她为了走出困境而展现出的能量。并且，我应当说，我非常喜欢我们的面谈。我见到她的第一句话经常是"我很高兴见到您！"，其实这完全不符合职业伦理。一个心理学家不应该向患者表达他的感受，至少，学校里是这样教我们的。但我想，一个热情的人总比一个冷漠的人显得亲善得多……

有趣的是，一些细节显示工作中的经历对我的私生活也产生了重大影响（当然了，反之也成立）。比如，玛侬去世后几个月，我冒出了给自己买一顶帽子的念头。从来不戴帽子的我在那时感觉到了帽子的必要性。我走进好几家商店，每一家都有十几款样式，我却发现自己的目标并不随便，它很明确，"一顶柔软的贝雷帽，从额头一侧稍稍垂下来"——我最终这样向店员描述。事实上，我想要的是和玛侬的妈妈一模一样的帽子。为什么我偏偏想要这一款？我真正寻找的东西与帽子无关。我想，我是在试图拥有这位女士的勇气。总之，必须看到，我的工作深深地渗入了我的生活，比我愿意承认的还要多……

玛侬去世快五个月了，她妈妈的愤怒逐渐化为了绝望，旁人对此束手无策。我感觉自己完全无能为力，不停地自我怀疑。爱洛依丝的精力已经耗尽，她感觉一切都在滑向黑暗的深渊，这让她有了轻生的念头。气温回暖，白昼渐长，树木吐出了新芽。人们脸上都笑盈盈的，谈论着节假日要去的地方，这对玛侬的妈妈来说更是雪上加霜。她本来重启了生活的进程，继续做她之前从事的市立图书馆馆员的工作，现在她突然一下子崩溃了。她无力再接待和她女儿一样大的孩子，更不用说邀请他们在她身边围成一圈，听她读书。她早上也没有勇气起床，或是在浴缸里洗澡——她太怕她会放任自己在里面死去。她唯一的牵绊，就是想到如果没有了玛侬和她自己,她丈夫和于勒就只能相依为命。尽管说来很残酷,但在当时,我感觉爱洛侬丝必须经历这段极度残忍的折磨,仿佛忍受折磨才能让她保持一点点自己还活着的感受——哪怕微乎其微。她的力量似乎已经远离她的身体而去,她觉得自己在世界上孑然一身,如此孤独,如此空洞。再无任何事物能让她挂念,她随波逐流,郁郁寡欢。她不是我见过的第一个在孩子去世后被回旋镖效应击溃的患者。他们本以为在一段时间内维持并控制住了事态,正当他们觉得可以继续下去、可以走出谷底时,却遭遇了当头一棒。

辨认出我的患者正遭受什么症状的折磨——我可以叫出它们的名字,做一番描述——无助于事,因为它们让我害怕。我害怕,是因为我看到她如此痛苦,对身体全然忽视,对生活几乎毫无兴趣。玛侬的妈妈不再花时间梳妆打扮,连往脸颊上简单扑两下粉也不屑;她面色暗淡,皮肤泛油,头发也不再那么整洁。我心里不停地嘀咕:"她会不会了结自己的生命?……如果这一刻真的到来,她的丈夫和儿子还能挺过来吗?我呢?这会给我带来多么可怕的影响啊……"这些问题在我脑海里挥之不去,它们是那么残酷,因为我不能在她面前脱下白大褂,对她说:"如果您自杀了,我会受不了的!我仅剩的一点自信也会烟消云散,我再也不能照顾什么人了。我只能放弃心理学家的职业。"因为有口难言,我的舌头和牙龈上都长出了溃疡……我琢磨着用怎样的措辞才能把她挽留在生者的世界里。我试着这样说:"我知道这个问题听起来很突兀,但是,如果您的女儿可以短暂地起死回生,您觉得她会怎么想?她会想让您去找她吗?还是希望您有一天能尽全力重新找回幸福的滋味?和她的爸爸、哥哥共同生活的滋味?"

爱洛依丝沉思了片刻。这段时间足够让我后悔提了这个问题,正想收回时,突然察觉到她面部表情的微妙变化。她应该是在想玛侬,因为她露出了一丝微笑。

"她不喜欢看到我难过。我想,如果她能回来,她会拉着我的手,想尽办法让我从痛苦中解脱出来。"

"这正是您想留在脑海里的关于她的重要画面之一吧?"

"对,当然了!"

她微笑着点点头。这就大功告成了吗?不一定。永远不要因为患者即时的反应志得意满。在她离开办公室之前,我叮嘱她:"无论几点钟,白天还是夜里,如果您感觉不好,千万别犹豫:请给我打电话!您有我的号码吧?请记住一件事:当您情绪不好时,永远别一个人待着。要找个人倾诉,找我,或者其他人,都行。好吗?"

她忧伤的眼睛里闪过一道微弱的光芒。她的痛苦还没结束,悼亡是一场漫长的旅途。

"好吗?"我再次问道。

"好……"

我刚关上办公室的门,哈迪亚的妈妈就一阵风似地闯了进来,把正要提醒我"我们有个麻烦要解决"的护士推到一边。这位女士怒气冲冲,我感觉到她的愤怒即将爆发,而且是要发泄在我的身上。护士同情地看着我。很显然,对方已经冲她吼了好一阵,现在由我来接替,她感到松了口气。我拉出一把椅子给这位来访者坐,她咬牙切齿地发出一声"哧!"

"如果我知道他们会把我女儿变成这样，我**永远**，"她手指着天花板说，"永远也不会让医生给她做手术！"

我脑海中浮现出哈迪亚的模样。这是一个六岁的小姑娘，刚到我们科不久。和这里多数的情况一样，她的经历也很骇人：一开始是脖子痛，行走不便，而医生却对这些症状掉以轻心，反手一挥："会过去的。"但在哈迪亚这里，症状加剧了，直到她的脊髓被发现长了一颗肿瘤。医生们只得给哈迪亚动手术，那是避免她四肢瘫痪的唯一选项。不幸的是，这台风险极高的手术还是失败了。哈迪亚从此全身瘫痪。她的母亲气疯了。我试着安抚她："您遇到这种事，真的很不公平……"

"什么？不公平！您算老几呀，来跟我说真主公平还是不公平？真主给我们考验，也赐给我们战胜考验的力量。如果我们相信他，带着虔诚的心跨过每一道坎，等着我们的就是天堂。我不允许您再说类似的话！"

我咽了一下口水，吸取教训，从此小心翼翼地不再对穆斯林家庭使用类似的表述。我又尝试另一种方法："是的，当然，请原谅……回到您刚刚说的，您也明白当时必须尝试手术，这对您女儿来说至关重要。医生真的倾尽全力了，但很不幸，尽管他很努力，手术还是失败了。"

"啊，是呀，我明白得很！那个白人医生心想，他可以在一个黑人小孩身上'试'。但是我，我不同意！您听懂了吗？这就是我忍不了你们的地方！你们以为自己可以为所欲为！"

"但是，女士，这不是黑人还是白人的问题。每一台手术，医生都会试着做到最好……"

哈迪亚的母亲点点头，咂了咂舌头。她一点也没被我说服，看着我的样子似乎在说:"对,对,你可以试着用你的白衣天使圣人事迹塞满我的脑袋,但我知道的事情是不会变的……"她坚持己见,然后,不知怎的,暴风雨就稍稍平息了下来。哈迪亚的母亲走了,我希望有一天她能够明白我的意思。

几秒钟后,正当我还目送着她脚步沉重地离开我的办公室,年轻的住院医爱丽丝走了进来,和我说科室新来的一个小男孩的事。他半夜醒来,公寓中的空气里已经充满一氧化碳。他哭着救了两个人的命:自己的和他妈妈的,因为他及时叫醒了她。但是,他的爸爸和妹妹却不幸去世。这个年轻的医生给我讲着这个故事,越讲越激动。突然间,她一下子崩溃了,抱住我大哭不止。我抚着她的肩膀,却发现自己的思绪已经不在我静静安慰的爱丽丝身上。我也没有在想这个惨遭生离死别的家庭,而是一直想着玛侬的父母。我心想:"就是这样,事情总是这样,死亡不会提前预告它的降临。从来不会。它来时,我们毫无防备:在浴缸里玩水,就突然心脏骤停,或是一氧化碳中毒……"

这些想法远没有让我踌躇不前或者意志消沉,而是使我从此坚信一件事:要在悲剧来临之前好好品味生活,不要用明日之忧烦扰此时此刻。我经常这样想。

回到家,我再次体会到与孩子们重聚的幸福。旁边没人的时候,吕多维克向我提出了在他脑袋里萦绕许久的问题:"妈妈,我们怎么才能知道要跟谁结婚?"

"我们跟我们爱的那个人结婚。"

"我知道,但是,如果我同时爱两个女孩,怎么办?我选更漂亮的那个吗?"

"不一定。你们要先花时间好好了解彼此。看看你们是不是喜欢做同样的事，在一起感觉好不好，是否无话不谈，对彼此毫无保留，能在对方面前做真实的自己。感觉对方是否理解自己，自己是否理解对方……"

"好吧！那我选了一个，我和她结婚了，然后，嘿！我遇到了一个更漂亮的。怎么办？"

"你要学着做自己身体的主人，否则，它会替你做决定，而这个决定不一定会给你带来长久的幸福。这就是为什么，当你马上想要糖果，因为你非常非常想吃时，我会说不行，我会提醒你，糖果要留到节日或者周末……"

"啊，好吧……但是如果她不再爱我了，我要怎么办？……啊！我知道了，我带她去一个很漂亮的餐厅。"

"可以，不一定是漂亮的餐厅，你们可以在一个安静的、适合谈话的地方见面，这就很好。重要的是向她表达你的爱意，真正倾听她的话，弄清楚发生了什么事……"

我总能从痛苦和死亡过渡到生活和爱，多么幸运啊……

之前，我们家族里有多个亲人离世——尤其是孩子和年轻人，还有虐待事件。那时的我还没有创伤后陪伴的经验，对儿童消化哀痛的方式也一无所知。我的一个孩子受到的打击尤其沉重，每天泪流不止，这可把我难倒了。我还不理解问题的全貌。我不知道要如何倾听他、陪伴他……

不过，生活是螺旋式前进的。一些时期，我们诸事不顺，情绪消沉……感觉一切再也不同于从前。然后，渐渐地，春天就重新回到我们内心深处。起初，就连事情会好转的念头都令我们无法接受，后来，一点一点，我们就走出了谷底。慢慢来，一步一步来。我们感到生活重新开始，感到重生，发现了新的乐趣，与从前不同的乐趣，于是……我们重新有了生的信念。

试图在今日解决明日的不幸，是行不通的。我知道，我或我的亲人在任何时候都可能失去物质财富，失去身体或心理上的健康，于是我竭尽全力保护此时此刻。享受生活之味，当下、立刻，这样它才不会被夺走。我想，我能意识到这一点，玛侬的妈妈功不可没。我对她感激无限。

17 顺其自然地生活

每天,我都努力顺其自然地生活,不去想明天的事。这让我变成一个放松的母亲了吗?唔……这样说吧,鉴于我知道的各种平日里我们所冒的风险,我觉得自己还算放松。亲朋好友会觉得我什么事都小题大做,因为他们对某些风险一无所知。而我呢,我经常羡慕他们能够无忧无虑!我不属于那种无缘无故就会焦虑的母亲,以一种仿佛身处战乱国家、死亡随时会降临的方式培养自己的孩子。我区分两种类型的情况:一种有可能引起暂时性的后果(断胳膊断腿),另一种会引起永久性的后果(终身的疾病或残疾)。只有第二种才会让我担心。

由于不想让我的焦虑影响孩子们以他们自己的节奏成长,我就放手让他们——在可能的范围内——自己做决定。有时未必妥当,但在我看来,让孩子焦虑一辈子——从而"毁了他们一生"——的风险比遇到一个精神变态的风险要高得多。比如,当我儿子第一次独自乘火车从巴黎去拉博尔的时候,情况没有按我预想的那样发展。我当时把手机借给了他,于是只有等回到家才能联系上他。当我终于能给他打电话的时候,他的火车已经到站四十五分钟了:"嗨,一切都好吗?"

"好。"

"你的旅途顺利吗?"

"嗯,嗯,挺好的。我读完了第一本书,开始读第二本了。"

"好,很棒。吻你,假期愉快。我爱你,儿子。祝你这一周过得开心。"

"我也是,我爱你,妈妈。也祝你这周愉快。再见。"

我正要挂电话,他那句"我爱你"钻进耳朵,给我提了醒。他从来不在他朋友面前跟我说"我爱你"!

"等等,先别挂。你告诉我,你已经在你朋友家了,还是你们在车上?"

"没有,没有,我按照你跟我说的,没动地方。我一直在F会合点对面。他们应该是堵在路上了,还没到。吻你,妈妈。"

"嗯,肯定是,"我尽可能用最平静的声音说,"傍晚愉快。"

我对西普里安在困境面前的平静和冷静感到吃惊(我有时接他会迟到,真是做对了呢!)。我呢,浑身冰凉,像所有母亲一样,想象出了最坏的可能。但我的想象力比她们还要丰富得多——司法鉴定人的经验让我细致入微地想到所有此类情况下会发生的事。我立刻尝试给他朋友的父母打电话,但没有人接。我试着平静下来,回想在马达加斯加的时候——当时还没有手机,我的弟弟妹妹,他们那时的年龄和西普里安差不多,一个十岁,一个十四岁,去找住在偏僻的乡下的朋友,但他们错过了渡船,只好找了个旅店住下。万幸,我终于联系上了对方家庭的大儿子,他联系上了家长。他们以为我儿子下周才到!我始终对这个误会感到自责……我不知道是他们还是我理解错了,但我始终认为是我自己心不在焉，记错了信息。

去年夏天，我下决心不能让焦虑不安的情绪主宰我的人生，于是想趁结婚纪念日的机会，带全家去骑马漫步。（我还保留着住在开罗时去沙漠里骑马散步的美妙记忆。）全家人都对共同尝试一种全新体验的想法感到兴奋不已。但是，当我们推开马场的大门时，事情对我而言突然就不再那么美好了。我在医院里接待过好几个从马上摔下来的孩子，他们的面孔和故事突然回到我眼前。一阵恐慌向我袭来，家里人几乎毫无察觉。我们从慢步开始。偶尔，我们当中的一个试着快步走，冲到前头，但步伐始终谨慎，不算很冒险。孩子们朝我做鬼脸，嘲笑我的马，它显然缺乏活力。就在一切看起来都在可控范围内的时候，阿莉泽的马突然紧张起来。它又是尥蹶子，又是直立，瞬间就把我女儿摔到了地上。

这一刻，我的想象一发不可收拾。我害怕她摔到后背或者头部。我想到的全是最坏的结果：重症急救、创伤性脑损伤、瘫痪、气管切开……我从马上下来，或者说干脆是滚下来的。我离女儿有十几米，一边跑一边大喊："你还好吗？后背疼吗？你没摔到头吧？！"

"是胳膊！"她疼得龇牙咧嘴地回答我。

"千万别动。你后背疼吗？"

"不疼啊，我跟你说了是胳膊疼。"

的确，**只是**胳膊承受了跌落的冲击，骨折了。我们连忙去了急诊。终于等来了医生。我很想忍住这个问题，把它咽在肚子里，但最终没成功："您或者还是检查一下她的背吧？"

18　　　　　　　　　　　　　　　　　错愕

二十年来，我始终在处理父母和孩子的关系。在医院，我见到过各种各样的妈妈！有勇敢的妈妈，也有孩子一住院就担忧得夜不能寐的妈妈。有的急火攻心、歇斯底里，有的一言不发，伤心使她们保持缄默，也有的是真正的话匣子！我见过事事干预的妈妈，把孩子包裹在令人窒息的爱里。我见过一些妈妈要求孩子做她们自己都不重视的事。比如这一个，她希望儿子每天到窗前跟她打招呼，可当我抱着他站在窗边时，这个才走出病房楼的妈妈居然没有回头看一眼。还有些妈妈索性就不来医院。有一次，一个妈妈——她住单间公寓，所以整整三年半都和儿子待一间屋子——对我说，既然小家伙要在我们科室住上大半年，她打算集中精力找一个新男朋友。因此她委托我们照顾她的孩子，还不能忘记哄他："您千万告诉护士，平时得亲亲他。我会偶尔来陪他玩智力游戏，但她们要记得亲他。"

我遇到过数百名女性，向我讲述她们怀孕、生产的过程，讲她们立刻被无边爱意充满的感觉，抑或相反，无法去爱她们的小不点儿——或者大胖小子——却又不能向任何人倾诉；讲她们的母性本能、她们作为母亲的生活，总之就是她们来到医院时突然被搅得天翻地覆的生活。

许多女性都留在了我的记忆中，有些是积极的范例——记住她们让我愿意成为更好的母亲，另一些是因为认识她们曾让我焦虑不安。其中两个人给我留下的印象颇为深刻。好吧，当我说"她们"的时候，我还想说，甚至尤其想说的是我陪伴过的她们的孩子。这些孩子忍受着他们的母亲，有的静静承受，有的怒气连天……我永远不会忘记这两人，一个是因为她让我不寒而栗，另一个则是因为她向我展示了母子关系往往是可以修复的，即使已经残缺或破裂。

威廉是个五岁的小男孩。他是从另一所医院转诊过来的，因为那里无法为他可怕的皮肤病给出诊断。他的身上布满了伤口，气管严重受损。十几名医生研究过他的情况，却无一人能解开谜团。

威廉的母亲皮亚姆女士非常生气：她知道什么对她的儿子好，看到没人能确定儿子的病因，她变得越来越易怒。她已经耗尽了精力，认为医院里全是无能之辈。她向所有人讲述她如何为自己的儿子操碎了心：带他去看X医生，X医生什么也不懂；又去看Y医生，Y医生听不进她的话。她纠缠一个医疗秘书，以让一位有名的皮肤科专家给她儿子看病。她试过这个医生的药膏，按照那个医生的建议取样化验，还给孩子吃过本应解决一切问题的抗生素。丝毫不见成效。她想在这所医院给孩子做磁共振、X光、腰椎穿刺……只要别让她儿子的皮肤状况继续恶化，最终裂成碎片。

问题在于威廉没能定期复诊，因为他的母亲为了找到最厉害的专家，不停地给他换医生。无论如何，她"知道"她的儿子被一种极其罕见的病痛折磨着，罕见到尚无一个医生能做出诊断。这天早上，医疗小组里的一些医生提出，这有可能是一种孤儿病，但还不知道具体是什么。

重症科主任雅克·洛朗医生给威廉做了检查，然后来问我的意见："我不知道。您能告诉我哪里出了问题吗？我真是不懂……肯定有什么地方不对劲！"雅克·洛朗医生不仅是急救高手，还是司法鉴定人。他让我们知道，对每一个案都必须确认孩子有一名固定的保健医生全程掌握他的病史。碰到频繁调换医院，又没有任何躯体或心理疾病诊断的情况，我们脑内的警报就会响起，怀疑孩子是否遭受了虐待。

一旦我开始疑心这是疏忽或虐待时，我就调整好自己，准备倾听孩子将要告诉我的事。但我也很忐忑，不知道自己的头脑能在多大程度上抵挡住冲击，是否能在听到最残酷的真相后仍然保持敏锐……即使倾尽了全力，我真能做好准备，聆听那些令人无法接受的事实吗？试试看吧……我向内寻求心灵深处的力量，然后，上吧。

我在办公室接待了威廉。他非常瘦弱，看起来根本不像五岁。我有些惧怕这次会面，所以一点一点来。渐渐地，他的伤疤在我看来不再那么刺眼了。我不能任由自己的目光被它们吸引……我在心里告诫自己："只听他说话就好。"他站着不动，最后终于说："请问，我可以坐下吗？"

我很惊讶。他一动不动，面露忧伤，看起来很内向。他很乖巧，在我看来甚至过于乖巧礼貌了。他不像同龄的小朋友那样活泼好动，这是第一个让我意外的地方。

"当然了，你可以坐下，你想坐哪里都可以！这里是我的办公室,你可以随便摸、随便坐。"

威廉直接过来坐到了我的腿上。我吓了一跳——我做好了所有准备,唯独没有预料到这个!

短短几分钟,我们就建立了联系,但我预感今天这事会像走钢丝一样。我没法和他四目相对,像警察调查那样问:"说吧,这些是什么,你身上的印子?是谁弄的?"我有我的行事依据。我注意到,如果能让受虐儿童先讲讲父母或者疑似施虐人员的正面事迹,那么接下来,他们会更加乐意说些心里话。我的第一个问题就基于这种考虑。我们一起玩着小汽车,我尽量语气自然地问出这个开放式的问题:"你们家谁做饭?"

"妈妈做饭。"

"哇,真好!她给你做什么?好吃吗?"

威廉在回答之前停顿了一下,闭着的嘴巴轻轻撇了撇:"嗯……不算是吧。有时候,她给我吃我不爱吃的东西。"

我想到西蓝花、菠菜、焗花菜或者苦苣:对孩子们而言,它们是餐桌上最可怕的噩梦。于是我天真地回答他:"确实,有的时候,小朋友不太喜欢大人做的饭,但是你知道,不挑食才能健康成长呀。"

威廉轻轻摇了摇头,看起来似乎想说问题不在苦苣身上。从他微微耸肩的样子和他凝滞的、变得不安的眼神里,我明白我想错了。我小心翼翼地问他:"她给你吃什么?比如?"

"呃,比如……呃……有一次,她……她让我吃一支笔。"

我手里从一开始就拿着一支圆珠笔,此时看到它,我突然头皮一阵发麻。我想象着它进入我的嘴、喉咙。我想象着笔芯划破食道的样子。这怎么可能?我急忙把笔放回桌上。我整个人一半处于震惊之中,另一半仍要专业地把面谈继续下去。如果孩子发现我听到的事让我害怕,他就再也不会向我吐露半个字了。那样就会前功尽弃。我尽力保持一种中性、正常的语气,问道:"哦?然后呢?"

"然后么,我就吃了,但是很疼……真的很疼……"

我们的对话继续着,但我的脑海里已经全是关于这个孩子的遭遇的画面。我任由他说着,给我讲述其余的事,他过的痛苦生活的全部细节,可怕的细节。我没法再有意识地控制对话的走向,我进入了自动驾驶模式。我听着,几乎一言不发,只是偶尔在他的叙述里穿插一句"你现在说的这一点非常重要!"。至少,他把这些说了出来,这已经是巨大的进步。

我把威廉送回他的病房。他一路蹦蹦跳跳,仿佛卸下了一份重担。我回到办公室待了五分钟。我的身体开始颤抖,感觉马上就要瘫倒,但我尽力调整好自己,来到雅克·洛朗医生的办公室,启动相关的应对流程。

他用信任的目光看着我,仿佛在说:"我就知道您能做到的,我们一起能做到。"我重新找回了状态。我坐在他对面,给他讲圆珠笔的事,以及所有后续内容。

"这就对了!我当时就不明白,是什么原因能让气管变成这样,现在我终于知道了。这些信息让我们豁然开朗。我们再看看那些伤疤的照片吧,我们会知道这孩子正在经历什么。"

他推开办公桌上的几块骨头和一个骷髅头。"这是我爷爷的骷髅架。"他对我说。我的腿又开始抖了。"不,不,您放心,这不是我爷爷!他也是医生,他从前告诉我,向患者说明病情的时候,展示相关的骨头,解释起来往往更容易。我后来发现确实百试不爽。好了，回到我们关心的事情上。"他在堆满各种文件和材料的工作台上清理出一块地方，随后拿出好几张照片，像玩接龙游戏一样一张压一张地摆成一列。他摘下眼镜——镜架时常在他鼻梁两侧留下浅浅的棕色印记，他很喜欢按揉那里——对我说："德罗马女士，您仔细看看。我希望您来当我的医学专家顾问（sapiteur）[1]。"

从没学过拉丁语的我很想反问："sapi什么？不，不，我不是……我不行……"不过，和每次有不懂的术语时一样，我还是尽可能平静地问他："意思是？"幸好，他自顾自地说了下去："您刚刚告诉我的事情，让我们能用全新的视角看待这些伤疤。我们视角的互补性是很重要的。"

于是，我换了个头衔：我现在需要理解物理现实，而不是继续从心理学的角度理解事物、发表意见。我要从另一个角度切入，接过医生的棒——因为他们的学问也并非无穷无尽，帮助他们做出更全面的鉴定。我看着面前铺开的照片。那是威廉全身的各个部位，每一张都是凑近拍的：手臂上一片正方形区域，腹部的一部分……还有他的脖子。我想吐，但我努力睁着眼睛，保持开放的思维。其中一张照片吸引了我们的注意："这里，您看，这应该是相同且有规律的伤口……像是一条项链，绕在他脖子上……"

跃入我们眼帘的是四处伤口，等距连成一线。前后各有六个点。从每个点上辐射出几条线，像鸭掌一样。外面夜幕已至，科室里静悄悄的。办公室里也鸦雀无声，除了我剧烈的心跳——我

---

[1] 为其他医生提供专家意见的医生。这是个罕见词，所以作者没听懂。

甚至觉得会被雅克·洛朗医生听见。

我们的思路在沉默中沿着相同的方向进行。恐惧感逐渐消散后,我们明白:皮肤病不会留下如此规律性的痕迹……肯定是有一件……一件工具?只有工具能造成这种效果。突然,一切都昭然若揭。我想提出这个问题,但却发不出声音。我们持久地沉默着。天已经全黑了,唯一的照明来自X光片观片灯……雅克·洛朗医生重新开口了:"这些规律的小鸭掌形状,说明威廉曾经被……"

"凌虐。"

"那些间隔几厘米的星星一样的小点,不是烟头的痕迹,也不是熨斗或者烙铁,"——我感觉他回忆着自己从业以来见过的所有案例——"但什么东西的形状能如此规律呢?"

我终于说出了口:

"威廉会不会是被什么东西牵着脖子……"——我说不出口——"就是……"

"……刺绳?"一段冗长的沉默后,我们异口同声地说。

雅克·洛朗医生只是点点头,似乎既为找到答案而喜悦,同时又对人性的残忍感到愕然。我们立即向未成年人保护机构报告了威廉的情况。

我没能从和威廉的交谈中全身而退:我的喉咙突然开始刺痛。我没有即刻明白它与威廉有关,还以为那是咽炎的征兆。离开科室之前,我吃了扑热息痛。我是在忍痛艰难咽下药片时才意识到:这份疼痛,来自威廉的妈妈让他吞下的那些笔。那天晚上,我咽不下任何东西。就连一勺果泥都不行。

我一回到家，弗朗索瓦就立刻对我说："我不知道马克西米利安怎么了，但他不肯再去学校。我告诉他必须去，绝对不允许旷课，他就哭了一整晚，对我说——用一种没得商量的语气——说他无论如何也不去了。我向他保证，说你回来会去抱抱他。"

于是，我悄无声息地溜进他的房间，听到他在轻轻啜泣。

"嘿，哎哟，这是怎么啦？"我一边温柔地把他揽进怀里，一边说，"看来有人想要抱抱。"

"如果你想，我可以抱抱你。我嘛，我不需要。我就是不想再去上学了。"

"哎？你不想去上学啦？"

"对，再也不去了！不去学校，也不去游泳池！"

我立刻心跳加速。突然间，一切都再清楚不过。很明显，我的儿子被猥亵了，有人虐待他。我的脉搏在加速，本就已经疼痛不堪的喉咙缩得更紧了。我想跟他说些什么，但又是什么也说不出口。什么声音都发不出来。我轻柔地、久久地抚摸着他的头发。良久，我重新拾起思绪："在哪里最不开心，学校还是游泳池？"

"两个地方都不开心。"

"啊？"我假装镇定，"发生了什么不开心的事？"

"他们让我做我不能做的事。"

"谁让你做你不想做的事？"

我脑海中已浮现出了那个场景：阿兰，他的班主任，强迫他做某些事。我的心跳无比剧烈，剧烈到我怕听不见他的回答。

"不是我不想，是我不能。"

"啊？"

我甚至没意识到我换掉了他的用词。他继续说:"坚持也没用,我不行,就是不行!我又不是故意的,不是把话重复二十遍我就能做好的。"

"什么事你做不好?"

"在游泳池,阿兰说我从来不按他的要求做,还说,如果我不像他那样做,就永远也学不会游泳。"

我立刻埋怨起自己来。其他家长说的无疑是对的,孩子在学校是学不会游泳的。我应该像他们一样,在开学前请私教给他上课,这样他现在在游泳课上就能更加自如。

"啊,那在学校呢?"

"一样。阿兰,他让我抄黑板上的字,但我没法抄。"

"你没法抄?"

"是呀!我不知道别人是怎么做的,反正我看不清黑板上写的什么,所以我不知道怎么抄。"

"啊!"突然间,我的语气轻快了许多。我发现我一开始就会错了意。"我终于明白了!这很简单,你需要一副眼镜。是因为你没有眼镜,所以才看不清黑板,或者老师在泳池里演示的动作。"

"你觉得是这样吗?"

"对,肯定是。我会在联系手册上跟阿兰说这事,在预约到眼科医生之前,让他先把你的座位调到黑板前面。快睡吧,你到时候就知道,戴上眼镜,视力变好,一切就都简单了。"

等我回到弗朗索瓦身边他已经上床了。他提议我们接着看上次的连续剧。他知道,一部好电影或者电视剧能转移我的注意力。我想也没想就缩进了他的怀里……我们看《24小时》。我试着让自己被情节吸引，以便忘记威廉的事。可等到主角杰克·鲍尔也被人折磨，这事就办不到了！我只来得及说："对不起，我不行！我做不到……"

"这我就不明白了，我以为你紧张了一整天，换换脑子对你有好处呢？你看起来不太好，想跟我说说吗？"

我的喉咙绷得非常紧，以至于我只能摇头以示拒绝。泪珠开始在我的眼睛里打转……

"我不想说，我只想忘掉。"

"没关系，你知道的，我们把后面留到下次再看就好……"弗朗索瓦边说边合上了电脑。他轻轻地抚摸着我的头发。他太清楚，在这些时候，只有这样才能让我平静下来……

第二天，我回去看威廉，告诉他接下来会发生的事。在他离开科室之前，我向他介绍了将要在儿童福利院照顾他的特教员尤瑟夫。

他收拾东西，向悉心照料过他的护士和护工道别。我提着他的行李，一直陪他走到接待处，尤瑟夫在那里等他。我突然感觉到他的小手伸进了我的手中——我的嗓子紧了紧，但不是出于几天前的那种原因——我们就这样一直牢牢地牵着手，直到他看见尤瑟夫。他松开我，和尤瑟夫走了。就在大门即将在他们背后关上的时候，威廉转身过来，朝我微笑。那微笑与之前几天都不一样，我仿佛看到了满满的希望。

后来，我听说他被安置到了一个接待家庭，从此身上——那是当然的——再没出现过任何伤痕。

心理学家的角色到此还没结束，因为我还要在重罪法庭出庭作证。那天，威廉没来，但我见到了他母亲，她说的话还是我们在医院见面时的那一套。她声称自己是被冤枉的，说她始终尽心尽责地照顾威廉，不像这些医生，这些无能之辈。

和往常一样，她衣着讲究：一套裤装，一件白衬衫，颈上系着丝巾。任谁看见她和威廉手拉手走在路上，都只会认为她与其他母亲没什么不同。然而……她却整整折磨了她儿子五年，还企图用不合常理的疾病来掩饰。她患的是代理型孟乔森综合征。极度渴望关注，同时又极度孤独，她不惜虐待自己的儿子，以求得他人对她的关注、聆听。她对自己的谎言坚信不疑，并且振振有词，以至于在重罪法庭上，有些人似乎对她的话信以为真。她的律师试图驳倒我的证词，拿出几张圆珠笔和药管的照片："诸位可以看到，笔的形状像极了药管。那只是一个孩子开玩笑打的比方，德罗马女士却当真了。除了德罗马女士之外，谁会相信有人能强迫一个孩子'吃一支笔'？另外，您的同事雅克·洛朗医生告诉我们，这在医学层面上是不可能的。"

最后这句话让我心慌意乱。我们为此案一起工作到现在，他怎么能这样对我？他怎么能当着我的面一套，在法庭上又是另一套？我知道他偶尔而会发火，脾气很大，但信口胡言、撒谎、做有损道义的事，他是从来不会的。我真不明白……我想哭……但我还是坚持我个人的信念。当我开口时，语气毫不动摇："我是个总在怀疑的人。十五年来，我整天面对重病、重度残疾的孩子，其中很多全身瘫痪，有的甚至已到临终阶段。持续地与痛苦、与死亡相处，让我每时每刻都要直面自己的局限，直面自己的无力感和犹疑。当威廉对我讲述发生在他身上的事，讲到他妈妈让他吃一支笔时，我丝毫没有怀疑他说的是事实。此外，与其说是他讲的内容让我相信，不如说是他的身体和他惊惧的眼神传达出的整个状态，让我确信他不是在信口开河或玩游戏——像一般孩子会做的那样，而确确实实是在讲述**他的**现实。而且，无论雅克·洛朗医生跟您说了什么，他都知道，气管里和遍布全身的这些伤口，绝不是啃咬小药管或笔管这样的行为就能导致的。"

我听到那句"没有其他问题了，谢谢您"后，就离开证人席回到了自己座位上。现在，为了抚慰自己，我开始想我的孩子们……我仿佛又看到他们小的时候，为了吃管装的扑热息痛糖浆，死乞白赖地软磨硬泡。对于他们，那是一种奖励；而对于威廉，提到笔就是一种折磨。

我离了法庭就给雅克·洛朗医生打电话，我无法遏制自己对他的怒火："您怎么能这样对我呢？您怎么能在我面前说一套，背后又是另一套？我……"

"这是什么情况？您冷静一下……我从来没看见过您像现在这样。您在说什么？"

"您怎么能对我说'太棒了，有了那支笔，一切都解释得通了'，而后又对陪审团和法官说这'在医学层面上是不可能的'？"

"哎呀，穆里叶，"——他察觉到了事情的严重性，在叫了十五年"德罗马女士"后，破天荒地叫了我的名字——"您怎么被骗了呢？那些话是他妈妈的律师告诉您的，对吧？"

"呃……对……"

"那是用来干扰您的伎俩，看您是否会改口。告诉我，您没有被他牵着鼻子走吧？您没怀疑我吧？不会吧？"

"没有，没有……我坚持了我的看法。"

"太棒了！对您来说，这是第一次，以后您会看到，他们总会想方设法让您自相矛盾。现在，试着想想别的事吧……我们尽了我们的义务，这是最重要的。我们也没法左右判决。祝您今晚愉快。"

"您也是，谢谢。"

我觉得自己十分可笑。我怎么能怀疑一个与我共事了十五年的同事呢？

威廉的妈妈现在在监狱里。我们科里没有一个人忘记她。从那以后，我们对病历中没有明确诊断又频繁调换医院的案例格外留心。

卢沙里女士是一个与众不同的女人，举手投足都暴露出她的空军身份。她个子很高，精瘦结实，嗓音洪亮，语气专横。能感觉到她是一个行动力很强的人，喜欢掌控事物。但有一天，她松懈了，十秒钟的时间，在错误的地点、错误的时机，她的生活从此天翻地覆……她的不幸就是，开车行驶在高速公路上，眼睛闭了一刹那。谁没有过这样的时刻呢，短短的一瞬间，疲劳让你放松了警惕？我就曾经有过，回想起来不寒而栗……

这顷刻的分神让卢沙里女士与一辆卡车迎头相撞。她毫发无伤，但她四岁的女儿阿黛莉却身受重创。

阿黛莉在事故当天被送到急诊，紧接着就进了重症病房。在医疗和辅助医疗团队照顾她的同时，我第一次见到了她的妈妈。她给我讲述了这场可怕悲剧的过程。她只讲物理现实，非常在意细节——时间、晃眼的阳光，甚至卡车的颜色。没有任何情绪的流露。唯有飞快的语速暴露了她所受的冲击。卢沙里女士说起话来像个机器人。后来，当我更深入地了解这起事件之后，我才明白，她在叙述中隐瞒了一个重要的细节：她没有告诉我她闭上过眼睛。她只提到那辆以闪电般的速度危险地靠近她挡风玻璃的卡车，但没说在她眼皮半闭的顷刻之间，她感受到的天旋地转。

我听她诉说她的痛苦，随后向她讲解我的陪伴工作。我告诉她，我会定期去看望阿黛莉，向她解释发生在她身上的事情，为什么她不在家，而是在医院……在我说话的时候，卢沙里女士就面露不悦，然后不断摇头以示反对，最后终于打断我："对不起，但是我不知道这些有什么用……"

"是因为……"

"呃，德……德罗马女士，对吧？听我说，我现在得打断您。我了解我女儿，我知道什么对她好，什么对她不好。另外……我不是太习惯心理学这套，您明白吗？您真的很好心，想要提供帮助，但我们不需要您的服务。"

"我理解您的疑虑，但是我冒昧地坚持，是因为我发现，倾听会帮助孩子更快地从事故后的创伤中走出来。"

卢沙里女士沉默了一会儿。我明白，她是在消化"创伤"这个词。她对此有自己的一点意见："您知道的，她还小，她会忘记的……"

这位女士不喜欢心理学家，可能还有点看不起，但她尤其担心我对阿黛莉说起那次事故，向她揭示沉痛的真相……我必须表达我的立场。我换了一种策略："您能否允许我每天早上来和她玩一会儿——当您不在的时候？我不会提起车祸，除非是她先和我说……我会向她解释我们的科室是怎么运行的，帮她更好地认识、适应这里……"

卢沙里女士看向我办公室的玻璃橱柜：积木、人偶、蜡笔筒。这些东西让她放下心来。她试着说服自己我的角色类似育儿专家："如果您想在我们不在的时候陪她玩……我不觉得有什么不妥。"

连续几周，卢沙里女士每次来医院——她的丈夫偶尔陪她一起来——都满怀着阿黛莉已经痊愈的希望。她躲在这个念头之下，坚定地相信她的女儿会好起来！直到有一天，阿黛莉从昏迷中醒来，医生发现她四肢瘫痪，康复的可能性极小。当医生向阿黛莉的父母宣告这个消息时，他们被惊呆了。震惊之余，他们开始恶语相向——年轻的新护士玛丽娜多么希望自己什么也没听到。她被卢沙里女士的反应吓得不轻："哦！你们为什么要这样对我们？还不如不救她呢……"

但是，在我看来，最致命的还是卢沙里先生对他妻子说的话："听着，这是你的女儿。是你让她变成现在这样的，你就得负责。"

那一刻，卢沙里女士难受至极，但凡她能立即躺倒在一辆卡车的车轮下，她肯定毫不犹豫。这种状态只持续了一会儿，她很快恢复过来，唤醒了一套防御机制——否认——来抵抗这种可怕的负罪感。她让自己相信阿黛莉不会知道。永远不会。她说："她才四岁，太小了！可能在长大时，她会以为自己从来没走过路。她会以为自己生来如此。"卢沙里女士就是这样面对这场意外的。她来到医院，永远俊俏可人、活力四射，高跟鞋有力地踩在地板上：她把一切希望都寄托于遗忘和无知。

很快，我就意识到，卢沙里女士发明了一个事故的新版本，这对她来说更易于接受。每天下午，她给她女儿讲的都是这个场景：一辆货车撞向了他们，是它的过错导致阿黛莉进了医院。

否认只能奏一时之效，让人有时间去面对难以设想的、无法接受的和难以承认的事。但否认永远不会催生奇迹，而是恰恰相反。卢沙里女士把自己包裹在谎言之中，于她自己和女儿都无益。她们的关系日渐恶化，以至于她一来看望女儿，阿黛莉就转过头去。每次，她总在同一时刻把头转过去，就是她妈妈准备第无数次给她讲述自己那一版本的事故的时候。

为了不让阿黛莉最终厌恶她的母亲，我试着进行双重心理干预。我小心谨慎地行事，不想冒犯这位"不是太习惯心理学这套"的女士。因此，我分别陪伴她和她的女儿。我试着让卢沙里女士明白，事故仅仅是由疲劳引起的，不是她故意为之，她也就不必为此感到愧疚。

至于阿黛莉，一等她能坐上轮椅，我就建议她每周到我的办公室来一次。我决定什么事都遵从她的意愿，这是一个疯狂的赌注。于是她说："我嘛，我想要玩橡皮泥。"

我感到窘迫，准备对她说："但你知道的，你现在瘫痪了，没法玩橡皮泥。你得另选一个游戏。"但她没给我说话的时间："我们开始吧？"

我于是明白了，要适应的人是我，我得变成她的手。

"很好……你想捏什么？"

"呃……一只小猫。"

我开始了，捏了一只正常的、平平无奇的小猫，两只眼睛、两只耳朵、四只脚……

"不对！不是这样的！"阿黛莉抗议道。

"那是什么样？"

"你去掉两只脚……不对，三只。"

我按照阿黛莉的指示修改了我的作品，她脑海中的小猫有很具体的形象：一只独脚猫。

"不是这边的脚。另一边！"她一边指向右侧一边说。

小猫捏好了，阿黛莉给我讲起一连串小猫的故事。她告诉我，它很难过，觉得孤单，甚至很生气。

"是什么让它这么生气？"我问。

"它不知道。它不知道怎么解释，但它的的确确觉得很生气。而且，你知道吗，如果可以的话，它还会咬人……"

有了这只小猫，阿黛莉找到了向我谈论她自己的方式，同时又能保持适当的距离。这只跛脚的小猫就是她自己。和她一样，小猫唯有一只脚是灵活的：它的右脚。对她而言，唯一灵活的则是她的小拇指……没错，右手的小拇指。每周，她都把小猫的经历和感受讲给我听。她由此得以叙述她的内心世界，表达对她母亲的愤怒。

时间一周一周过去，小猫发生了变化。变的不是颜色，而是外形。我尽己所能，把阿黛莉指出的所有细节都添加进去：尾巴短一点，耳朵大一点，要能看出猫身上的毛，等等。（如果有"捏橡皮泥"学位，我想我肯定能成功拿到！据我所知，在这个领域和我一样经验丰富的人，还真是为数不多：捏了二十年的橡皮泥，这可不简单！）

不过，有一天，阿黛莉说的话让我很惊讶，她对我说："想来想去，还是给它安上两只脚吧。"

我们的小猫于是有了一只左脚和一只右脚。我不明白这一变动的原因，只是按她的意愿行事。一周后，在与医护人员的会议上，我豁然开朗：体疗师解释说阿黛莉左手的运动机能恢复了一点！

不过，她的愤怒却没有平息，恰恰相反，她对母亲的不满越发明显。我甚至怀疑我的治疗方案是否还有效——可不是嘛！阿黛莉始终拒绝和她妈妈一起玩，甚至让她再也不要来看自己。这对于卢沙里女士来说十分痛苦，对于特教同事也是如此。她不明白个中缘由，还试着说服阿黛莉要对她妈妈好一点。"她是你妈妈呀！你为什么不想让她来？"她试图从中调解。这么可爱的小姑娘对自己的妈妈如此愤怒，的确令人难以接受，更何况她妈妈每天都来看她。她想让阿黛莉与妈妈和好，仿佛将她们对立起来的矛盾只是一件鸡毛蒜皮的小事。她带着全世界最真诚的善意与卢沙里女士攀谈，用欢快的语气对她说："哦！今天早上，我和您女儿玩得很开心。我们玩了头像游戏，还有……"

"啊，是吗？"阿黛莉的母亲答道，她很受伤，语气咄咄逼人，"那恭喜您了，因为她从来不愿跟我玩什么游戏。"

阿黛莉的妈妈转身跑去卫生间，关上门，独自大哭起来。

尽管心中的疑虑日渐增加，并且感觉兜兜转转止步不前，我还是继续陪伴她们。不过，心理时间与日常时间并不相同。有一天，阿黛莉让我先把两只脚的小猫放到一边。她有一个更要紧的想法："我们来捏一辆汽车吧？"这让我很意外。

我于是按照她的意愿捏了一辆汽车，并且小心地把里面清空，以便放入几个人物。

"我们要把谁放在里面呢？"

"嗯……放一个女人和一个小姑娘。"

我把几块橡皮泥揉在一起，捏出小人的形状，圆圆的脑袋，没有表情。

"我们给她们捏什么表情，这个女人和小姑娘？微笑还是悲伤，你觉得哪个更好？"

"我们让她们这样，大大地微笑！"她一边回答，一边咧开嘴，露出每一颗小小的乳牙。

"现在，"阿黛莉接着说，"我想让你做一辆卡车，里面有一位先生，看起来非常凶。像这样。"

坐在轮椅里不能动弹的阿黛莉，手和脚都瘫痪着，却调动起所有面部肌肉，模仿卡车司机愤怒和挑衅的模样。"就是这个男的把小姑娘撞坏了！你把卡车撞到小汽车里面去，"她命令道，"坏人，这个男的！坏人！"

连续几周，我们模拟事故发生的场景——根据卢沙里女士的版本，然后，有一天，阿黛莉让我用橡皮泥展示了一个截然不同的故事。

和往常一样，我们坐在桌前。我拿出我的橡皮泥，开始揉一个小球。就在这时，仿佛要告诉我一个秘密一样，她压低声音问我："你想知道真的真相吗？"

"当然！"

"那么，我就把一切都告诉你。真的真相是，要把妈妈做成这样（她模仿坏人的表情），而那位先生是这样（她做出一个大大的微笑）。现在，你拿起小汽车，是小汽车撞了卡车。"

她停了下来，看着我，仿佛要确认我一直在听她的故事。然后,她开始大喊:"这个妈妈是坏人!坏人,坏人,坏人!她把小姑娘撞惨了!**撞惨了!**"

从一开始,阿黛莉就清楚一切,她从前只是把愤怒转移到了卡车司机身上。

"你生你妈妈的气吗?"

"对……"

"我理解,但是你知道,当人非常疲惫的时候,这种事故是有可能发生的。你妈妈也不想这样——她不是故意的——发生了这样的事,她也真的非常难过。"

这次谈话结束后,我感觉阿黛莉放松了下来。而我呢,这个残酷的真相让我有些发懵……几个小时后,卢沙里女士会来,这让我很担心。母女相见会发生什么?阿黛莉还会转过头去吗?

下午4点,我听到走廊里卢沙里女士快速的脚步声。和每天一样,她肩上背着一个大包,里面装满了玩具和书——不出意外,这些都会被她的女儿拒绝。卢沙里女士走进她女儿的房间,而后,在她们见面的整个过程里,我都难以集中精神。我没有安排任何咨询,只有不计其数的邮件要回,还有一些咨询纪要要写。我哪样都没有进展。我不停地看表,看着时间一点点流逝。将近5点半时,卢沙里女士来到我的办公室,眼睛里闪着泪光,但满是快乐和希望:"我不知道您和阿黛莉在一起都做了什么,但她愿意跟我玩了!今天我们玩得特别好……她对我笑了。"

为了绽露这抹微笑,阿黛莉先得要敢于说出她对这场飞来横祸的所有感受和记忆才成,包括其中最沉重、最痛苦的部分……她的微笑说明她终于卸下了压在心上的重负。有谁能相信，几块橡皮泥，就能帮助一对母女修复关系，和和气气地坦诚相见呢？

19 为人父母

为人父母十分幸福，但也很辛苦，有时甚至困难重重。我们经常摸着石头过河，心怀疑虑，还要不断地调整自己，以适应孩子的发展。我经常一边向家长们提出这个建议，一边在脑子里过着我作为母亲做过的所有荒唐事——比如那天，我任由八个月大的女儿拿着药袋玩，完全没想到几秒钟工夫她就拉开了拉链，把一片多利潘放进了嘴里；又或是那次，我关车门时夹到了我一个儿子的手指……

成为母亲或者父亲绝非易事。我在医院内外经常意识到这一点。我经常忘记日期和年份，但我无法忘记2010年1月奥利机场那个寒冷的冬日。那是海地地震后的某一天。之前，我在家里听着新闻广播，跟踪这场悲剧的最新进展：一路攀升的死亡数字、首都太子港、紧急状态。几周后，我在奥利机场，等待一架从海地飞来的航班。从废墟下被救出的孩子离开祖国，来到这里等待被收养。我和当天所有在场的专业人士一样，要保证事情顺利进行，至少是尽可能地顺利。

2010年，我在医院工作之余，还和其他一些同事一样，在紧急医疗心理援助小组（CUMP）工作。这个机构与医疗急救中心合作，在恐怖袭击、重大事故或气候灾害发生时，对受灾人员和伤者进行援助，为他们提供心理支持。这项任务令人既兴奋又忐忑，总而言之：劳心费神。

在医院里，我穿着白大褂。但是，在这身衣服下面，我还是我自己：我有自己的衣服、物品。而在紧急医疗心理援助小组工作，就要从内到外换上一身新装。

那天早上我是5点15分出的门。我很高兴，因为天气预报有雪，但雪还没下。在医疗急救中心总部，我收到了我的"战袍"：一条裤子，一件衬衫，还有一件厚厚的白布罩衫。我一时难以适应要在出任务的时候把衣物和手包都留在这里，放上八小时、十二小时，甚至二十个小时……"别带私人物品。"工作人员要求我们。这是规定。于是我把衣物留下，但还是悄悄把手机塞进了口袋——不合规定就不合规定吧！

到达机场时，那里人声鼎沸。记者们聚在一个角落，等待家庭事务国务秘书和跨国收养行动组的代表出现。想要收养孩子的人都来了，三三两两到处都是，有带着孩子的家庭——他们是未来的兄弟姐妹，有异性恋和同性恋情侣，有独身男女。别着医疗急救中心的名牌，我可以在各个区域之间钻来钻去，从家长等候区到专门接待婴幼儿的地方。我在站出来做自我介绍之前，先花了一点时间观察每个收养者。我想了解他们是谁、他们的经历，了解是什么让他们产生收养孩子的想法，了解他们对未来这个孩子的想象，和他们共同思考与孩子见面的最佳方式。

收养者们有各式各样的背景，情况各不相同。那里是一对没有孩子的夫妇，结婚十几年，一直等着这一天。现在好了！他们终于可以认为自己有一个"完整"的家了。他们翘首以盼、兴奋不已，同时也有一点不安。他们手里拿着他们收养的孩子的照片。

就在他们身边,一个男人正在和他的妻子说话。他有些焦虑,我看得出他妻子的态度令他恼火,他对她说:"我们会有办法的,我们在客厅睡,或者……说真的,现在不是让物质上的问题困扰我们的时候。"

后来我才知道,这对夫妇在前一天晚上才收到通知,告诉他们第二天可以收养孩子。他们等待了那么多年,甚至已经快要放弃这个念头。现在,消息来得太过突然。

一些家庭有备而来,另一些则完全不是。有的人大体知道能等来些什么,有的人则抱着完美的幻想——一个像杂志上那样的孩子,完美无缺、面带微笑,满怀爱意地主动跑向他们,有一天,会温柔地叫他们"爸爸""妈妈"。

上午9点。飞机落地了,几分钟后,孩子们就会出现。人群更明显地骚动起来。我们——紧急医疗心理援助小组心理学家——可以开始工作了。我们要帮助孩子和收养家庭建立联系。每个孩子都由一位陪护人员带领,后者在旅途中一路照顾他们,也就是说持续十几个小时,给孩子换尿布、唱儿歌,喂他们吃饭,哄他们玩。由于他们肯定会对孩子产生感情,因此无权与收养者会面。他们把孩子交给我们,由我们带着去见新父母。这番过渡从来不像流水线作业那样可以一遍就过,而是需要时间,需要在家庭和孩子之间来来往往。首先要询问孩子的身体和心理状况。了解他的旅途如何度过,是否十个小时哭喊了一路——情况往往是这样,是否有疾病、残疾、行为异常……然后去收养家庭那边,根据他们即将看到的真实情况修正他们对于这个孩子的想象。冲击会十分巨大。

很快,在与一对夫妇的接触中——他们大约三十来岁——我就意识到了这一点。他们微笑着对我说,今天对他们而言是一个重要的日子。

"是呀,"我说,"我猜也是这样。两位就要收养一个孩子了。在两位的想象中,他应该是什么样的?"

"这个……呃……我们看过照片了。"

其中一个从钱包里拿出照片给我看:"您看,他多可爱呀!多漂亮,笑眯眯的……"

我看到他确实很漂亮,面带微笑,但照片上只能看到脸,看不到全身。我刚刚在陪护人员怀里看到的那个小男孩,几乎和照片上的判若两人……我得提醒这对迫不及待的年轻夫妻。

"两位要知道,请不要用两位想象中一岁孩子的样子来期待他,比如已经开始学走路,或者正在探索他周围的世界……"

"您为什么这么说?"

其中一人的笑容渐渐收敛,另一个还继续微笑着,仿佛幸福是唯一可能的选项。

"这个孩子遭遇了创伤。有很长一段时间,他都躺在摇篮里,没人照顾他。所以,他的发育非常迟缓。他一岁了,但实际上,更像是只有四个月大的婴儿……"

夫妇二人交换了一下眼神,开启了一段沉默的对话。乐观可以消解忧虑,反之亦然。是的,他们受到了冲击,可能——估计他们害怕这个词——失望了,但他们知道自己为什么来到这里,他们知道,来这儿的孩子都有过最可怕的经历。他们在电视上看到过太子港的画面,他们是了解情况的。从某种程度上说,他们有心理准备。"我们可以见见他吗?"两人异口同声地问我。

迎接这些孩子并不总是如此顺利。整整一天，我都在婴儿们和大失所望的收养者之间来回穿梭，因为孩子们有的瘦得皮包骨头，有的不愿与人有眼神接触，有的身上有跳蚤，或者患有疾病——我庆幸把衣服留在了医疗急救中心总部的衣帽间！——身上瘢痕累累。他们不是哭着喊着，就是全身瘫软无力。

有些人——他们不敢告诉我，但我能从他们的眼神中读出来——开始犹豫，考虑还能不能反悔……这给我带来了巨大的压力。因为我打定主意，每一个我抱在怀里的孩子都要找到一个家。必须如此。我无法想象其他结果：收养者改变主意，孩子被送到孤儿院……不！绝对不行。出现在这里的人想要一个孩子，他们说到就要做到……否则……就太伤这些孩子的心了。于是，我把全副精力投入这一陪伴工作：我要抱着孩子，和来接他们的收养者一起蹲下来看他们，像在孤儿院一样，蹲得很低，就这样来来回回。后来我了解到，其他同事陪伴的家庭，有两家在机场就拒绝了他们本应收养的孩子，另外两家，三个月后也把孩子遗弃了……

往返穿梭了几个小时，我开始感到疲惫。我觉得背痛，很想停下来放空几分钟。我的手机在口袋里震动。我在屏幕上看到弗朗索瓦的名字。我试着接电话，但手忙脚乱揿错了按键。电话又响起来，我听到了我丈夫的声音："喂？你那边怎么样？"

"听到你的声音我真是太开心了！"我说。他充满爱意的声音抚慰着我，让我卸下了心防。突然间，毫无预兆地，我哭了出来……仿佛在绷紧神经面对孩子们和收养家庭之后，我终于允许自己爆发出来。

"你确定你没事吗？"弗朗索瓦温柔地问我。

"嗯，对，没事。"我长叹一口气，躲到一根柱子后面。我不想让人们看见我的眼泪。"但是太难了，你知道……"

"别太拼了……你吃午饭了吗？"

"没有，我忘记了。你说得对，我去试着吃点东西，再继续工作。现在几点了？嗯……已经2点半了啊！我去吃了，一会儿再聊。"

在心理援助小组和急救中心工作人员的临时休息点备有食物，我站着吃了几口——沙拉、填不饱肚子的迷你三明治——然后重新开始在人群中穿梭。

珍妮，一个十四个月大的孩子，蜷缩在我怀里。和这里大多数灾后缺乏食物的孩子一样，她也又瘦又小。但她身体健康、有活力。她的陪护员梅丽莎，一个二十五岁的年轻女人，最后亲了她一下，和她告别。

"她多可爱呀！我会非常想念她的。"梅丽莎对我说，眼里噙着泪。

珍妮在梅丽莎母亲般的悉心照料下飞越了大西洋。现在她由我负责，但过不了多久，我又要把她托付给一个新的家庭。小家伙不吵不闹。到现在为止，她一直信赖着无所不能的大人，任由自己被人从一个怀抱送进另一个怀抱。我安静地向她解释："你的妈妈给了你生命，还有一对父母会终生照顾你。你可以依赖他们，因为从今往后，事情不会再变化了：你的新父母会和你在一起，他们会尽其所能让你幸福地生活。你听到了吗？"不过，当我把她放进她法国妈妈的怀里时，她却开始大哭起来。

对于这名女士而言，这实在令人不安。她认为这是一个不好的预兆，一个负面信号。小姑娘之前那么安静——"那么乖"，她曾抚摸着女孩的脸颊说道——她丝毫没有料到孩子会大哭大闹。这是拒绝的哭声？还是抗议？抑或是恨？这位母亲向我投来惊恐的目光，仿佛我有对付这哭闹的灵丹妙药，仿佛我知道她为什么哭，也知道如何制止。我心想，我必须立刻为这哭声找到一个能让所有人都松一口气的解释，既为了妈妈，也为了孩子。于是，我凑近珍妮："是了，珍妮，告诉你的新妈妈吧，你有多么不容易。告诉她你都经历了什么困难。她现在是你的妈妈了，你可以把心里所有的事都告诉她，所有的痛苦……"

这些话让这位母亲很受用，她接受了孩子的哭闹，想办法安抚她。

"把你的痛苦讲给我听吧，讲给我听。"她一边抱着孩子摇晃，一边说。

突然间，珍妮就平静了下来。现在轮到她的父母流泪了，这是喜悦和爱的眼泪，因为宝宝就躺在他们的怀里，欣然接受他们的爱抚。

我回到家已经是晚上8点了。我先冲了个澡。出来时，我享受着再次见到我每一个孩子的快乐。可以做他们的母亲我是多么幸运呀……

"我想跟你们说……"

"是的，妈妈，我们知道，你觉得做我们的妈妈真的很幸福，你非常爱我们。不过别总说个不停，次数一多就有点无聊啦！"

我去睡觉了。一切都回到我眼前：白天那些面孔，那些哭喊声，一点点在我逐渐被清空的脑海中渐行渐远。后来，有些家庭给我打过电话，或是告诉我他们的消息，或是因为孩子不吃不睡，来询问我的建议——不过他们的生活很快便进入了正轨。还有些家庭给我写了信。收到这些感谢的信件时，我惊讶地发现，无论我陪伴人们面对的死亡还是生命，他们的用语都如出一辙："没有您，我是做不到的。"

除了那四个遗弃了孩子的家庭——现在想起来，我的心仍然会揪紧——多数家庭都"做到"了。那天，我真真切切地感受到，最初建立联系的方式会在很大程度上为此后的故事奠定基调。

20　　　　　　　　　　　　　　　　　　　　夫妻矛盾

周五晚上。购物回家。我放下沉重的购物袋，开门。我确认鸡蛋没有碎，酸奶的盒子也没有裂开。我用脚把购物袋推进家门，大声喊："谁来帮我把东西从车里拿出来？"孩子们跑去后备厢取剩下的东西，我利索地解下大衣。西普里安苦着个脸。

我问他："葬礼怎么样？"

他茫然地看着我，挑了挑眉毛，明显有些生气，等我修正自己的问题："呃……住宿学校[1]里怎么样，我是说。"

"噗。"

"你想说说吗？"

"真是受够了！你就不能像别人家的妈一样吗？问问我数学作业得了多少分，或者历史地理课有没有拿到平均分？"

他别转身走开，而我埋头整理购物袋，把东西拿出来放进冰箱。传来用钥匙开门的声音。是弗朗索瓦，我从他关门的方式——几乎是摔上的——听出来，他的心情也不好。我环视了一下屋内。基本上井井有条，至少挺干净。现在是晚上7点。明天就是周末。到底哪里不对劲？

1　internat。作者前一句口误，说成了enterrement——葬礼。

弗朗索瓦向我走来。他拎着两个满满的购物袋,还有几提牛奶。在采购这件事上,我们一直分工明确。他负责保质期长的食物,而我负责鲜货。不过,一般来说,我们不会在同一天去采购。我突然明白了他为什么不高兴!我忘了把家门口的停车位给他留着,让他安安稳稳地把东西卸下来,于是他不得不把车停在我那辆车的外侧,堵住了行车道。马路上响起一记汽车喇叭声,紧接着又是一记,很不耐烦。弗朗索瓦疲惫地看了我一眼。他这一天过得不太好,整个人筋疲力尽。"我去停车。"他对我说。

我有些机械地启动烤箱,又从冷冻柜拿出一张披萨。手机"哔哔"叫了几声,提醒我收到一条短信。我一边查看信息,一边把披萨放进烤箱:"很抱歉在周五这么晚的时候打扰您,但我们真的非常需要尽快见到您。"是玛侬的妈妈。

最近几周,她的状态好了不少。她重新回到了工作岗位,我想她从中找到了乐趣。她又有了化妆的心情,把自己打扮得漂漂亮亮的。她甚至还换了发型,剪掉了粗粗的辫子。她的脸庞被头发优美的曲线衬托着,看起来更年轻了。只有一双敏锐的眼睛才能读出她目光中挥之不去的忧伤——即便她对生命乐趣的重新追寻已经取得了巨大进步。我决定让他们来我的诊所见面。

我远远听到烤箱发出提示音,它升到了预设温度。与此同时,吕多维克对我说明天必须去买一双运动鞋,他现在的这双不符合体育老师的要求。

玛侬的父母随时会到。我诅咒着这没完没了的红灯,把诊所拒我于几米之遥。我很想准时到达,安静地做些准备。但是所有事都一股脑向我涌来:陪吕多维克去买鞋、马克西米利安的作业、看牙医……终于变成绿灯了。我一边开车,一边还想着门廊的地砖,上面经常有脏兮兮的脚印。我没时间在玛侬的父母到来之前把地拖一遍了。反正下着这么大的雨,地面能保持干净那才叫奇迹呢。

等我抵达诊所,玛侬的父母已经候在那里。短短一秒钟之内,我们握着的手还没松开,我就发现玛侬妈妈的状态和上次见面时非常不同。她暗淡的面容看上去就像几个小时、甚至几天都以泪洗面似的。另外还有一些令我捉摸不透的东西。那不是随着每日心情起伏时浅时深地笼罩着她目光的忧伤,而是一种疲惫、一种倦怠,仿佛她正在参加一场永无止境的长跑,她已经不再去想何日是头了。

"谢谢您,真的,这么快接待我们……"她语无伦次地说,"见到您对我们来说真的很重要,因为……"

她突然转向她的丈夫,生硬地耸起肩,就像被一只昆虫蜇了一下。

"你不想跟她解释一下吗?总是我在说……"

"不,你来,还是你说吧!"她丈夫回应道。

我有好几周都没见到玛侬的爸爸了。最近,都是他妻子独自一人来我的办公室。我感觉他没有他妻子那么自在,不知道如何应付这场特别的咨询。

"好吧……这段日子怎么过的我就怎么说:你现在非常易怒,几乎没法相处……还有……我们完全没法沟通了!"

她转身看他,等他确认她的判断:"不是吗?"

"对,可以这么说吧。"博努瓦说,"我想,我现在有点累……"

我问他:"您觉得这种状态持续多长时间了?"

玛侬的爸爸用手指揉着鼻翼,试着梳理发生在他身上的事,把他乱糟糟的生活理清楚些。

"有一段时间了,我想起太多的事情……这段时间,我经常不在家……我在第戎排练一出戏。远离于勒和爱洛依丝,这……这让我想起那一天,我不在,但我本来应该在的……"

他的声音微微发颤。他垂下眼睛盯着他晃晃荡荡的双手,开始摆弄他的结婚戒指。我一言不发,因为我感觉到他在组织语言,有些话被压抑了很久,需要得到释放。他再度开口,但始终低着头,仿佛在对着他的手说话似的:"我在第戎的时候,那感觉很可怕,就好像玛侬从来没有存在过。如果人们问我有几个孩子,我都不知道怎么回答。"

"那么,在这种情况下,您是怎么回答的?"

"我就含糊其辞……我说于勒和他妈妈在巴黎。这太难受了,但我不想让人们尴尬,破坏气氛。"

"您不说,是为了您自己,还是为了他们呢?"

他突然抬起头,露出诧异的神情。

"我以为是为了他们,但其实,是为了我自己……我怕自己需要照顾他们,或者在他们面前表现出我的难过。"

"是因为您不想让他们看到您的软肋吗?"

"对……还有,我害怕我自己的反应。"

"您害怕他们从您的脸上看不出任何变化,又或者恰恰相反,怕您心中的不安突然浮现?所以您试图控制住您的情绪?"

"对。"

我转向他的妻子,她似乎明白了我想说什么。

"所以，当您回到家时，您可能就卸下了一些防备……"

"是的，您说得对，我会没来由地生气……但只有面对爱洛依丝时，我才能表达我的难受。"

玛侬妈妈的脸上绽露出光彩，驱散了此前的阴霾，将她的愁容一扫而去。

"这是你说你爱我、我对你而言独一无二的方式吗？"她惊呼道。

"对！"

他握住她的手，亲吻她。他们情绪激动，被他们各自吐露的心声所感化。转变由此开始。这对一个小时前还难以沟通的夫妻，现在已经修复了关系。不知为何，我感觉自己现在面对着的是一对刚刚宣读过誓愿的新婚夫妇。他们看上去突然很急切地要走，弥补他们因为吵架、生气、逃避而失去的时光。他们走得太快，甚至都忘了拿雨伞。

随后，我陪马克西米利安去看眼科医生。经历了四十五分钟的等待后，医生终于接待了我们："喏，德罗马女士，我就开门见山了。您儿子的视力每年都下降一度。如果我们不采取任何措施，他最终会变成弱视，搞不好还会失明。"

这个消息突兀地向我砸来，有如晴天霹雳。我愣住了。我想保护马克西米利安，不让医生方才的话伤害他。

"但，也不一定吧？……"

"我们得给他戴硬性隐形眼镜。我明白，对于一个九岁的孩子，这不容易，但目前看来，没有别的办法。我们这就算提醒过您了。您现在知道等着您的是什么了……"

我带着硬性隐形眼镜的处方离开了,这是阻止马克西米利安的近视继续恶化的唯一希望。

在他小学五年级的一整年里,我就和科室里接待的那些孩子的家长一样,突然就要面对为孩子进行某种治疗或者给他们佩戴辅助医疗器械的现实。只是,在尝试了六种不同的隐形眼镜后,现实摆在了那里:任何一款他都没法戴。他的眼睛会感染、变得通红,我们甚至认为他对所有材质都过敏。马克西米利安只好继续佩戴框架眼镜。

我回到家时,吕多维克正和他父亲争论得热火朝天。我零零碎碎听到几句。他的历史老师给了他一个叉,因为他拒绝买新作业本。

"听我说,为一个作业本和老师闹别扭,这不值当吧?"弗朗索瓦说。

"哎,有没有搞错,我们的作业本没一本用完过!这太浪费了。你能想象吗,如果每个学生都拒绝在写完旧本子之前买新的,我们能拯救多少棵树!"

"行啦行啦,听着……别刚开学就跟你老师较劲……"

"我看你是没意识到,老师让我们买这些作业本,简直就是在毁灭我们的地球!我是有信念的,我要捍卫它!而你呢,我们现在知道要是在二战里你会站哪边……如果他们叫你举报犹太人,你也会乖乖听话的,对吧?可我不,我就是不同意,有些时候就得拒绝服从,为了更崇高的事业!"

"好了,到此为止。你不能这样跟我说话。你还不去好好复习,不是有测验?"

"对,就这样,说不过就换话题……"

那天晚上,我翻箱倒柜找出一个旧作业本,和新的差不多。找到让所有人都满意的折中方案,这种感觉真好啊!

21 阿莱克西斯的敌意

在我们科室,大家常说,要适应医院的生活,至少要一年的时间。但是,有些医护人员始终无法直面苦难:孩子们的痛苦、噩耗、死亡、悲泣的家属……

对于阿莱克西斯这位年轻的小儿神经内科主任来说,重症急救科的工作实在太可怕。所有的事都让他极度震撼。其实,他在医院的工作开始得顺风顺水,但是一听说自己在小儿神经内科这一岗位的工作包括每月到重症科值几次班,他就慌了神。

值班总会导致高度紧张。没有人抢着去值班,尤其是报酬最低的那些日子。结果某些人就得超负荷运转。往往就是那些外籍住院医师。他们在自己的家乡本已经验丰富,但到了这里,在拿下法国的医学学位之前,只能什么活都干。另一些人则溜之大吉,还总能找到绝妙的借口。阿莱克西斯的借口就无懈可击。他说:"如果我值班,我会害死一个孩子的。"但这句话最终还是惹恼了其他医生,他们的回答越来越不留情面:"应该说你不值班更有可能害死个孩子。你不来,我们累垮了还谈何值班。"

夜间的医院没什么人,在岗的医生一只手就数得过来:一名重症医师、一名成人部住院医、一名全科住院医,再加上我们科室的一名儿科重症医师和一名儿科住院医。我完全可以想象,独自一人在夜间遭遇紧急状况是多么可怕。更何况，我确实见过很优秀的重症医师怀疑自己的能力，没护士的帮助差点搞砸。阿莱克西斯才刚刚起步，生怕自己得大半夜的给患者插管、做紧急气切手术，或者处理心脏骤停。儿科医生艾娃是过来人，也经历过值班焦虑，她向阿莱克西斯建议："按照流程来，别乱。你怕不知道怎么做？我懂的。那么你就带上'小抄'。我刚开始的时候，把资料准备得特别齐全。一切都谙熟于心是不可能的：心脏骤停、肺栓塞、中毒……针对每种情况，都有一套规范。只有严谨地遵循规范来做，你才能战胜你的恐惧。"

然而，阿莱斯克西斯还是很紧张。他听了很多人的建议，记了笔记，但一到值班登记的时候，他就开始打退堂鼓："我会害死一个孩子的！"他这条能力不足的借口最终让雅克·洛朗医生不耐烦了，他威胁说："如果他不值班，我们就指控他擅离职守。"艾娃试着劝说他："你是在用你的职业生涯开玩笑！你不能就这么自毁前途，仅仅因为不想值班！"然后，她又补充了一句，仿佛这是最后的救命稻草："去跟穆里叶聊聊吧。她能帮你战胜恐惧。我敢肯定。"

于是，阿莱克西斯就来找我谈话。但我很快就从他的态度里看出来，他觉得我的岗位无关紧要，不会给他带来什么帮助。他像患者的父母们一样，拒绝心理学家的支持，因为"这不是给他们准备的"。他几乎没怎么谈论自己，反而以要挟的方式回应雅克·洛朗医生的威胁。在他看来，科室里曾经有一名患者是医疗事故的受害者。指控他擅离职守没好结果，因为他可以捅出一桩"大案子"，把整个科室扫地出门。

原则上，患者和医护人员在我办公室说出的任何言论，都受医疗保密制度的保护。但是，在这件具体的事情上，不知为何，我错误地没有保持沉默。这件事在我看来太严重了。我必须告诉雅克·洛朗医生。于是，当我们在走廊里碰到，阿莱克西斯就不再和我打招呼了。我只能看到他直勾勾的、怨恨的目光。我理解他的心情。我试着向他解释自己有多么内疚，请他原谅。我对他说，我很抱歉打破了职业规范里的保密原则，但那是为了整个科室好。

那这个医疗事故呢？这是怎么一回事？阿莱克西斯准备扔下的这颗炸弹究竟是什么？我回忆着例会上每个同事的发言。有过什么特别的事情吗？工作失误？疑点？疑虑和道德层面的辩论，在科室里每天都会发生。和几位医护人员交谈之后，我明白了，这肯定与一个小男孩的死亡和工作人员之间混乱的信息传递有关。小男孩去世当晚，值班的是住院医阿德里安。他确信这场悲剧本来可以避免。他本希望能做更多检测、更多治疗、更多……他满怀疑虑，一直反反复复地思索。情况就是这样。两名医生剑拔弩张。阿德里安觉得自己对这名小患者的离世负有重要责任，甚至因此想要辞职。但重症医师不同意。对他来说，腰椎穿刺、磁共振、X光片，任何检查或治疗都不会改变这个小男孩的命运，问题不在这个层面上。科室的气氛变得前所未有的恶劣。而阿莱克西斯，他摩拳擦掌……

尸检结果最终为争论画上了句号。小男孩不是因为突发哮喘离世的，而是因为先天缺陷导致的心脏骤停。这样一来，医疗事故的嫌疑就不复存在，阿莱克西斯也失去了要挟的筹码。于是，他被雅克·洛朗医生严肃地教训了一番。至于值班的事，他们则找到了折中方案：他去另外一家医院值班，另一位诊室主任来我们医院替他值班。事情就此解决了吗？不完全。阿莱克西斯仍然怨恨我，我甚至觉得他讨厌我。似乎我心理学家的身份让他感到不快，甚至让他害怕。我希望这千万不要对我们共同负责的患者产生影响。

六个月过去，阿莱克西斯没跟我说过一句话。因此，当他某天因为一个瘫痪的小姑娘的事来找我时，我非常惊讶。

"他们说最好让你跟艾洛蒂聊聊。我个人觉得没这个必要。我不觉得这能改变什么，不过……据说必须得这样。"

"哦。"

如此明显的挑衅和不屑让我吃惊，不过我还是咽下怨气问道："艾洛蒂怎么了？"

"她瘫痪一个月了。事发突然。一步都挪不动。没有任何医学解释。祝你好运！"他语带讥诮自顾自地说完，一阵风般地离开了我的办公室。

我开始了解艾洛蒂的情况。这是一个七岁的小姑娘。有一天醒来时，她发现自己不能走路了，也无法站立。她想从床上下来，却跌倒在地。陷入这种情况后，她已经看了很多医生。医生怀疑是感染——人会像患流感一样患上吉兰-巴雷综合征。在我们科室，大家更习惯于见到终身瘫痪的患者，因此在某些医护人员看来，这些只瘫痪几个月的病人竟可算是"幸运儿"了。有一次，我甚至听到一个医生对患者父母说："不要担心，他也就瘫痪一年，就差不多了。"这句"就差不多了"真是把这家人给噎到了。

艾洛蒂没有吉兰-巴雷综合征。除了阿莱克西斯完全不"相信""心理学的东西"",很多人都认为,这个小姑娘是因为"心理症结"才不能走路的。

当医生通知父母——比如艾洛蒂的父母——他们的孩子没有"生病",而是有心身问题时——换句话说,瘫痪不是由于身体的问题——他们经常会大发雷霆,仿佛自己被愚弄了一番。有些人会冲着孩子大喊大叫:"现在别再演戏了!快点!别装模作样。起来走路!"这时,我就得让他们明白,这不是孩子在耍花招。即便瘫痪是由心理原因造成的,也不意味着它就不是"真正的"瘫痪,不是某种痛苦的反映。

当我看到艾洛蒂坐在轮椅上,双手乖巧地扶着膝盖,她那纤细的、不能动弹的双腿无疑渴望——如果可以的话——蹦蹦跳跳,我就知道,这其中没有任何"演戏"的成分。但究竟是什么原因导致了这种状况呢?于是,我和她一家三口聊天,分开来,一个一个地聊。我仿佛一个在做调查的侦探。我询问她父母的感情经历,询问他们在孕期、分娩等各阶段的心理体验。我向二人分别了解他们与艾洛蒂最初在一起的时光。我尽可能地做笔记。记得越多,故事也就越加明朗。艾洛蒂的故事。我不知道这是否就是——像孩子们说的那样——"真的真相"。不管怎样,重要的是,我的讲述能唤起他们心中的某些东西。我提议把这个故事读给他们三个人听,就像艾洛蒂的父母在她睡前给她讲故事那样。他们仔细听着,或许也做好了准备,去理解发生在他们身上的一切。

"从前,有个小宝宝降生了。把这么漂亮的一个小姑娘带到世界上,她的父母感到很幸福。只不过,为新生儿做了全面检查的医生们,怀疑她患有一种名字十分奇怪的残疾。这种残疾叫做三体综合征。孩子的爸爸很怕她生病、被排斥，也怕自己不能像正常的父亲爱女儿那样去爱她。孩子的妈妈也很忧虑，她担心自己和孩子缺乏情感联结。为了弥补这一点，她就在当天和女儿订立了一份爱的协议。她们会深深地爱着彼此，一切都会完美无瑕。后来医生们发现弄错了。小姑娘没有任何残疾。不过，虽然那时才几天大，但她已经感受到了妈妈的绝望，于是下定决心保护妈妈。

"几年过去了，小姑娘没有完全按照应有的方式成长。她还像个小婴孩。七岁了，她还要含奶嘴，即便她早就过了那个年龄。有一天，她突然不再走路，仿佛要回到已经过去的婴儿时期。她太渴望保护妈妈，希望自己对妈妈有用，于是不想再长大。但大家都应该调整自己的角色了：她的父母要做一对真正的夫妻，把爱献给他们的孩子，保护她，而孩子也要学着离开母亲……长大成人，变得独立。"

看着他们聚精会神、下颌微微扬起、认真地听着我口中吐出的字句，我就知道他们认同我讲的故事。他们的反应令我非常意外。父亲握住了妻子的手，温柔地抚摸着。他还时不时关切地看向妻子身边艾洛蒂，眼中饱含爱意。

的确，在孩子降生之时，丈夫就问过妻子："你会代表我们两个人爱她吗？"这个问题给三人的关系带来了重创。母亲和女儿陷入了一种共生，把父亲排除在外。妻子和丈夫逐渐疏远。至于小艾洛蒂，她决意照顾好妈妈，因为她认为父亲不会这样做。不过，这种家庭平衡已经成为过去，新的关系正在我眼前缔结。丈夫和妻子几乎瞬间就靠近了彼此，因为这个从艾洛蒂降生之初就阴云不散的可怕疑惑——"父亲爱女儿吗？"——终于被打消了。是的，父亲爱他的女儿，用他的话说，甚至是"钟爱"，他欣赏她的勇气，她的智慧。这种爱是那么显而易见，所有人都松了一口气。

我想，现在应该尝试让艾洛蒂站起来了。我离开自己的座位，走近她，对她解释道："你看，这一个月来，你的身体跟你开了个玩笑。它想让你以为你的腿没法再用了，但这不是真的！你现在要重新主导你的身体，就像拉住一匹小野马的缰绳一样，教它朝着正确的方向前进。你想试试吗？从轮椅上站起来，试着走走？"

艾洛蒂点点头，表示同意。于是，在我们惊愕的注视下，她开始走路了。起初，她的步子犹犹豫豫的，因为腿部肌肉很久没有锻炼过。但看得出，这最初的步伐还是有稳健的一面。她的父母突然转身看向我。这个场景完完全全出乎他们的意料，竟让他们不知所措。他们的大脑一片空白，不知该换一种什么样的心情——欣喜、惊讶、愕然，一切都交织在一起。我看得出，他们心里怀着无限感激，同时又在疑惑，我到底用了什么被他们忽略的"技巧"。

陪伴这类转换性癔症患者没有任何技巧可言，除了聆听这具突然罢工的身体，聆听它想借此传递的信息。我见过一个孩子，几周内掉光了所有头发，却没有任何其他病症。他只是想得到大人的关注。他的表弟得了癌症，成了所有人的关注焦点。下意识地，这个孩子想要吸引大家注意他。确实，还有什么方式能比掉光头发更高效呢？

艾洛蒂和她的父母走出我的办公室。小姑娘推着空空的轮椅，仿佛那是给别人准备的，仿佛她从未在那上面度过生命中的一整个月，让她的父母担惊受怕。而我呢，看到这一家人离开医院，重归于好，看到这张轮椅从此再也派不上用场，我真是欣喜若狂！我简直想在走廊里放声高歌。偏巧在这个时候，阿莱克西斯路过我的办公室。他看见艾洛蒂站起来了。他诧异得回不过神来，像孩子一般瞪大了眼睛。

"这是艾洛蒂？"

"对。"

"她能走路了？"

"是呀，简直难以置信，对吧？"

对他来说，这太过离奇了。他开始从头梳理整个故事，似乎把它掰开揉碎才更容易理解："两个小时之前，她就在这儿，坐在轮椅上，她那时候……"

"瘫痪着，对，没错。"

"你是怎么做到的？"

"哎，你知道的，我用了一句早被证明有效的咒语。我对她说：'起来行走。'[1]"

他毫无保留地大笑起来。这笑声甚至近似于欢呼，我很高兴看到他这样，放松，友善。如果真的有奇迹，它就发生在此时此地：阿莱克西斯抛下了他的偏见。他对我的态度一下子就变了。他来找我讨论他的病人，寻求建议。

这个故事是我在医院最非凡的经历之一。一个结局美满的故事——幸好，这样的故事也是有的，并且比我们想象中多得多！它让阿莱克西斯和我化干戈为玉帛。此后，阿莱克西斯选择收治

---

[1] 出自《圣经·新约》中耶稣医治瘫子的故事。

了好几个有类似情况的孩子。这成了我们的专长！在将近两年半的时间里，我们让五个孩子恢复了"行走能力"！当然，这也得益于整个团队的努力，医生、护工、护士、保育员、体疗师，每个人都非常出色。没有他们，我们也不会成功。

这天晚上，我离开医院的时候，外面下着令人沮丧的瓢泼大雨，但我的心情是轻盈愉悦的。如果我再高兴一点儿，大概会走下车，直接在大雨里跳起舞来。走进家门时，我的脸上仍然带着笑意。我亲吻弗朗索瓦，阿莉泽把脸颊凑过来："啊，你这一天过得很好！"她说。

"对，没错……"

好事成双，晚饭已经备好，我只需要稳稳坐到桌前。多么幸福呀！

"我不知道四季豆的皮是谁剥的，吃起来非常棒！谢谢！"

"我和爸爸一起剥的。"吕多维克说。

"嘿，我是在做梦吗？"西普里安反驳道，"全都是我一个人剥的。你才剥了三个就去摆餐具啦，却还忘了拿杯子。"

但吕多维克总能找到脱身的办法："好，好，我懂你的技巧了。你的招数就是踩别人一脚，好炫耀你自己厉害，对吧？德行！"

生活不总是一条平静的长河！但是今晚，我不想让任何人破坏我的快乐。我看着我的家人，就像在看一部电影："谢谢你们两个，也谢谢所有没有准备晚餐、但将要收拾餐桌的人！"

大家嘟嘟囔囔地吃完了四季豆。而我呢，我真希望每一天都能像今天这样令人振奋。

22 知情权

第二天早上,我把监督孩子们做作业的任务交给弗朗索瓦,我则试图让西普里安把洗衣机里的衣服晾起来,让阿莉泽来帮忙准备午饭,给蔬菜削皮。我的话刚一出口,他们就已经七个不愿八个不愿,把几天来做过的所有苦差事一股脑儿地抱怨了一遍。我既没时间细听,也来不及跟他们分辩曲直。我得出门。医院的同事刚刚给我发了消息:"你要是能过来一趟就太好了!我们这儿……呃……糟糕透啦。"

一对小姐妹在周五夜里来到了医院。一个七岁,一个九岁。这一夜与往常没有什么不同:听完最喜欢的睡前故事,她们把娃娃抱在胸前,沉沉睡去,房间里开着一盏夜灯。这是普通的一夜,直到楼里发生了火灾。烈火将她们团团包围,但她们熟睡无睹,毫无知觉。消防员赶到,把她们送进了医院。她们在重症监护室醒来,身体基本健康,但对这场事故一无所知。

"她们的父母周五在火灾中去世了。"在我的办公室里,护士长索尼娅向我解释道。

"她们知道吗?"

"不知道!我们不能就这样突然地告诉她们……"

"你们见过她们家其他人了吗?邻居呢?"

"没有。我们一点也不了解这两个小姑娘的情况。她们要求见爸妈，一刻不停，已经整整两天了。我们不知道该怎么办，也不知道该说什么了。我们不能把真相永远掩盖下去……"

我试着去了解、去弄清楚这两个小孤儿的来历，还有她们从前的生活。她们一个叫劳拉，另一个叫瓦伦蒂娜，是斯拉夫人。她们不和父母住一个房间，正是因为这样，她们才得以生还。就在索尼娅面色惊惶地给我讲她们的故事时，一段回忆浮现在我的脑海。这是一件我和弗朗索瓦喜欢说给亲朋好友听的趣事，每每说起都开怀大笑。然而，我这时才意识到，这段趣事原本很可能在这里——医院——收场，变成一场悲剧。

那天下班回家后，我点了一支蜡烛。我现在仍然偶尔这样做……只要保证安全！我喜欢这种仪式，它能帮我从一天的事务中抽身，回归内心深处汲取力量。我让这一束小火苗在客厅一角闪烁着，就移开了注意力。几个小时后，到了孩子们睡觉的时间，西普里安从床上下来了好几次，去卫生间、要一杯牛奶，或者要我们抱抱他。弗朗索瓦和我被他来来回回地搞得很不耐烦，最后甚至关上房门，告诉他——那是圣诞节前的几天："如果你每过五分钟就要起来一次，我们就不给你准备礼物了，你就什么也没有。"他前脚才走后脚就又来敲门："我知道我不应该再起来，但是……就这样吧……我还是告诉你们一声：客厅里实在有好多烟。"我的耐心已经要用尽了，西普里安的想象力令我恼火。他又搞什么花样？正当我打开门，准备大声训斥他时，一阵浓烟钻进了我的鼻腔。蜡烛倒了，引燃了化纤地毯……弗朗索瓦和我赶紧跑到着火的地方，用另一张地毯把火扑灭。西普里安成了客厅的救星,甚至可以说全家人的救星。如果没有他,如今我们会在哪里呢?

病房里,两个小姑娘坐在同一张床上,正在玩石头剪刀布。她们棕褐色的长发垂下来,盖住后背的上半部分。浓密的睫毛遮住她们小小的黑眼睛。她们就像两滴水一样彼此相似,如果不是其中一个比另一个高一头,外人很容易错把她们当成双胞胎。短短两天,她们就适应了科室里的生活,认识了这里的所有人:护士、护工和特教员。她们知道图书室和游戏室在哪里,生活得自由自在。但是,她们还是缺少最基本的东西,正如在我们相处的最初几分钟里,她们提醒我的那样:"我们想要爸爸妈妈。"

整个医护团队决定再等二十四小时,先不向她们宣布噩耗,看看是否有这家人的亲戚联系我们。但没有人来。没有惦记她们的祖父母或七大姑八大姨,也没有关心她们的邻居和学校老师。这令人费解,甚至心碎。

在和她们的谈话中,我们发现,她们在遭遇这场惨剧之前,过着"正常"的生活:她们去上学,融入了周围的环境。她们说法语,和我的孩子一样。父母照顾她们,检查她们的作业,病了带她们去看医生,过生日时去麦当劳庆祝。他们和所有父母一样,只有一点不同:他们没有居留证,是非法移民,不是住卫生条件极差的公寓,就是住有火灾隐患的旅馆。现在这两个小姑娘又到了我们科室,仿佛从天而降。有几位护士和护工,比如索尼娅和玛丽娜——她是从劳拉和瓦伦蒂娜到来之后就照顾她们的护工——只好代替了她们缺失的家人。她们给两个孩子带来玩具,带来自己的女儿穿起来太大或太小的衣服,以便她们俩不用整日整夜都穿着同一身睡衣。

二十四小时的时限过去了，劳拉和瓦伦蒂娜该知道她们从此变成孤儿了，但此刻却没有任何她们认识的、能安慰她们的人在场。这着实残酷，但总比谎言要好。于是，我走进她们的病房，和我一起的还有玛丽娜和西蒙，顶着一头疯狂卷发的重症医生。我轻轻走近她们，对她们说，我们需要告诉她们一些很重要、但不容易接受的事。劳拉仿佛什么都没听见，问了我们一些问题，全都是关于房间里的书和玩具的。我快速地回答了她，然后问道："你们还记得来到这里之前住的地方吗？你们睡觉的房间？"

妹妹劳拉羞涩地点点头，但回答问题的是瓦伦蒂娜："记得。"

"它是什么样的？"

"那里有我的床，我的床下面有个可以拉出来的抽屉，那是劳拉的床。我们在墙上贴了一些画。"

"你们上一次在那睡觉的时候，发生了什么？"

"他们说发生了火灾，有火焰什么的。就是因为这样，我们才离开了那里，到了这儿。"

"对，"我说，"你们在睡梦中，消防员来了，把你们从大火和浓烟里救了出来。"

"所以，你们到来之后，我们必须给你们洗肺。你们还记得吗，一开始你们经常咳嗽，呼吸困难，对不对？"西蒙解释道。

她们一点也不记得那场火，除了别人告诉她们的事，她们无法知道更多。但是，我想她们不会忘记父母曾经睡在隔壁房间。我问她们："你们知道那天夜里爸爸妈妈在哪里吗？"

"嗯……在他们的房间里呗。"劳拉回答，仿佛答案再明显不过。

"没错，他们在那里，在火灾发生的时候。然后，有一件可怕的事发生在他们身上了。"

"他们被困在火里了吗？"瓦伦蒂娜问。

"是的。他们没能跑出来。消防员试着救他们，像救你们一样，但是，很不幸……他们来晚了，没能成功地……没能救出他们……事实很残酷，但是，他们……他们……两个人都在大火中死去了。"

两个小姑娘看着我，就像看着一个尚不知情的人，而她们有些东西要教给我。

"不，不，他们没死。"劳拉反驳道。

"他们经常这样说，但其实他们不是真的死了。"瓦伦蒂娜又补充说。

"什么意思？"我愣住了，只好问。

"他们让人**相信**他们死了。"

她们作为非法移民的整个生活图景就这样猝不及防地展开，这一事实骤然摆在了我的面前。我明白了，她们的父母东躲西藏地生活，有过假装死亡的经历，为了瞒过行政机关，不被遣返到自己的国家。我还了解到，对于这对小姐妹来说，死亡不是真实存在的，而是一场游戏，一种躲避警察的方式。她们坚信父母会回来，生活会一切如常，无论是搬到另一个旅馆房间，还是换一个街区，都无所谓。她们相信一家人会再次团聚。

我试着让她们明白，这一次，事情和往常不同。这不是警察、证件、居留证的问题，大火和有毒的浓烟真真切切地夺去了她们父母的生命。她们用两对炯炯有神的黑眼睛盯着我，歪着头，微微张着嘴巴。她们不信。她们的父母太会瞒天过海了！我不会也上了他们的当吧？我用眼神请西蒙重复我的话，也许他的声音更有说服力呢？"他们是真的死了。"他谨慎地说。劳拉任凭玛丽娜抚摸着她的头发，我看到焦虑和不安渐渐浮现在她的脸上。这个棕褐头发的小脑瓜里在想些什么？她要过好几天才能明白，她的爸爸妈妈是不能永生的。

两天后，戏剧性的一幕发生了。这两个仿佛从天而降的小姑娘突然成了一群人的关注对象。他们总共十五个人，有男有女，有老有少，吵吵嚷嚷地来到等候室，要与劳拉和瓦伦蒂娜相认。他们占了大半个屋子。有些是带着婴儿的母亲，直接在座位上就给他们换尿布，或者把他们托在两腿当中和他们游戏。一个男孩唱着歌，一个男人在吃瓜子，机械地吐着瓜子壳，壳掉在椅子下面，堆起一座小山。最年轻的几个说着法语，其他人说的很可能是某种斯拉夫语。科室里所有人都注意到了他们，都在谈论他们："这些人是谁呀，等候室里的？"

"他们说是两个小姑娘的亲戚。"

"那他们可真够磨蹭的！"

"你想想看，如果他们真的是她家的亲戚，不是早就该来了吗？"

"反正那个嗑瓜子的家伙看起来不像什么善茬。"

我远远观察着这群人。的确，吃瓜子的男人看起来不太随和。而且，从他的目光和他与别人说话时的语气来看，我感觉他就是这群人中领头的那个。他从头到脚穿着一身黑衣服。约莫五十来岁……牙齿少了好几颗，近乎稀疏。我注意到，在他那厚厚的、被香烟熏黄的小胡子下面，有一颗金门牙，他时不时用舌头舔一下。

"您是劳拉和瓦伦蒂娜的家人？"西蒙问。

"对。"男人声音喑哑地答道。

于是我们将信将疑地带他去见两个小姑娘。她们不认识他，不想和他说话，更别提让他亲吻脸颊了。面对她们的冷漠，男人也毫不在意。他无意扮演或尝试扮演父亲的角色，也根本没有讨孩子们喜欢的打算。他宣称对她们拥有权利。他来探望，因为他认为她们归他抚养。

没过多久，又出现了两个女人，自称与孩子一家关系很近。是少年庭法官通知她们的。一个是这家人的邻居，火灾当晚她在外地；另一个是两个孩子的姨母。她们给我们留下的印象比"吃瓜子的男人"好。尤其是，劳拉和瓦伦蒂娜一见到她们，就扑入她们怀中。这是由衷的呼唤。于是，在少年庭法官的裁判之下，一场战斗开始了。一方是这两个女的，另一方是那伙人的"老大"。这场交锋的一大部分发生在我们科室，导致我们医护人员也不得不选边站队，甚至拿起武器。

第一战：决定两个孩子的收养家庭。有一回提到让孩子们去她们姨母家生活，这个主意在我们看来完全正确、合理。毫无疑问，这位女士——当时她一走进女孩们的病房，就被她们搂住脖子不放——能够给予孩子们的爱与关注将是最多的。但"老大"不同意——还没征求他的意见，他就自顾自地说起来。他专断地说，女孩们应该去父亲家，这是传统。

"传统、传统，话是这样说……"西蒙回答，"但还是要听法官怎么判。现在裁决还没下来，那么，您懂的，不可能一有人来领劳拉和瓦伦蒂娜,我们就……就……把她们交给他带走。"

这句话让男人很不高兴,他在厚厚的小胡子底下嘟囔道:"我可是她们爸爸的堂哥!"

"可能吧,但是我们仍然需要法官的裁决。"

最终的决定是把劳拉和瓦伦蒂娜送到福利院。这个词把她们俩吓坏了,这都是书和动画片惹的祸,让"福利院"在她们的脑海中留下了糟糕的印象。全都是些刻板观念:小孩子被虐待,房间供暖不足,汤里有蟑螂,冷水澡……

"哎呀!福利院完全不是这样的!"我一边说着,一边在搜索栏里打下foyer(福利院)几个字,在我的电脑屏幕上指给她们看。

映入眼帘的第一张图是一座壁炉,里面的火烧得正旺。[1] 我突然害怕这火焰对她们造成刺激,于是赶快在搜索引擎里加上"儿童"一词,从搜索结果中选了几张图点开:小孩子们在体育馆里蹦蹦跳跳,或者一起做园艺。我小心翼翼地避开那些会引发她们胡思乱想的图片:不整洁的宿舍,理着寸头的脏兮兮的小男孩……我想我成功说服了她们,让她们相信福利院也可以是一个舒适的地方,生活惬意、温饱不愁……

她们出院后的生活才安排妥当,和"老大"的另一场战役又开始了。我们的关系持续恶化,在谈到孩子父母下葬的问题时,冲突几乎是一触即发。我想知道葬礼的时间,届时好安排劳拉和瓦伦蒂娜参加。他当即打断了我:"她们不能去。"

我们在我的办公室里面对面坐着。当他说出这话的时候,我

---

1 法语foyer的本义是炉膛、壁炉。

看到他的手在桌上握成拳，就像在揉碎什么东西一样。我觉得不太自在，这骨节发白的拳头仿佛随时都会抡起来，让我感到了威胁。但与此同时，我也暗自打气："加油，跟他对话。你得明白他的看法。"

"为什么？"

"她们不能去，因为没这个先例。在我们社群，小孩不能参加葬礼。这是定律。"

"由谁制定的？"

"传统。"

啊，传统，又是它……

"我明白，尊重传统，这对您来说事关重大。但是，也希望您明白，对劳拉和瓦伦蒂娜来说，在葬礼当天亲眼见到她们父母的灵柩，也是非常非常重要的。她们见不到父母的遗体，棺材是唯一能让她们明白父母确实已经过世的东西。如果她们看不到，就会在余生中一直苦苦等待父母归来。"

他面露愠色，仿佛我的理解力太慢似的。但我继续说下去："我说这些不是要和您作对，而是因为，我的经验告诉我：参加父母的葬礼，对孩子们来说是一个不可或缺的步骤。只有这样，他们才能开始漫长的悼念，从而有朝一日全身心地投入他们自己的人生。"

他听得不耐烦了，突然拔高声调："轮不到您来替她们做决定。您有您的文化，我们有我们的。让我们清净点儿吧。"

幸好，西蒙在这时走了进来。我一分神，思绪就被打断了。这个吃瓜子的男人让我对自己的信念和经验产生了怀疑。说到底，也许只有一个问题：两种传统之间水火不容、针锋相对。我有什么资格把自己的观点强加于人,打破一个社群的风俗成规?我害怕是我自己弄错了,误入歧途。但最后我找回了自己。不,不,我不能认可他。好的方案,对劳拉和瓦伦蒂娜长期有益的方案,是让她们去参加父母的葬礼。让她们参与仪式,亲眼见到棺木和墓穴。她们需要面对这个现实。对于她们而言,危险的正是掩盖现实,而非相反。我又向"老大"重复了一遍之前的话。他从椅子上站起来,后退了一步。我真怕他会撞碎后面的玻璃橱——他的动作是那么粗暴,一眨眼就能把它打碎。

"您死脑筋是吧?"

"我只是想……"

"她们不能去参加葬礼。如果你们试图带她们去的话……"他停顿了片刻,仿佛在为下一句造势:"可别说我没提醒过你们。"

"提醒什么?"西蒙故作天真地问道。

"老大"走近他,像是要揍他一顿。西蒙条件反射般地取下眼镜。男人转身离开,同时压低声音说:"我可提醒过你们了。"我的双手直发抖。我刚才真的以为他要一拳挥出了。而西蒙却还嬉皮笑脸。"最好是笑一笑……"这是他常用的开场白。他很高兴地问我:"你看见了吧?我把眼镜摘下来了,因为脸上吃一记拳头,我也认了,但可不能让碎镜片戳进眼睛里!"

我们和特教员梅洛蒂一起陪劳拉和瓦伦蒂娜折纸花。我欣赏这位同事的处世方式,欣赏她对待事物的态度。她对每个人都是那么关注、那么体贴……

几个小时后,劳拉和瓦伦蒂娜的那位女邻居告诉我们,葬礼就定在第二天举行。"老大"真是守口如瓶!我向她讲述我们之间发生的争执。她气坏了:"小姑娘们的父母生前就是按照法国人的方式生活的!私下里,他们也说法语。他们有自己的生活,根本不在社群里。孩子们应该去参加葬礼。这应该也是她们父母的希望。"这位邻居的话让我安心,她打消了我的疑虑和不安,让我有了行动的能量。现在是晚上八点,还要为明天做准备:联系法官,请他为我们安排警力保护,为两个孩子准备合适的衣服。梅洛蒂还在,她在护士和护工们捐给两姐妹的那一大包衣服里东翻西找,找暗色、黑色或者深蓝色的衣服。我们最终找到了一条连衣裙和一条短裙。我拿给瓦伦蒂娜看:"这件你觉得合适吗?"

"唔……"她沉吟道,然后从衣服最下面掏出一顶有彩线装饰的黑色草帽:"我还想戴这个。"

在隆冬时节戴一顶草帽。她的坚持令我动容,更何况,这是这一整包衣服里她唯一真心喜欢的物品,所以我们也就随她去了。现在就缺鞋子了。但我知道,依靠医护人员的无私帮助,明天一早,我们就能找到合适的样式。她又问我:"你知道吗,我妈妈喜欢鲜花。明天我能给她献上鲜花吗?"

"现在太晚啦,我不确定能在明天早上之前找到。"

我们和护士、护工们商量了一下。现在是晚上9点,所有花店都关了,而且明早8点之前也不会开。现在正值深冬,我家阳台上一朵花也没有。我想到了医院花坛里的仙客来。即便这样"不太好",我们还是决定从大花坛里拿两株小的。

几名护工从休息室找来铝制的食品盒,我们来到楼下花园,开始我们的秘密园艺活动。梅洛蒂为我们做了不输花店的包装。

将近10点时,我去找了邻居。尽管时辰已晚,我还是问道:

"不好意思，请问你女儿穿多少码的鞋？"

"什么？32码。你怎么想到这么晚来问我这个？"

"她有已经不穿了的鞋吗？"

他用错愕不已的神情看着我。直到这时，我才意识到要把事情的来龙去脉说一说。于是，我讲起火灾、孩子们死去的父母、葬礼……然而，尽管我在门廊里看到了六双鞋，他还是告诉我，他们一双多的也没有。

第二天早上，我家附近的杂货店一开门，我就去买了一瓶果汁，以及纸杯、糖果和健达巧克力。吕多维克问我是不是在为庆祝某人生日准备小食。简直南辕北辙……这是为了在葬礼之后提供一点慰藉！

两个小姑娘一醒来，看到大家为她们的妈妈找来了鲜花，都欣喜不已。我到医院的时候，两个小姑娘已经准备就绪。她们身旁陪着两个人：一边是梅洛蒂，看到我包里的健达巧克力，她会心一笑——她自己也做了巧克力蛋糕，另一边是一位警察。女孩们的衣着只能找到什么穿什么了：劳拉穿了一条漂亮的中长裙，瓦伦蒂娜则坚持穿裤子。她们互相梳了辫子，而且非常骄傲地告诉我，头发是她们自己梳的。我发现瓦伦蒂娜穿着凉鞋和袜子，劳拉则穿着医院同事从家里带来的靴子——这总比穿拖鞋好。梅洛蒂把花分给她们。她们非常高兴，甚至让人恍惚觉得她们是去参加节日派对，但每个人很快就记起了现实。走过种着仙客来的花坛时，我注意到，我们制造的那片缺口在白天比在夜里显眼得多。这也算是我们医院对这个特殊日子的小小贡献了，我心说。

我们上了警察开来的车，车由他们驾驶。大家一路沉默着，直到进入劳拉和瓦伦蒂娜的父母曾经居住的街区。女孩们认出了这里，用手指着商店、面包店和烟酒店，并问能否从她们家门前经过。我们在街区里兜了一圈，根据地址寻找，找到了：这栋楼与周围其他建筑迥异，就像混在里面的一个黑色污点。这栋已被废弃的阴郁建筑就是她们住过的旅馆，她们的父母就在这里丧生。劳拉和瓦伦蒂娜鼻子紧贴车窗，仔细观察着被烧焦的店招，观察着建筑立面上长长的烟痕，还有那些洞开的窗户。她们静静地看着，也不说话。最后，只听妹妹问道："我把我的白雪公主芭比和企鹅娃娃留在房间里了。你觉得还能去拿一下吗？"

抵达殡仪馆时，情势十分紧张。我很高兴有两位警察陪伴左右！我们一到，"老大"就拦住我们，还叫来其他人助阵，不让我们进去。警察态度坚定："孩子们有权去见她们父母的棺材。"我们用法律说话，这条隔离线才慢慢散开，让我们通过。我揽着劳拉的肩膀，小步向前走。我环顾四周，认出了几张在医院见过的面孔。"老大"十分愤怒。尽管我自我宽慰他拿我们无可奈何，但他阴鸷的目光、那颗金牙和厚厚的小胡子还是让我提心吊胆。我再次向他强调，我一点也不想冒犯他们的传统，但两个孩子有必要亲眼见到父母的灵柩，否则，她们一生都会苦苦等待他们回来。我正在寻求妥协，却看到远处走廊里令我吃惊的一幕。

一群女人，全是女人，冲向两个孩子，迅速地脱下她们的衣服。一切都进行得如此迅速，我甚至来不及反应。警察赶过去。"喂！你们干什么呢？"他问。眨眼的工夫，小姑娘们就被穿上了其他完全不合身的衣服。女人们给她们包上头巾，动作之粗暴让我们震惊在当场。女孩们不认识这些女人，这些拾掇着她们、把她们的辫子包在头巾下，并且说着她们听不懂的语言的女人。我看到她们四处张望，看向我们，试图找到一张熟悉的面孔。一小盆花掉在了地上，我把它捡起来，避免被人群踏坏。

我们对眼前的情景无能为力。于是梅洛蒂陪着两个小姑娘，我则回到"老大"面前，对他说："听着，既然您不愿意女人和孩子参加您的仪式，我建议，为了让每个人的需求和习俗都受到尊重，我们和孩子先进去。我们就在里面待五到十分钟，等孩子们走后，您按照您的习惯，怎么进行都可以。"

"行……"

我把这看成是一个肯定的答复，便过去同梅洛蒂和女孩们会合。走进殡仪室的时候，我牵着瓦伦蒂娜的手，她牵着劳拉，劳拉牵着梅洛蒂。我暗想："穆里叶，这时候你该给孩子们创造一个仪式了。找点什么有意义的事……"起初，我只想到肃穆地走近。我希望她们一点点地发现灵柩。但就在这时，令人完全意想不到的一幕发生了：一群人突然闯进来，女人们跟后面，像在高峰时间的地铁里一样，把我们挤到棺材旁。

劳拉和瓦伦蒂娜才献完花，就被困在大约十五个哭丧人当中，她们开始哭天喊地。这又是一个粗暴的场面。孩子们没听过这样的哭声，这对她们作为小法国人的生活经验而言太过陌生。她们不知道如何解读眼下的情景，这些人让她们吃惊。她们惊恐到了极点，任何人——无论是否专业人士——看到那惊惧和迷茫的眼神都不会无动于衷。

我等着有人讲几句话，纪念劳拉和瓦伦蒂娜的父母，但没人说话。我试着怂恿了几个，也无济于事。大家都不敢，因为真正认识逝者的人，此时情绪过于激动。于是，我鼓起勇气，想着那位邻居说过的话，决定说些什么，纪念两位我不认识的逝者："今天，我们聚在一起，纪念H先生和H女士。对于他们的邻居，他们是和蔼亲善、乐于助人的典范……"我从女孩们的目光里读出，听到别人谈论自己的父母、谈论过去的美好记忆，她们感到非常幸福。

仪式结束后，我和梅洛蒂把她们带到一个距离殡仪馆不远的街心花园。连这里都是一副萧条景象：树木光秃秃的，滑梯上积了一层水，也不能玩。只剩一个转轮和一张秋千，两个孩子一见便飞也似地跑去。瓦伦蒂娜跑着跑着，手里的草帽也掉。梅洛蒂将它捡了起来。我开始准备小零食：摆好纸杯和糖果，铺开梅洛蒂带来的彩色餐布，在上面切蛋糕。两个小家伙看到这丰盛的场面，都惊讶地瞪圆了眼睛。小花园里瞬间添了一些暖意。

就在我把健达巧克力从盒子里拿出来摆在餐布上时，瓦伦蒂娜用围巾把脸围起来，做出夸张的动作，用不知何处学来的、八成是想象出的口音，把那小小的巧克力蛋当作水晶球，预卜未来："我看到，我看到……一场旅行……一场遥远的国度里的大冒险！哦！等等，我还看到一位王子，高大帅气的王子，娶了一名公主。"

满嘴塞着棉花糖的劳拉哈哈大笑，瓦伦蒂娜在这笑声中又继续说了几分钟。等她结束，我对她说："现在，该由我来当预言师了！"

瓦伦蒂娜把她的围巾递给我，好让我乔装打扮。我盯着我的巧克力球，开始讲她们的故事，两个孩子聚精会神安静地听着："我看到两个小姑娘，她们和爸爸妈妈幸福地生活在一起。可是……可是一个巨大的不幸在等着他们。一场可怕的意外。我看到了火焰，熊熊大火。两个小姑娘被救了出来，但她们的爸爸妈妈却死掉了。这是一场很艰难的考验。她们要学着自己生活，没有爸爸妈妈，这让她们既难过又生气。不过，她们能够一点一点地，重新组建新的生活。她们由一个新的家庭接待，这个家庭精心地照料她们。我看到她们交了新的朋友……哦！我还看到了爱！伟大的爱。有一天，当她们长成亭亭玉立的姑娘，就可以怀着这份爱，组建一个家庭，她们自己的家庭……"

劳拉和瓦伦蒂娜先是由一家福利院收留。随后，在充分了解了两家人之后，她们选择了其中一家作为她们的收养家庭。后来，我和她们通过电话。她们给我讲了她们的新家，她们的学校和朋友。她们想念父母，想念极了，而且经常是在晚上睡觉时。她们会躺在床上默默流泪。不过，她们同时也被爱着，还把爱奉献与人。我永远不会忘记这对小姑娘，她们悲伤而又感人的故事让我们的所作所为超出了医护人员的职责范围，让我们在司法纠纷中走出中立。我经常想到她们，更何况，我的办公室里有一样她们留给我的纪念品：瓦伦蒂娜的小草帽就挂在我的墙上。我们在街心花园扮演预言师时，她把草帽送给了我，并对我说："你还会认识其他遭遇不幸的小朋友。我把它给你，这就是他们的幸运符。"这或多或少也是我自己的幸运符。

23 我实在没这个心情！

每周有那么一两次,我喜欢去我家附近的游泳馆游上几个来回。我游得不好,但戴上面罩和呼吸管,就是另一回事了。我会一直盯着泳池底部,始终把头埋在水里,这让我感觉在和自己独处。起初,我只关注身体的感受。我尤其喜欢游在用腿打水的人后面。打水产生的微小气泡会流向我的面部,继而沿着我的身体散开。我逐一"观看"组成我人生的不同部分:爱情、家庭、工作、信仰、朋友、协会活动……我感到这可以让我更客观地审视日常生活。我得以把急事和要事区分开,这让我放松……有一天,我还发现,含着一根呼吸管在水中度过的安宁时光,也为我走近那些接受插管的孩子提供了帮助。

我刚到医院,脸上还带着几分钟前才摘下的游泳面罩留下的痕迹,哈迪亚的妈妈就敲了敲门,拉着一把等候室里的椅子进来了。自从因为身体超重坐坏了一把椅子,她就养成了这个习惯。我还没全部扣完白大褂的扣子,她就已经坐下来,开始跟我说话。瓦伦蒂娜的草帽就挂在她头顶正上方。她和往常一样,十分恼火。她对我讲她凌乱的生活,她的四个孩子——最小的一岁半,最大的哈迪亚刚满八岁。关于这个四肢瘫痪的小姑娘的情况,科室里已经讨论了好几个月。应该让她回家吗?还是把她留在科室——要知道她在这儿已经两年多了？抑或建议她转去专门的看护机构？她的妈妈想带她回家。她告诉我，她会把哈迪亚照顾好的，她了解如何照料做了气管切开的病人。我很想相信她，但我怀疑她有点高估了自己的能力。我们现在知道她不跟任何一个孩子的父亲共同生活，也不识字，但她从来没在给孩子吃的药上出过差错。四个孩子，一个刚会走，还有一个坐着轮椅，这样的负担在我看来十分沉重，即便有邻居和朋友的帮忙……

我试着向她解释我们的担忧，但这次依然步履维艰！我不知道怎么去说，而且无论我说什么，她都对我非常抵触：

"您是说我的孩子太多了，是吧？"

"不，我不是这个意思……"

"那怎么办呢，我弄死一个？"

她怒气冲冲地离开我的办公室，舌头弹得啧啧作响。

又有人来敲门了："德罗马女士，我可以跟您聊五分钟吗？"

"当然。"

最近一个多礼拜，塞西尔·雅戈女士天天都来医院。她刚刚得知，她八个月大的孩子失聪失明，并且由于某种肌病，几乎全身瘫痪。他还患有一种基因疾病，很快就会连独自呼吸都成问题。这位女士很有精神，我能感觉到她能量充沛。

"请您看看我，"她突然对我说，"您看见我了吗？我心里一团乱，我这样子哪像一个残疾孩子的妈妈。我第一根本没想过要孩子，结果还是一个残疾的孩子，我完全无法接受！无论如何，我都做不到。很简单，这做不来这个。真的，您，您每天见得多了,您肯定能理解。有些妈妈,她们做得来这些,她们成了可敬的母亲,这个那个的。可我,我根本不在乎自己是不是可敬……我也做不来。这是大自然的一个错误,我甚至不明白,为什么你们在这儿那么用心地照料他们。我不明白这有什么意义。坦白跟您讲吧,我倒希望他一走了之!"

我很想告诉她,残疾孩子的妈妈没有什么专门的"样子",也没什么特殊的外表。但我明白,对她而言,能说出内心的感受是多么重要。于是,我聆听她的倾诉,听她说自己多么不够格,不能做她孩子的母亲。然后,突然间,她从大衣口袋里拿出手机,看了一眼时间,对我说:"好了,我得去看我儿子了。"

她急匆匆地离开了,正如来时一样。我很高兴听到她提起自己孩子时说的是"我儿子"。不过,尽管我明白她指的就是我们新近收治的小雨果,我还是希望下一次听到她叫孩子的名字。

就在她离开的时候,我在走廊里窥见一个熟悉的身影,那是玛侬的妈妈。她瘦了一些,穿着一件绿色大衣,把泛旧的白色墙壁都映得明亮起来。她看上去很忧伤,就像在那些糟糕的日子里,然而,我能感觉到她已经走出了阴影。我们没有预约,但好几周之前她就开始了倒计时。我尽一切可能陪伴她迎接这个周年忌日。我们曾经一次又一次地谈起它。今天,我满脑子都是哈迪亚妈妈的事,一时间忘了玛侬的妈妈为何而来。看到等候室旁闪闪发亮的圣诞树,我才恍然大悟。过去一年了,是吧?玛侬过世后,日复一日,至今已经整整一年。

爱洛依丝摘下那顶带给我灵感的贝雷帽(我始终留着我的那一顶,今天它就挂在我办公室的衣帽架上),告诉我,她本应提前跟我打招呼的，她很抱歉，但今天是玛侬的周年忌日，以及……

"我可以看看玛侬度过了她生命最后时光的那个房间吗？"她问，"就几秒钟……这真的很重要，能让我给一些事情画上句号。"

我去询问护士是否可行。有人抬抬眉毛，不明白这个特殊的请求，另一些说："为什么不呢？"只是，那个病房现在有人住……有一个孩子正插着管，处于昏迷状态。我给玛侬的妈妈打了预防针：她即将在这个房间里看到的场景会唤起她不好的回忆，见到这个孩子，可能会很痛苦……"我明白，"她答道，"但我必须去。就待一会儿。"

我陪她来到门前。她对这里轻车熟路。除去几张患者和医护的新面孔，这条走廊还是一切如旧——她曾在这里穿行过上百次，从希望走向绝望。她走进了女儿过世的病房。护士们从窗外向内张望，而我站在外面等她。我不想让自己的存在干扰这个时刻。只有短短一分钟不到的时间，与玛侬同在的一分钟。爱洛依丝出来了。她的脸上挂着微笑，眼睛里没有泪水，仿佛她终于了结了某些事，了结了这悲惨的一年。

这是一个周一，时间到了下午2点半。音乐治疗师亨利耶特来了。她对我们的团队十分重要，因为她帮我照顾孩子们的家长，为他们提供放松训练，向自我深处寻求力量。这是她保持平静的唯一方式。她高挑的身形，印度风格的长衫，还有她的微笑和柔美的目光，尤其是她的声音，都深深打动着孩子们的父母。她用音乐邀请每个人与自己的内在能量紧密相连。这是一场伴随着引导冥想——灵感源于正念冥想——的"音乐旅行"。

放松课开始前,我去找我们科室新收治的提图安的妈妈。她的儿子今年十二岁,全身瘫痪,只有一个小拇指还能动。为了缓解他的残疾,这位母亲甘愿为儿子做任何事。

"妈妈,我的脚。"提图安提出要求。

他妈妈就把他的脚轻轻向左边推。

"我的手。"

她就把儿子的手向床边栏杆挪动两毫米。

"水。"

她就立马拿来一瓶水,插上一根管子当麦管。

"不,我还是不喝了!"

"提图安,"我轻轻地说,"你妈妈要跟我走开一下,她一个小时左右就回来。"

"不行,你留在这儿!"提图安命令他妈妈,"由我来决定你能不能去,我说不能!"

"我想,"我尽量用最平静的声音说,"做决定的不是孩子,而是家长。你妈妈跟我去一下,你一会儿就会发现,你们再次见面时会觉得很幸福。"

"这是医生说的,我得过去。"奇杜女士附和着我的话对儿子说。

亨利耶特开始前,所有妈妈都在一张让她们搁脚的小型蹦床周围以最舒适的姿势坐下。她们互相攀谈起来。

"我觉得我坚持不下来,"奇杜女士说,"我过来和你们在一起就费了一番周折,提图安不让我走。"

"是的,我明白,一开始都是这样!"拉昂的妈妈说,"我儿子也坚决不让我离开，但我告诉他，我必须去上放松课！现在他已经习惯了，因为他每隔三四周就会来住院！时间一长，医生护士就变得像家里人一样……您可能觉得惊讶，但事实就是如此！他们比我们家里的任何人都更了解我们儿子。到最后，我们跟他们待在一起的时间比跟亲戚还多！有些工作人员，我们认识都二十多年了……您可以信任他们。而且，您知道我的秘诀是什么吗？我不但一节课都不落下，我还会录下来，坐公交回家时听，晚上再和我丈夫一起听。我们从阿尔及利亚来，那边根本没有这种东西，连想都想不到，但这真的让我们很受用。"

"哦？我呀，我儿子是第一次住院。十二年了，我们一直陪他一起睡。"提图安的妈妈说，"因为他有呼吸上的问题，不怕一万，就怕万一……另外，他受不了自己一个人待着。"

"您瞧着吧，他们到这儿以后就不一样了……"

"没错，他跟我一起时，就让我给他干这干那，但和护工在一起，就不一样了……起初，他对他们说话也像对我一样，但是行不通！他的护工跟他说：'我没听见那几个灵验的词！在我这儿，如果你想要什么，别忘了说请和谢谢，如果不这样，你就可以确定，你什么也得不到。'"

"在这儿我们经常讨论这件事。您是怎么说的来着？"拉昂的母亲一边说着，一边看向我……"啊，对了！暴君和奴隶的关系！心理学家跟我们说过，如果我们放任不管，将来我们孩子最主要的缺陷就不是瘫痪，而是他难处的性格。"

"我嘛……唉，我一直觉得，他变成现在这样，有一部分是我的错，因为……"

"因为这是一种基因病？拉昂也是这样，他有杜兴氏症[1]。"

"和提图安一样？那您？……"

"喏，我告诉自己，这不是我的错！在我们老家，我们说人在出生之前，一切都已经注定：幸福、财富、贫穷……如果我们多多祈祷，命运就有可能改变……但是，苦难是上帝送来的考验，为的是测试我们的信仰，让人们可以展现他们的耐心、虔诚和对上帝的信念。经受考验，是展示我们有资格进入天堂的机会。"

"我不是很相信这些……"奇杜女士说。

"没关系，我会为您祈祷，让您找到对儿子说'不'的勇气，这样他的内心就可以不那么糟糕了。"

"啊！"提图安的妈妈叫道。

"我开玩笑的。我知道他肯定很棒，您的儿子。"

亨利耶特和我一声不吭，我们都对这样的交谈感到吃惊。

这天一共来了五位家长。亨利耶特用两只西藏小钹柔和的声音宣告开始。她站上小蹦床，参与者的脚都搁在边上。她的动作引起轻微的摇晃，使人感觉自己像躺在母亲臂弯里的婴儿，被轻轻地哄着。大自然的声响、世界各地的音乐，还有坦布拉琴——一种源于印度的弦乐器——引领我们体验当下的每一刻。一些家长睡着了，释放出所有压力，另一些想象着令人舒缓的画面，也慢慢平静下来。我也借此机会，让自己放松了一下……

放松课结束后，亨利耶特和我建议大家一起用茶，分享感受。一些父母表达了他们的体验。一位来自新喀里多尼亚的妈妈

---

[1] 杜兴氏肌肉营养不良症是一种只有男孩会罹患的肌病。患儿出生后就有肌肉问题，将近五岁时腿部肌肉逐渐瘫痪，继而是手臂、双手和呼吸系统。

感觉"在医院这个悲声不断的孤岛之中,又另有一小片宁静的岛屿,让我得以排解压力和烦恼。我感觉有了支撑,路上不再是独自一人"。一位来自塞内加尔的父亲则说:"这是一场触及自我的旅途:我们触及的是本质。"

我喜欢这样的时刻,家长们彼此见面、交流、倾听,从中获得慰藉。重点不在于倾诉自己的故事,而是去理解每个人如何找到支撑下去的力量,带着一颗善良、仁慈的心陪伴孩子。

回到家,我遇到了一个侄女,她来找阿莉泽一起去参加派对。我感觉她不太高兴。我不喜欢这种感到有什么事不对劲的心情。我兜着圈子问:"你最近怎么样?今天过得好吗?"

"呃……"

"有什么事让你不高兴?"

"没有……"

我知道,青春期的孩子讨厌被人试探性地询问,但是,在一整天的工作里都收获了小孩子和青少年的信任,却对自己的家人一无所知,这感觉实在不好。我没法不继续问下去:"到底怎么啦?"

她不耐烦了,用食指指着自己的鼻子:"这个!"

我一下子没看出"这个"是什么。我走近了一点,终于发现——的确,有个粉刺。

"它超——级大!"她大声喊道,"我和阿莉泽今晚要去派对,我总不能这样出门吧,太可怕了。"

"噢,也没那么可怕嘛……"

"我很丑!"侄女用她犀利的眼神盯着我说。

我一直告诉家长，不要否认孩子的感受，但此时自己却掉进了陷阱。一不留神，话就溜出了口："没有，别这样说。你用一点粉底，就……"

"不，我不去了。"

"这就太可惜啦。就因为这么一颗痘……"

"只看见这个了！"

然后我说了句多余的话，就像让一坛水溢出的最后一滴水。阿莉泽刚进厨房，来到我们身边，这句话把她们两个都惹恼了："你这就有点夸张了吧？"

我想跟她们讲讲我几周前接待的一个小姑娘。她脸上长了几个肿瘤，使整张脸都变了形。这种情况下，OK，可以说"只看见这个了"，但至于我侄女，我根本不想听她和她粉刺的事，因为说真的……不过我还是克制住了自己，补救说："我理解你不想去参加派对。我敢肯定，如果我像你这么大，长了这样的一颗痘，我肯定没有勇气出门，但是你……"

"果然！马上就是长篇大论！非常感谢，再见。"

女孩们回到房间，"砰"的关上了门。两个小时后，我听到她们喊："我们还是决定去派对了！回头见……"

24　面向大海

明天，我们全家要出门度几天假。和以前每次一样，什么都没准备好！我麻利地收拾起来，带上所有该带的东西。孩子们早就学会了自己收拾行李，因为他们发现，这样在到达目的地时，所需物品一应俱全的可能性更大一些！

我本应为出行计划感到兴奋，然而，我却总感觉有什么事情不对劲。我很紧张，不仅仅是准备行程的缘故。不，还有其他原因……我在害怕……怕自己再也感受不到快乐，品尝不到幸福的滋味……痛苦，我每天在医院里亲眼所见的痛苦，是否会在某一天令我习以为常，变得比生活中的甜蜜、轻快和无忧无虑的时刻更令我熟悉，使得后者反而令我不安？我今天所经历的忧愁，是否有一天会成为我的常态？我会陷入黑暗无法自拔吗？不，这太可笑了，我心想。我可以做到。我会精神饱满地迎接每一个欢乐的时刻。就这样定了！

我脑子里想着这个积极的决定，带着一种坦白说有些勉强的微笑，把家里从里到外收拾了一遍，似乎做家务能让我更清楚地看到自己的内心。然后我就睡下了，疲惫得像是刚跑完一场马拉松。与自己的阴暗面斗争是一件十分消耗精力的事。

隔天上午，在经过了忙乱的出发和忙乱的到达之后，我和弗朗索瓦终于有了独处的时间。我向他吐露了我的恐惧。他再一次找到了能够抚慰我的话语："你不是对我说过吗，感到恐惧，就是保持活力？如果有一天，你的担忧和恐惧不复存在，那才会更让我担心。我会认不出你的！恐惧从来没主导过你的生活，不是吗？你曾经跟我说过那么多次……"

那天阳光灿烂。我们去海滩散步。我决定要用我的全副心灵去体验。我努力关注周围的色彩、光影、气味……我任由自己被海浪的声音包裹，像摇篮里的婴儿一样被轻柔地摇着。我试着让自己沉浸在这氛围里，但内心一个小小的声音让我不得安宁。它反复跟我唠叨我在医院工作中的表现，该做没做的事，亲力亲为的事，以及自己不甚满意的事。于是，我那些失误无比清晰地呈现在我眼前。假期的第一天经常就这样度过——幸好，我还有行李要整理。

第二天就惬意些。到达次日，一切都让我惊喜不已：那里的人、美食和美景，以及壮阔的大自然。我沉浸在发现新事物的喜悦里。

然后到了第三天（有时是第四天！）。我太了解这一天了！忧郁和焦虑的浪潮无可避免地将我淹没。现在，东西都已收拾停当，没有什么任务占据我的大脑，我不停地回想我提供的那些咨询。我为什么在哈迪亚的妈妈面前做出了那样的反应？怎样更好地陪伴雨果的妈妈？我对医疗团队是否足够关注？有时候我是否为了解决急务而忽略了重要的事？我知道在正确的时间说话或者保持沉默吗？怎样为如此错综复杂的生活情景找到合适的答案？我是否考虑到了每个人的文化和信仰，唤起了他们内在的力量？

我任由这些疑问在脑海中翻腾。随着时间的推移，我学会了不再与它们作对。我听到孩子们跟弗朗索瓦玩桌游，不时爆发出阵阵笑声。我喜欢弗朗索瓦做父亲的方式：这是一种在场的、饱含关切的方式，他为孩子们留出时间，带他们玩，辅导他们的学业，始终游刃有余——就是这种简单的，和我们的孩子在一起的方式。

就在我第无数次重新开始读同一本书的时候，有一些人浮现在我的脑海。我的耳边又爆发出一阵大笑，但却在我的内心掀起一阵忧伤。孩子们善意地愚弄他们的父亲，我观察着他们，为之动容。他们互相传递着一袋糖果。而我呢，我的心思完全在别处。我在想："我能拥有这样一个家庭，这是多么幸运啊！那些没有家人的，或者在家和医院两头奔波的人，他们过着怎样的日子？那些不幸没能与家人生活在一起的孩子，他们又过着怎样的日子？"这个微小的声音干扰着我的头脑。"琳达在她的一生中，是否曾有机会到海边散步呢？在阳光下，伴着海鸥的叫声？哈迪亚呢，她现在出门唯一能去的就是楼下的街心花园，她去过海边吗？"微小的声音不依不饶继续嘀咕："等我休假回去时，琳达和哈迪亚还活着吗？"

我隐隐听到西普里安宣布："好了，没了。"

"什么没了？"我惊慌失措地回过神来。西普里安是在说琳达吗？还是哈迪亚？

"糖没啦。还有最后一颗，你要吗？"西普里安说着，把袋子递给我。

"什么？不用了，谢谢。对不起，我刚才在想事情。我去外面走走，一会儿回来找你们。"

"一会儿见，妈妈。祝你散步愉快！"阿莉泽亲切地对我说。西普里安站起来抱了我一下，对我说再见。他的温柔让我感动。

"你还好吗？不用我们陪你一起去吗？"心思敏感的吕多维克察觉到了一些我想对他隐瞒的事。

"散步愉快。"弗朗索瓦和马克西米利安齐声说道。

我面朝大海坐下，任由关于医院的记忆一一浮现。我需要将两种事物清晰地区分开来：一方面是我陪伴的人所承受的痛苦和剧烈的悲伤，另一方面是他们在我身上留下的印记。继续无忧无虑地生活在我看来变成了一种挑战。我知道我不能、也不应该把他人的痛苦全部揽在自己肩上。为了在其中找到自己的位置，也为了找回我自己，我对现状做了下盘点。我平静地梳理失望、哭泣、嘶吼、苦难、伤痛、无力感和死亡留下的痕迹……跃入脑海的大部分是我的失误、失败的案例、那些可能被我伤害多过被我帮助的人，还有那些我没能帮助到的人……此时此刻，我是多么想求得他们每一个人的谅解呀。我需要哭泣。很久很久。只为宣泄那些被我长时间深埋心底、无处可诉的东西。解放自己……为了避免沉沦，我也强迫自己回想那些成功：胜利的时刻、被救回的孩子、重新找回的希望、在本以为山穷水尽之时的柳暗花明，还有孩子们身上的勇气，以及他们在磨难之中依然绽露的笑容。

我想着他们，想着他们的家人，我在那些多少可算极端的情况下陪伴过他们，陪伴其中一些直至生命尽头。他们有些不容分说地进入我的脑海，因为我记得他们承受过的尤为痛苦的考验，抑或他们的死亡。有些留下的痕迹更为隐秘或感性，还有些，他们勇气可嘉，尽管身陷剧烈的痛苦，我却每每在他们眼中看到光芒，他们也在此时回到我的记忆中……我在口袋中翻找，拿出一支笔和一小片纸。我写下每一个对我产生影响的人的名字——这其中有孩子，有他们的家人，也有医护同事。若是他们的姓名或面孔已经在我的脑海中淡去，我就记下能够代表他们的一个时刻、一句口头禅、一幅画面，或者一段记忆。我感到自己没有忘记他们，我喜欢这种感觉。

好了，我已经准备就绪。我站起身来，俯身捡起一些大小不一的卵石放入口袋。我陪伴过多少人，就捡起多少块石子……那痛苦越深沉，我选择的石子就越重，仿佛那便是悲伤的分量。把大衣的两个口袋都装满后，我静静地走了一会儿。那十几块象征着今年最痛苦的陪伴经历的卵石，它们是那么沉重！

是的，我不紧不慢地细细体会着，把所有这些装在口袋里前行是多么困难。接着，在与我的感觉保持了足够久的联结之后，我意识到，我背负着一份不属于我的痛苦。真的，他们不是我的孩子呀！我决定，把自己从这份过于沉重的负担下解脱出来。慢慢地，我把石子重新放回海滩。我喜欢把他们托付给大海……这能帮我从中抽身。我也把陪伴过的家庭托付给了大海……我感觉整个人轻盈了许多，宁静了……我可以重新出发了。

这场小小的仪式过后，我一下子对剩余的假期无比渴望，我要好好享受一下了……

25   摆脱难过和焦虑

医院之路并不总是那么顺畅——有时，我满心欢喜地走进那里，有时则忧心忡忡，牵挂着某个孩子，不知昨晚道别后他的情况怎么样了。进科室之前，我尽量积攒遇到的所有人对我的支持：既有丈夫的鼓励，也有邻居的亲切问候。还有本杰明，一个整日在 Super U 超市加油站的小屋里工作的大高个。我几乎每天都在加油站旁的停车场停车，而不论我是上班还是下班，本杰明每次都会向我露出灿烂的微笑，总是那么兴高采烈。那是一个能让人精神振奋的笑容。本杰明自己不知道，但他也是带给我力量和慰藉的人之一。他给我加油鼓劲，和我隐形后援团的其他成员一道对我耳语："加油，穆里叶！"

当然，事情有时也不尽如人意。比如，我的车被卡在停车场入口那次本杰明就不在。当时，我刚刚度假回来，忘记卸下车顶箱，于是便被卡在了通向地下停车场的通道里……我进退两难。后面的人开始不耐烦地鸣笛。我甚至听到有司机喊："这个蠢货！"啊，如果本杰明在，他肯定会来帮我的。幸好，一个男人向我走来："没关系，我来帮您。"

由于车顶箱没法拆下，他就用尽全力将其压平，我才得以把车开走。路上萍水相逢的人们的善意始终让我惊叹……

我一进医院便马不停蹄地接待患者，工作让我完全忘了我这样晚上是没法开出停车场的。

只需一点小事，一丝疲劳或焦虑，一个萦绕在我耳边的患者的声音……平日里为我注入那么多能量的后援团就会岌岌可危。晚上6点，我终于想起这个严重问题，我慌乱不安地给弗朗索瓦打电话。他感觉到了我的脆弱，却只是说："先去买这周的菜吧，你会发现，和今天早上一样，当你要出停车场时，会有人给你帮忙的。你总是跟我说，每次你遇到困难，总有人来帮你。"他的声音是那么自信，他自己是那么胸有成竹，这甚至让我恼火："他在开玩笑吧……他怎么知道有人会来搭救我？"

我到了超市采购，购物车塞得满满当当。突然，我感觉有一只手搭在我的肩膀上，有人亲吻我的脖子。是弗朗索瓦，他就突然现身在这些放满瓜果蔬菜的货架中间。我顿时明白了他如此心平气和的缘故！我感到自己立刻有了精神。隐形后援团顷刻间修复如初。

无论是被卡在Super U停车场，还是面对一个棘手的问题，我都试着说服自己，总有解决的办法。果真如此吗？还真有一次，我以为我山穷水尽了，觉得我失去了履行职责的力量。那是一个12月31日的晚上。我从来没有为去医院付出过这么大的代价。

大多数心理学家都认为，做这一行没有真正的紧急情况，所有事都可以稍后处理。别人总是这样告诉我，事情也往往如此。但是，有些情况——极为罕见——的的确确可以归为"心理急诊"，需要快速行动、高效应对。无论是医生、护士、护工还是患者，所有人都知道，我总是时刻待命，在他们需要时迅速赶到。起初，我还执着于保护我的私生活，我这样对他们说："有问题的话，可以在周六上午给我打电话，但别是下午。或者周日上午12点之前。但是也别太早或太晚。"结果大家经常给我打电话，我有点吃不消了。于是，我换了一种策略。我说："你们知道，如果有问题的话，可以随时打给我。我会在一刻钟到半小时后赶到。"知道我可以随叫随到后，他们联系我的次数明显减少。当他们这样做时，就只是为那些无比严重的事。而且，也正是从那时开始，他们完全把我当作了团队的一员。

和每年的12月31日一样，那天家里热闹非凡。阿莉泽受邀去参加派对，在卫生间梳妆。马克西米利安在准备吐司，焦急地等待他的同学一起来跨年。吕多维克在做一个巧克力蛋糕。西普里安出门去买冷餐会上还缺少的东西。当阿莉泽准备的奶酪卷在烤箱里慢慢镀上金黄色，我的巧克力慕斯也大功告成。我们的宾客马上就到，厨房里弥漫着醉人的香气。我正欣赏着西普里安做的巧克力，我丈夫的手机响了。（由于我不喜欢在周末和节假日随身带着手机，医院的同事们知道在这些日子找我要打弗朗索瓦的电话。）我手上沾满了巧克力，没法接听。对方留了一条语音信息："穆里叶，我是维尔日妮。我们需要你。你能尽快回电吗？"

看着跨年夜还要准备的所有东西，我的心轻轻地揪了起来。我给维尔日妮回电话。"啊！穆里叶！我把电话给西蒙，让他跟你讲吧。"她说。

我听到电话那头轻微的杂音，然后是西蒙的声音。我能听出他努力克制自己以保持平静："谢谢你回电。今天晚上我们收治了一个十一岁的孩子，他……他上吊了。"

"十一岁？"我愣住了，不禁重复了一遍。

"独生子，单亲妈妈……我想他随时就会死掉。你能来吗？"

"当然，"我说，"我就来。"

就好像这是理所应当的事，好像我是处理这种情况唯一合适的人选……我被刚刚听到的消息震惊了。一个十一岁的男孩怎么会有上吊的想法？我需要迅速行动，向弗朗索瓦解释情况，他正在做他拿手的鹅肝酱……但是，我的脚仿佛被粘在了地板上。巨大的冲击让我寸步难行。我的脑袋里乱成一团，但我必须要去，冲入12月31日的深夜，去见这位母亲。

弗朗索瓦转过身来看着我："出什么事了？"

"我得去医院。"

"哦……"他说，"真遗憾，不过别担心今晚的聚餐，一切交给我吧……"

"我不行……这次，我做不到。"

"别这样说，你可以的。"

他是那样温柔而深沉，给我重新注入了一丝勇气。

"你一直能做到的。有我的爱陪着你……别等到明年再来吻我呀！"

在车里，我不断重复着弗朗索瓦的话，就像是库埃的正向心理暗示，但我很难说服自己。十一岁。这是刚进初中的年龄。十一岁的孩子会和小伙伴踢足球，玩最新的乐高或者麦尔卡罗拼装玩具，看超级英雄电影……十一岁，就是……就是比马克西米利安稍微小一点。想到这里，我握着方向盘哭了出来。我感觉如此孤独、迷茫，而他们却打电话让我前去支援！一定是选角失误了。我不够格。

电梯门打开，已经到了我们的楼层：一片寂静，鸦雀无声。唯一能听到的就是西蒙的脚步声。我向他走去。

"晚上好，西蒙。你现在有几分钟的时间吗？"

"现在，我有得是时间，亚辛刚刚死了。"

"我来晚了？"

"没有没有，一点不晚。来，我们说说。"

他跟我来到办公室。我把包放下，敞开的外套下是跨年夜的连衣裙。西蒙移开了视线，好像我要宽衣一样。他了解医护人员没穿工作服时会有的这种尴尬。我在连衣裙外面套上白大褂，转身看向西蒙。他看起来已经精疲力尽。他全力以赴了几个小时，却没能挽救孩子的生命。现在终于能坐下了，他开始讲述整个过程。

"我们多想救他呀！"他说，"第一次心脏骤停时，我们用尽各种方法按压。花了很长时间他的心跳才恢复，但还是恢复了……我们感到还有希望……直到第二次骤停。我们接着按，但从缺氧的时长来看，我们知道，即使他被救回来，也只能是植物状态，也就是俗称的'植物人'。他的心跳又恢复了，这时，我告诉他妈妈，我们不会给他做第三次心肺复苏，只能顺其自然。十五分钟后，他就死了。"

"现在呢，你感觉怎么样？"

"难过。这也是工作的一部分，但我确实更希望处理的是一起严重的哮喘发作，在几个小时后看到一个面色红润的小男孩，而不是……嗯，这让我很难过。她是个单身妈妈。孩子的父亲在摩洛哥。他妈妈说，小男孩生前什么问题也没有，他只是学业紧张。一个十一岁的孩子，怎么会选择自杀呢？"

西蒙用目光询问我，但那目光空洞而呆滞。我感觉到，他整个人还在那边，在抢救室，重演刚才的场景。他的头脑已经饱和，装不下我的问题了。

"你去看看他妈妈？我不知道你能跟她说什么，但无论如何，谢谢你能来。"

我也不知道，一点都不知道能跟她说什么！为了让自己放松下来，我聆听自己令人安心的呼吸声，吸气，吐气，吸气，吐气。我试着去感觉整个身体在呼吸节奏中的微微摇动。这个节奏让我安心。西蒙与整个医护团队的信任和肯定给我带来了勇气。

和往常一样，卡洛琳娜用我特别喜欢的可爱手势对我说："去吧，你能行！"她伸出拳头，以示给我力量。这成了我们之间的一种仪式，一个幸运符，用以驱散厄运，减轻苦难带来的伤痛。

亚辛的母亲本·萨利姆女士看起来神思恍惚。她面无表情，像一座蜡像。我向她做了自我介绍，用我最轻柔的声音，仿佛害怕吵醒一个梦游的人："晚上好，我是穆里叶·德罗马，心理学家。您不介意我在这儿坐一会儿吧？"

像盐柱一样一动不动的她闻言愤然挺起身。现在只有我们两人，面对面。然后这位反应激烈的女士又变回了一根盐柱。

"我得知您刚刚经历了无比惨痛的事。我想现在用语言去描述它还为时过早。不过，我想知道，您是否愿意跟我说说您儿子从前的情况。给我讲讲他吧。他是谁？……他喜欢做什么？"

她依然意志消沉地呆坐在那里。我甚至怀疑她是否听到了我的话。我试着迎向她的目光,用眼神继续邀请她讲述。几秒钟的沉默之后,我终于听到了她的声音:"他是个好孩子。聪明、活泼,学习很认真……而且……"

泪水一下子涌出来,打断了她的话。我轻轻地靠近,但避免触碰到她——我不想看到她再次勃然大怒。随着时间的推移,我明白了人分两种:有些人需要身体接触,另一些人则对此完全抗拒。但是,如何区分这两种人,正是问题所在……本·萨利姆女士泪眼蒙眬,身体蜷缩着。我本能地与她保持同样的姿势——弓着背,双手叠放在一起。我把自己变成她的镜像,用这种方式示意我在洗耳恭听。

几分钟过去了。即便我告诉自己沉默是必要的,能带来力量,我还是觉得漫长。如果她就此缄口不言了呢?就在这时,她抬起眼睛,用一种直白的、虽然带着哭腔却坚定有力的声音对我说:"所有人都想知道发生了什么,但我只跟您说,因为您没问。对于我儿子出的事,我要负全部责任。他什么问题也没有。他有时干点蠢事,这没错,但所有孩子都是一样。他在学校很努力。是我,在他进初中后,开始担心。我给他的压力太大了!您要是知道我让他焦虑到了什么程度……都是我的错!这都是为了学习……然后呢?学好了又怎么样?"

她不停地流泪,但也慢慢找回了思绪。她恢复了生气,重新组织起语言。她停顿了一下,把要说的话梳理得当:"在学校,他们被要求全都一个样……"

"像是照着模子刻出来的?"

"对……"

"但是亚辛有自己的个性?"

"他不像……怎么说呢……不像其他孩子。老师觉得他的思维太不实际，我就确信是他的行为出了问题。而我，对，**我**，"本·萨利姆女士清清楚楚地强调，"**我**，非但没有保护他，告诉他这都无关紧要，反而给他施加压力。我骂了他。我没有在他身边，和他一起，而是监视他、责问他，我给了他那么大的压力，把他压垮了！"

她抬起眼睛看着我，目光中满是恐惧。她害怕自己接下来要说的话，但还是毫不犹豫地开了口："就像是我杀了他。我有责任。老师每周都给他打分。他的一举一动都被评判。我本来可以说他们小题大做了，应该让孩子喘口气，但我把分数放在了我们母子关系的中心位置。亚辛和我之间的一切都围绕着学习成绩。我已经不知道怎么跟他谈别的事了。他从学校一回来，我就问他：'你得了多少分？''你表现得怎么样？''这周老师怎么评价你？'只有这些。"

"他参加体育活动吗？"

"嗯，他踢足球，但是……因为他的成绩一直不见长进，总是在平均分上下，我就惩罚了他……我禁止他踢足球，已经有三周了。他要是早点告诉我就好了……"

"他有没有用很多时间上网呢？"

"没有！他从来不会。我对这种事很小心。他只有个游戏机，有时一玩就是几小时。"

我不知道该说什么了……能指责谁、指责什么呢？亚辛的妈妈继续给自己施压："这几天放假了。我告诉他，要抓紧时间学习。我用各种问题去烦他。但是这一次，他却顶撞了我，说他不想学。我们吵了一架……我说了，责任全在我。对我来说，一切都结束了。办完他的事,马上就轮到我了。我只剩一件事要做了……"

刚才一直折磨着我的焦虑至此烟消云散,未经准备的话自然而然地溜了出来:"您现在是在极度不理智的情况下说出这些话的。或许,像您说的,您给孩子的压力太大了。我无从知晓。但是,我能感觉到的是,您深爱着您的儿子,您所做的一切,都是出于爱。您给亚辛压力,只是因为您觉得他需要。作为家长,我们都会犯错;没有什么能让您想到,他会做出这样的决定,然后……"

本·萨利姆女士突然睁大了眼睛。

"您觉得是这样?"她打断我,"您真是这样想的吗?"

我用最温柔、最亲切的目光看着她:"我当然是这样想的!您知道吗,我见过许许多多遭遇不幸的家长,我明白,父母的爱有时并不得体。还有,我听说您和亚辛的父亲分开了?独自抚养孩子是多么不容易的事啊……没有人告诉您,您又怎么能意识到您的儿子压力太大呢?"

亚辛的妈妈没想过这一点。这个全新的论据让她放松了一些,我甚至看到她眼中闪过一丝光亮。

"从现在开始,一切都会进行得很快,"我接着说,"您会有很多事情要处理,很多行政程序,等等。您的家人和父母应该会来陪着您……?"

"不,我不想给他们打电话,我已经是我们家的耻辱,因为我离婚了……如果我告诉他们,他们会指责我,对我更加步步紧逼的。"

"真的吗?"

"对……"

"这由您来决定……在这之前,您想回到您儿子身边吗?这个时刻是属于您的。肯定会非常痛苦,但也十分珍贵。抓住这个机会,把您想说却没能说的话告诉他吧。"

"我不认为他会原谅我。"

"如果您的儿子还在,我想他会告诉您,他有多么后悔。您不觉得吗?他肯定会说,他没想到一切竟会这样结束,把您带到这步田地。他当时所希望的,只是消除痛苦。我不认为他想离开您——我可以确定,他甚至没有意识到死亡在等待着他——他只是想摆脱无助感和焦虑的情绪。"

"真的吗?"

"他只有十一岁……请相信我。我希望您永远不要忘记我刚才的话……也希望您有一天,也许不是马上,不是明天,但终有一天,能原谅您自己。"

"看情况吧……"

我注意到漂浮在我们之间的这种不确定性。我心想,在谈话之初,她自杀的念头还无比坚定,与那时相比,她已经有了很大进展。现在,她身处不确定性和重重疑问之中。她要学会与它共处。

"您准备好去看亚辛了吗?"

在患者和家属面前,我总是小心翼翼地精准措辞,以避免模棱两可或产生误解。我经常提醒孩子们的父母,"要睡很久很久"不是"死亡"的同义词。同样地,"有点疼"也不能代替"疾病"。我告诉他们,避开正确的词语,也就是避开——或者逃离——词语所代表的真实性……并且把事情复杂化。而我刚刚却恰好这样做了。由于怯懦，缺乏勇气，我说了"亚辛"而不是"亚辛的遗体"。这一次，我没有勇气使用精确的语言。

"嗯，我想看看他。"本·萨利姆女士回答。

我去找一位护士或者护工询问亚辛的遗体是否已经准备妥当。我急匆匆地穿过走廊，倒不是因为时间紧迫，而是紧张的情绪驱使我加快了步伐。治疗室没人，我就去停放着亚辛遗体的病房敲门。里面整个医护团队——有些人身上还戴着小饰品，工作服上别着金色的星星，或是一片闪着虹彩的雪花，提示着今天是12月31日——齐声叫道："啊，穆里叶！进来吧。"

我看到了孩子的遗体，全身赤裸，毫无生气。我一点也不想在这间屋子过多停留，但我不能辜负大家对我的期待。在卡洛琳娜的注视下，我鼓足勇气。

"我们不能这样把他送去殡仪室吧？"她用一种坚定、务实的声音问道，仿佛不夹杂任何情感。

"是的，你说得对，要把他拾掇一下，能示人才行。至少，我是这样想的……"我一边说着，一边想，我在学习阶段从来没学到过这些。是一个又一个患者家属，用他们的传统、宗教信仰和各自的特点，当然，还有医护人员，教会了我如何从事这份职业……他们促使我不断适应新情况、学会了随机应变。

"我们给他洗洗头吗？"卡洛琳娜问我，态度自然得令人不可思议。

"他的头发怎么样？"

"嗒……刚才抢救的时候涂了很多凝胶。不能就让他这样吧？"

"确实，当然不行。那就洗洗吧。我去告诉他妈妈耐心等一

230

会儿。我们二十分钟后来，可以吗？"

"好。"

我回到本·萨利姆女士那里。我找不到什么可说的话，于是只好保持沉默。在很长一段时间里，沉默都让我坐立不安，直到从业多年后，我才慢慢接受了它，甚至敞开怀抱迎接它。这份沉默连接着我和本·萨利姆女士，产生了令人惊异的效果：这位刚才还少言寡语、坐在那里纹丝不动的女士，开始放下一切拘束，给我讲述她的人生。她讲起她与一个摩洛哥人的婚姻、亚辛的降生、她的家庭问题、离婚……我感觉，她说得越多，整个人就越平静，同时眼泪也越发汹涌。和刚才截然不同的是，她不再被困在悲伤和负罪感之中。卡洛琳娜发来短信："亚辛准备好了。"当我感觉她的倾诉告一段落时，就轻轻地对她说："如果您愿意，就可以回到您儿子身边了。您想让我陪着您吗？"

"嗯，我想请您和我一起来，然后，让我和他单独待一会儿。"

"很好，就这样。您看着吧，您能做到的……"

医院从来没有显得如此安静过。快9点了，我想着弗朗索瓦，他在家里与朋友们相聚，我想着这时候被烘托到顶点的节日气氛，而我们在这里完全被隔绝在跨年夜的狂欢之外。本·萨利姆女士正在请求她儿子的原谅；而我要确保没有任何人或任何事破坏这一时刻。

突然，值夜班的护士哈斯娜来告诉我，楼下有记者守着。他们拿着相机，等待着这位母亲……

"他们在等什么？独家新闻吗？"

"呃……我想是吧。在这样一个跨年夜,他们没别的事做,除了到这儿来拍一个自杀儿童的可怜的妈妈。他们已经在寒风中等了半个小时。真的……我不知道该说什么……真是卑鄙。有谁会通知记者?"

"他们都是手眼通天的人。听我说,最重要的,是让本·萨利姆女士避开他们。"

就在这时,本·萨利姆女士从她儿子的病房出来了。我向她走去:"您感觉到他也想请您原谅自己了吗?"

"某种程度上是的。"

"您的家人呢?您还是想什么也不告诉他们吗?"

亚辛的母亲默不作声。

"如果您避而不谈,等他们晚一些知道真相的时候,您觉得他们会不会更加恼怒?"

"您说得有道理。我给他们打电话吧。"

我把她独自留在我办公室……不一会儿,她出来了,眼眶发红。"没人能来接我,但他们都很友善。我哥哥在他家等我。我要去了……感谢您所做的一切……"

"请等一下,楼下有记者。您别从正门走。我想想办法,马上就回来。您在这里等我。"

卡洛琳娜还在,她也已经超时工作了很久。不过,和我一样,她也知道,如果她感觉自己从头至尾陪伴了这位母亲,她在回家时也会觉得心里轻松一些。我告诉她,本·萨利姆女士坐公交回家,然后,还没等我多说,她就立刻回应:"等等,我们来搞定。"我打电话给出租车公司询问价格,卡洛琳娜在同事间筹款支付这笔费用。就在我们已经筹到了足够的数额时,一位女士出现了:"我来找我的女儿。"

看到两个女人彼此相拥入怀,我无比动容……

为了避开记者,我带她们穿过走廊和楼梯,从地下绕行,对于每一个不了解这座医院的人来说,这都是名副其实的"秘密"通道。终于,我们来到一扇门前,门外就是寒冷的夜。互相道别后,我微笑着说:"您瞧,即使没有出口,我们也总能找到一条路!"

我顺原路返回,沿着刚才的走廊和楼梯,回到科室。我在办公室门口遇到哈斯娜,她悄声祝我"新年快乐",仿佛怕破坏这份寂静。我脱下工作服,穿上大衣:这里已经不需要我了。我悄悄走出医院,用围巾把头发盖住,像穆斯林那样。外面有三个人在等着,他们不停跺着脚,试图抵御寒冷。是记者吗?他们身边放着几个大包,我猜是摄影器材。我路过时,看出他们有些兴奋,可能已经准备好拍照了。我尤其不能回头看,以免他们看到我的脸。一想到他们搞错了人,被我们愚弄了一番,我就觉得有趣!

我回到家时已经快11点半了。我们的朋友热烈地迎接了我:"啊!穆里叶!我们真想你呀!"他们拉着我加入,想让我继续和他们庆祝节日,但我已经无心于此。我感觉自己像个局外人。当我的朋友与我的切身经验相隔甚远,我又如何能与他们亲近?而我的切身经验,不是香槟或马卡龙,而是亚辛和他的母亲。我从弗朗索瓦的眼神中看出,他还不明白我方才都经历了什么,但他知道我需要一个减压舱,才能从一个世界过渡到另一个世界。

他向我投来的目光仿佛在说"别担心，会好的！"我躲回自己的房间五分钟，调整呼吸，重新找回自己内心的动力，然后……我跑去找马克西米利安，给他最美好的新年祝福。我紧紧抱着他，呼吸着他头发的香气。他把我推开："哎，妈妈，好啦，还没到零点呢！"他的同学在一旁惊讶地看着我们。我这才意识到，我儿子觉得尴尬了。他立刻跑去找他正在跳舞的朋友们。零点一到，我们齐声高唱"祝全世界的幸福都属于您"。年复一年，我越发感觉自己需要这首歌，仿佛它是我的秘密幸运符！我就这样宣泄着自己，直到清晨。我不需要酒精，因为舞蹈在我身上始终有一种抗抑郁的奇效！

26　　　　　　　　　　　　　一段插曲

今天，我来到办公室，没有像往常一样穿上白大褂，而是把它留在了衣架上。今天是狂欢节，整个科室都洋溢着节日气氛。一条条身形庞大的鲨鱼、鳐鱼在走廊里费力穿行。一艘海盗船启航去寻宝——这是由一辆小推车装上桅杆做成的，桅杆上风帆摇曳，那是巨幅的白色床单。虎克船长正在跟奇妙仙子交谈。整个体疗团队都扮成了《彼得·潘》中的人物。而我呢，我穿上沙滩裙和草编凉鞋，还戴了一顶大草帽。所有人都参与其中：患者、医疗团队，还有患者家属。我遇到了一位打扮成鲁滨逊的父亲，和一位穿成塔希提土著女人的母亲。定计划的时候，我们就说，海洋主题会照亮整个狂欢节，事实果然如此。欢乐的空气充盈着整个科室，鲜活的色彩和笑声处处回荡。一些家属带来了蛋糕和果汁。孩子们一有机会就放声大笑。疾病和痛苦被暂时搁置在一边。今天，死亡没有到此一游的权利。

每周的这一天，我都会去看雨果的妈妈。自从第一次交谈以后，她走过了一段很长的心路历程。她始终如此直接，这对我而言反而更容易，因为我能清楚地了解她处于什么境况。

"您好，女士。你好，雨果。你们今天怎么样？……"

"好点了。呃,我是说,一塌糊涂,但是还行……"

"您的意思是?"

"我还记得我第一次来见您的时候。我当时的情况非常糟糕,我觉得自己要疯掉了,而且,仿佛这还不够一样,所有人都怂恿我来见您。他们的坚持让我恼火,他们说:'你应该去,你知道对心理学家什么话都能说,这会对你有帮助,等等。'我最终答应我妈妈来找您做咨询,我进了您的办公室,就是为了说:我做了,什么用也没有,再见!"

"的确,我们第一次见面很短暂。"

"是的,但真是让人难以置信,我不知道您还记不记得,我当时想让我的孩子死掉。我几乎就是这么对您说的,但您呢,您没像看一个疯子一样看我。您知道这在我心里引起了什么样的感觉吗?"

"不知道……"

"喏……我心说,在我跟您讲了所有这些话之后,您没把我当疯子看待,这说明我也许可以接受自己成为雨果的母亲……甚至也许能够陪伴他……我是在做完那一次咨询后,才终于能把雨果抱进怀里的,在那之前,我完全不想……谢谢您……"

塞西尔·雅戈的泪水在眼眶里打转。我感觉自己也要哭了,但我稍稍移开视线,控制住了自己。

"看到您在进步,真好……"

"这几周,我每天下午都把雨果抱在怀里,每当我想到这份幸福……您知道吗,如果没有您,我是做不到的……"

"您能做到这些,真的很棒!当然,您的小雨果看不到您、也听不到您说话,但他能感觉到您的爱,我敢肯定。"

"是的！我也觉得显然是这样。我能感到他以他的方式投入我的怀抱，带着全部的信任，在我怀里熟睡。"

"看到他这样，这是毫无疑问的……"

我去游戏室看孩子们。我沉浸在节日气氛中，差点没听到手机响。突然，奇怪的现象发生了，世界颠倒了：孩子家长给我打电话了。我听见对方说："蕾阿昏迷了。"我回到办公室，以便在安静的环境里通话。我听到门外维尔日妮的笑声，与此同时，我想象着这个三岁的小姑娘卧在病床，还有不知道如何与她交流的亲人，他们此刻是多么无力。

在她短短的人生中，蕾阿生病的时候远比健康的时候多。医生发现她患血癌时，她还不满一周岁，后来经过化疗才治愈。她的父母，瓦伦蒂娜·贝雷阿和弗朗克·贝雷阿，多希望她就此远离病魔的缠扰。不幸的是，几个月后，癌症又出现了，来势凶猛，医生甚至无法再给蕾阿做手术。她的大脑内发现了一颗和法式滚球一样大小的肿瘤。她七岁的哥哥奥古斯丁在学校对小伙伴说："我妹妹脑袋里有个球，一点点变大，再变大，最后就会爆掉！"他的同学放声大笑，而老师则惊讶不已，诧异于他的语言是如此写实。

瓦伦蒂娜·贝雷阿为另外三个孩子担心，她不知道他们会如何理解蕾阿的生命即将到达终点这件事。她想让他们免于一切恐惧和噩梦。为了让她放心，我告诉她，如果她和她的丈夫坦诚地面对孩子们，给出尽可能清晰、简明的解释，如果他们向孩子们承认自己精神紧张，因为他们不知道和蕾阿在一起的最后时光将会如何，但重要的是大家要共同经历它，孩子们就不会认为自己是给父母带来痛苦的人,也会理解他们的反应。

当蕾阿的父母得知她脑部有一颗无法治愈的肿瘤,因此只能活几个星期的时候,他们就决定不再让她住院治疗。既然没有任何治愈的可能,他们更倾向于让她待在家里,和他们在一起,直至生命尽头。发现肿瘤后的几天,蕾阿还能跑能跳,说起话来滔滔不绝,也能玩游戏。哥哥们扮的鬼脸让她开怀大笑。她看起来完全不像是患了绝症。于是,瓦伦蒂娜·贝雷阿心想:"万一她能带着肿瘤幸存下来呢?如果真有奇迹发生,让她战胜了病魔呢?"然而,很快,孩子的病情闪电般地迅速恶化。她身上的一切都昭示着肿瘤正在夺去她的生命。她先是失去了行走的能力,接着是言语,最后是视觉。她丧失了除听觉外的一切感官。

家里为了照顾蕾阿而进行了调整。她的父母变成了护士。他们给她打吗啡以减轻疼痛,但完成这一操作让他们何其痛心:在吗啡的作用下,蕾阿不再有意识,对他们的话毫无反应。她的哥哥接受了她不再跟他们玩,不能再对着他们的鬼脸大笑。小姑娘和爸爸妈妈一起睡,但他们的睡眠也不安稳,跟随她不规律的呼吸而变化,时深时浅。现在,蕾阿陷入了昏迷,死亡已经近在咫尺,只是几天或几小时的事了。她已经向终点走去。我和瓦伦蒂娜·贝雷阿通电话时,她向我描述蕾阿发青的嘴唇和空洞的目光。她甚至用短信发给我一张照片,问:"您觉得她这样的状态,可以让她的哥哥们看到吗?"

"您呢?您面对蕾阿时,是什么感觉?是震惊、害怕,还是担忧?您会想要离开房间吗?"

"不,不!恰恰相反,我觉得她很美。她那么平静……"

这个词,"平静",让我内心喜悦。奇怪的是,在这样一个糟糕的时刻,一段喜剧演员贾梅·德布兹在《高卢勇士之女王任务》中的对白浮现在我的脑海:"太安静了。我不是十分'太'喜欢。我比较喜欢有点'太'不怎么安静。"和他一样,我也觉得过于平静不是一个好信号!但现在不一样。平静意味着疾病和痛苦的终点,意味着几年来在医院里做各项检查的日子即将结束,也意味着这对父母不会再与他们厌恶的吗啡打交道。

只剩下那数月来纠缠着这对父母、也充盈在我脑海的死亡倒计时,"嘀嗒、嘀嗒"。整整三天,我不停地看手机,时时关注蕾阿的病情。我在电话这头陪伴着这对父母,他们不断发来疑问:"该如何向孩子们解释他们的妹妹为什么嘴唇发青?""应该把她放回她的床上,还是让她继续跟我们睡比较好?"死亡在不远处虎视眈眈,我们等待着它的来临。

想到蕾阿可能在几小时、甚至几分钟后就会死去,瓦伦蒂娜·贝雷阿守在家里不敢外出。她想在女儿咽下最后一口气时陪在她身边。我告诉她,她没办法控制这样的未知情况,她没法决定时间,决定女儿是在白天还是夜里离去。我告诉她:"对于有些孩子来说,父母在场是一种帮助,让他们有了离开这个世界的力量,有了死去的勇气……但另一些则害怕丢下爸爸妈妈,会趁着他们不在的时候死去,哪怕只是片刻。我见过有的孩子恰好就在妈妈去洗手间的工夫撒手人寰。"

"您觉得我们最好在孩子离世的时候在场吗?"

"这取决于人……我注意到的是,许多家长会害怕,非常害怕在孩子死去的那一刻,自己没办法待在他身边。但是,当那一刻真正来临,他们却仿佛被一种力量控制,于是就待在了那里。他们发现,实际情形远没有他们想象中那么恐怖,那反而是一种解脱。"

傍晚时分，大家把奇装异服收了起来。海盗船也折起了船帆。我们在病房房门和墙上留下几条鱼和几个贝壳，作为这次海洋主题狂欢节的纪念，它们能继续为科室带来愉悦。现在是晚上7点，蕾阿还活着。等待的过程对于她的父母来说应该十分煎熬。我给他们发了一条短信，告诉他们可以随时给我打电话，哪怕是在半夜。我想给他们提供支持，想在这场考验中不惜一切代价陪伴他们。

从医院出来，我去学校接马克西米利安，带他去看另一位眼科医生。我希望她能让我们放心，缓解第一位医生带来的忧虑。然而，她再次向我们确认，当务之急是找到另一种办法。她说，从青春期开始，马克西米利安的视力会下降得更快。最后，她给了我们一位隐形眼镜师的联系方式，说她也许能帮助我们。我把希望寄托于这一线光明之上，在两种态度之间摇摆不定。一方面觉得要尽一切努力避免最坏的情况，另一方面又觉得这也没有那么可怕。和我在医院见到的其他残疾相比，失明还不算太严重。不过说实话，这并不能让我安心。

第二天，学校举行越野跑比赛。所有孩子都飞也似地大步向前。我欣赏我儿子的速度。在所有人都抵达终点后不久，我也准备回家，但就在这时，我目睹了一个令人不可思议的场景。学生们一齐站起来，跑向最后一个还没跑完全程的学生。他们鼓励她、支持她，在她身边陪跑。过了片刻我才明白，为什么有一位女士搀着这名女生的胳膊：她没法自己走路，因为她的视力非常差。霎时间，我心潮澎湃。我激动得泪流满面，因为这个现实场景与眼科医生在诊断中的描述一模一样，因为学生们的互助精神是如此美丽。

我不知道明天将会怎样，但我希望，无论我儿子的身体状况如何，届时他也能有这么多人围绕左右。

27　　　　　　　　　　　　　　　　　　　　　　　　　　哨兵

今天，我们庆祝雨果出院，彻底回家。他的父母学会了做所有照护的工作。他们感觉自己已经准备就绪。但就在最后一刻，塞西尔·雅戈又来找我："对不起，最后一件事。我想，我没办法……"

"没办法……？"

"没办法带我儿子出门。我觉得，我会很羞于或很害怕面对旁人的指指点点，面对他们的目光。"

"您害怕不能处理……"

"对，正是这样！您想，我要是遇到那种把事业摆在第一位的女人，只以自己为中心的，就像我曾经那样。我该怎么办？"

"请相信您自己。不过，首先，请您下决心，永远不要让他人的目光或看法为您的生活做决定。去面对他们，不要逃避。教会他们如何看待您，如何与您共处。第一周，给自己规定每天都要出门。坚持住。不到一个月，您就会感觉到不同。您会发现，人们越来越不那么注意雨果，还有他那庞大的推车。"

"的确，目前，他看起来还像一个正常的孩子。但等他坐在轮椅上慢慢长大，事情就更困难了。"

"尤其重要的是，不要让自己孤身一人。孤独会在我们内心深处引发无数夸张想象,足以把我们摧毁。请您记得,您还是可以联系我……不用犹豫,能收到您的消息我会很高兴的。"

"谢谢您所做的一切,那就稍后再见啦。"

我才进家门,我的一个儿子就缠着我,让我允许他去参加一场派对。

"我得提醒你,我们经常收治酒精中毒的年轻人,我不想这种事发生在你身上。我很想同意你去,但我要先给希尔文的父母打电话,确认他们也在,你们会有所节制。"

他的目光告诉我,这项条款跟他的计划有些不符。他更想要无条件的许可。(不过,在孩子青春期时,我倾向于使用"停车计时器信任法"。维持信任,很好,但如果没有任何监管,就不会有人在停车计时器上付费了!)他思考了几秒钟,权衡利弊。我又问道:"你能把他们的电话号码给我吗?"

"谁的号码?"他惊讶地重复了一遍。

"喏,希尔文父母的号码呗!"

他跑回房间,东翻西找,拿着一张纸条回来了,上面是一串他匆匆抄下的号码。我拨打了电话。几声铃响后,我正要挂电话,却听到了一声:"喂?"

"您好,我是德罗马女士。我想和希尔文的父母通电话。"

"我是希尔文的父亲。"一个听上去有些稚嫩的声音回答道。

"我儿子告诉我,您家今天晚上要办派对?"

"对,是的。"

对方的模仿实在是拙劣……我想象着一个扮成大人的小男

孩，粘着假胡子，戴着一副大眼镜。我有点想捉弄他，于是继续说道："您今晚会在吗？您知道，我有些担心，我想确保孩子们不会做蠢事……"

"您别担心！不会有问题的。再见，女士。如果您愿意，我有驾照，我能把您的儿子和别人一起送回去。"

"您有驾照……"我已经二十年没听到任何和我同代的人提及这个细节了！

"对，对，请您放心……"

我挂了电话，拉住我儿子："嘿，你真会拿我开心！你在撒谎。我看穿你和希尔文的小把戏了。你猜怎么着？今天晚上你都别出去了。"

我儿子大为扫兴，怏怏地回到房间，郁闷了好一会儿。不久，他又出来，帮忙摆餐具，大献殷勤！上床前，他来跟我们说晚安。一切看起来都很假，这让我隐隐担心。我问弗朗索瓦："你不觉得他会等我们睡着后自己出去吗？"

"别多想了。我觉得他也知道自己犯错误啦。他今天晚上的态度堪称模范，不是吗？"

"对，对，在我看来，过于模范了……"

我们熄了灯。突然，我惊醒了。距离我们入睡已经过了将近一个小时。我从床上坐起，掀开被子，跑到我儿子的房间：床上空空如也。我儿子，我这个几小时前还显得如此善解人意的儿子，冲破了禁令，偷偷溜走了。

弗朗索瓦开车去附近找他，发现他就在街上，和几个朋友一起。回到家，他低着脑袋，垂头丧气。一顿训斥。我们没收了他的手机。罪证都在：他们约好在公交车亭碰面，当然，儿子在短信中表达的顾虑也让我们觉得很有趣。

"今晚没戏了。我妈不让。"

希尔文:"哎,没事的!你就假装躺在床上睡觉。这招总能行得通,至少第一次行。"

"不,你不了解我妈。我敢肯定,这招在她那不管用。真的,没戏了。"

"哎,哥们儿,别泄气,12点见。"

但他还是尝试了一次。不过,他想的没错:在我这儿,这招行不通。在接下来的几个月里,孩子们都管我叫"哨兵"!

夜深了,我本来睡梦沉沉,突然又惊坐而起,却摸不着头脑,不知为何。过了一会儿,我才明白,是因为我仿佛听到马克西米利安小声在说"我的头好疼"。

我从床上下来。已经是凌晨2点半了。马克西米利安的额头滚烫。我给他量了体温,给他吃多利潘,帮他快速泡了个澡。我想在回去睡觉前确保他的体温能降下来。39.5℃艰难地回落到39.2℃。

"我觉得好点了。"马克西米利安对我说。

"你确定吗?你还是很烫……"

他的气色确实好了些,我说服自己,多利潘正在发挥作用。我回去睡觉了。头刚一沾枕头,我就沉沉睡去……尽管这一觉还是很短暂。

早上6点,比预计的起床时间早一个小时,我又惊醒了。我了解这种过早醒来的情况,这往往预示着一些事情。的确,是一种预感把我从睡梦中拉了出来。我的直觉告诉我，就在"哨兵"放松警惕的时候，有事发生了。我拿起手机，看到瓦伦蒂娜·贝雷阿的短信："蕾阿夜里4点过世了。我要叫醒孩子们，告诉他们吗？"

我一个人坐在客厅的沙发上哭了一会儿，被一种强烈的失败感包围……我食言了，没有履行和蕾阿的父母在一起的承诺，倾听他们的痛苦，回答他们的问题。我睡得死死的，没听到短信提示音。这真的是我二十年来第一次没听到手机响。"刚才情况怎么样？您两位感觉如何？"我试着回复他们，尽管已经迟了，"我十分惦记。"

蕾阿的爸爸立即给我回了电话。他给我讲了他们的这一夜，几乎就没合过眼。他们是被一声窒息的声音惊醒的。蕾阿不能呼吸了，她小小的身体剧烈抖动着。这样持续了几分钟，直到最后一口气。"只一下，"他惊异地说道，"我守在旁边。好像在她走了之后，我才终于不再屏气凝神，重新开始呼吸。瓦伦蒂娜更难受。"

接下来的几天，我只能通过蕾阿的爸爸了解他妻子的消息。他直面现实，而她却想逃避。我经常在经历悲剧的夫妇身上发现这种天平效应：一个崩溃了，另一个坚持着，支撑着另一半。说来奇怪，甚至有些突兀，但孩子的离世往往会粘合一对夫妻的关系，在一段时间内，抹去他们的纠纷，直到下葬的时刻。而后，夫妻冲突会卷土重来，甚至变本加厉：悼亡的过程往往是孤独的。

蕾阿去世后几天，瓦伦蒂娜·贝雷阿把她的婴儿车和玩具发布到网上转卖。她邀请朋友来家里，请他们什么也不要说、不要问，帮忙把女儿房间的壁橱清空，而她自己却把女儿最喜欢的东西收藏在一个柜子里，像恋物癖般视若珍宝。

那蕾阿的哥哥们呢？弗朗克·贝雷阿告诉我，他们那天有一段时间在凝视天空和树梢。蕾阿去世之前的几天，他们和父母讨论，蕾阿会以何种形式从天堂现身。他们犹豫了很久，觉得一只鸟就很好。从那以后，他们就从小鸟的啁啾声中聆听他们的妹妹……奥古斯丁，最小的男孩，问她知不知道他的娃娃在哪儿。他在一排暖气后面发现了它。"谢谢你，蕾阿！"他对一只飞过花园的喜鹊说。

这一天，我有点心不在焉，但依然照常工作，仿佛什么都没有发生。例会上，我得知有一个名叫宝拉的十六岁女孩，刚刚来到我们科室。和所有意外一样，她的故事也是乐极生悲。宝拉当时正在祖母家度假。对这个活泼又爱好运动的女孩来说，这个假期风平浪静，也有一点无聊。幸好，还有海滩……还有一座悬崖，吸引着那里所有的年轻人。他们比谁跳水跳得最好，谁激起的水花最漂亮。很多和宝拉同龄的男孩都想用他们的英姿技惊四座。她想向他们展示她也毫不逊色——她会背跳，会高难度的动作，还能把水花溅起五米多高。于是，她每天都去悬崖那边找他们。她知道水不算深，但她已经跳了那么多次，所以一点也不担心。她已经准备好表演年度最佳跳水了——只见她后退一步，脚掌发力，便头朝下扎进了水里。

不料，她一头撞在了一块小礁石上，这块石头以前还无人发现。她没有浮出水面，男孩们还以为她在开玩笑。但是，时间一秒一秒过去，宝拉始终没露头。年轻人们终于回过神来，叫了救护车。

医生赶到后，当即为宝拉插管，随后把她送到了最近的急救中心。在那里，她做了气切。三周后，为了让她回到离父母更近的地方，她被送到了我们科室。她醒来时，发现自己已经不能动弹。她对自己的身体毫无知觉，除了头部。她有剧烈的头痛和神经痛，只有吗啡才能缓解。她经常在睡觉，或者处于半睡半醒的状态。

磁共振显示她的脊髓被切断了。惊愕万分的父母得知女儿没有任何康复的可能，但他们不愿告诉她这个真相。他们没有勇气向她宣布这样的消息，并且请求大家暂时也都不要向她透露。

医疗团队这边的担心在于，日复一日，宝拉的头痛发作得越来越频繁。而他们对这种变化找不到任何医学解释。宝拉越来越依赖吗啡。其实，她需要戒断，但只要跟她说起延长使用间隔，她就开始大吼大叫。几个有经验的护士给她用了安慰剂，她们表现得是那样镇定，那样胸有成竹，收效还真不错。

轮到我出场了，但宝拉防御心很强，她向我重复了三遍："我这儿一切都好，我什么也不需要！"

"我明白，你不知道我为什么在这儿。我在这个医院工作了十五年，在你之前，我陪伴过很多遭遇意外的少年。他们都说，讲述身体或心理上的痛苦是很难的：很多孩子告诉我，由于他们不知道怎么说'我感觉不好'，他们就更倾向于说'我疼'……疼痛是真实的，但疼痛的根源不一定只是生理上的……"

接下来的几天，我发现，无论是宝拉的父母还是医护人员，大家都小心翼翼地避开她的问题。当她问起自己还要在医院里待多长时间，或者什么时候才会好转时，他们就含糊其辞。所有人都反反复复告诉她要勇敢斗争。而她呢，她需要知道自己能不能好起来，能不能参加学校的年终派对。没有人回答她，她就自问自答："你觉得我能跳舞吗？不能，我想还要很长时间。我肯定不能像以前那样跳舞了，我会很累，我只能跳几步。"她不断地重复提起这些问题，最终意识到，谁都不愿给她一个解释。

对宝拉的陪伴才刚刚开始，因为我们都知道，她会在这儿待上将近一年。我最终得以和她约好定期见面，此处暂且不谈。

回到家，我再次发现，孩子们的房间里堆满了脏内衣、臭袜子和其他他们不想再穿的衣服。我开始从里到外收拾屋子，没有一个孩子肯动一动他们小指头。我独自准备晚饭，也没有人来帮我。我喊了四五次，他们才屈尊现身。

弗朗索瓦回来时，完全想不到我花了多久才把家里收拾利落，但却因为我把锅放在水槽里就不高兴了。他想让我把它放在一边，洗碗时方便（有一说一，碗总是他来洗！）。我们刚刚坐下，一个孩子就打翻了杯子。我的丈夫大吼："不是吧，你就不能小心点吗？太过分了！"

我忍不住开口："哎，这不要紧，不是吗？你也看见了，他不是故意的！"

就在这时，毫无预兆地，弗朗索瓦拿起芥末罐扣在我的菜泥里，用一种随便的口气说："哦，没事，没什么大不了的，不要紧！"

孩子们爆发出一阵大笑。我做不到，我没有幽默感，或者说，至少在这件事上幽默不起来。我受够了，我坚持不住了。每件事都那么累，每件事都让我难以忍受。在医院里十分管用的防身盾,到了家里却没法再保护我。

我很想置身事外,和他们一起大笑,但弗朗索瓦让我恼火。我感觉自己的作用只是做饭、收拾屋子、给他们当司机。

我也无法忍受自己,我感觉自己淹死在了一滴水里。我向所有人抱怨,我感觉自己存在的方式仅仅是抱怨。为了驱散自己脑海里阴暗的念头,我向朋友们倾诉弗朗索瓦的坏脾气。我需要别人承认我是受害者,但我意识到,亲朋好友不太相信!我看不到的是,我把自己摆到这样的境地,渐渐地,它反而成了我的陷阱:不再是我在做决定,而是这受害者的身份控制了我。

28　我受够了

危机爆发了。

当孩子们还小，我们二人世界的时间是那么有限，因此每次用餐后，我们都注意在孩子们不吵不闹的那段时间里，两个人独处一会儿。他们可能在睡觉、读书或者安静地玩，但不能来打扰我们自己的时间，那是真正的自我复原的时间。另外，我们每个月都会安排一次夫妻二人的甜蜜出行。

到了青春期，孩子们在自己房间里或和朋友一起度过的时间越来越多。这时，我们不再像以前那样强烈地感觉到二人世界被侵占，于是便降低了警惕。我们不再为了维护伴侣关系而定期约会。由此，无意识地，弗朗索瓦和我各自为生活奔忙，就这样过了两年。情况日复一日地恶化。如今，我已经看不到出路。他还没开口说话，我就心生不悦，反之亦然……

虽然我有个人问题要解决，但医院的生活还在继续。哈迪亚又回到了我们科室。她是来做咨询的。所以我去日间病房找她。来到入口大厅时，我看到了让我惊讶的一幕。雷昂来了，就是十多年前我们曾经犹豫要不要给他做气切的那个男孩。当然，他始终是做完气切后的样子，全身瘫痪，但左手的一根手指还能微微活动。这已经足够让他灵活操控轮椅了。他笑着，嘴角咧到耳根，在跟其他日间病房的孩子玩捉迷藏，这些孩子有的也坐着轮椅。这就是我们在十多年前的那一天做了正确决定的证明。突然，我看到了哈迪亚，我很高兴再次见到她。她飞快地来到我面前（要知道，她是用嘴巴控制手柄让轮椅前进的）。

"你好，穆里叶。我们可以说说话吗？"

"可以，当然。在你房间还是我的办公室？"

"还是在你的办公室吧。"

我拿上她的背包、全套呼吸设备、一支新套管、一个气囊、一支插管……我们来到我的办公室。

"我想跟你说……嗯……我觉得我遇到了问题……"

"哦？出院之后吗？"

"对。"

"我理解。不太容易，是吧？"

"对，确实……我不知道我能不能跟你解释清楚。"

"可能这个过程不像你之前住院时设想的那么顺利。还记得吧，你在这个科室待了将近两年？可以肯定的是，在家和在医院不完全相同，尤其是家里还有另一个孩子……"

"问题跟我妈妈有关。"

我忍不住想象自己带着四个孩子，其中一个还是全身瘫痪的场景。我会完完全全被琐事淹没，生活肯定一团糟。

"你妈妈没能经常陪着你？"

"不，不，不是这样。"

从她的语气中，我听出是我猜错了。哈迪亚更正道："我觉得是我的权威问题……"

"权威?"

"对,我做不到像我妈妈那样,让弟弟妹妹听话。"

我无言以对。

"我知道我妈妈非常累,我帮她很正常,因为我的年纪最大。所以我就监督弟弟妹妹。我让他们穿衣服、收拾东西之类的。起初,一切都正常……但最近……怎么说呢……我感觉我两岁的弟弟开始不那么听我的话了。"

我不知该说什么。

"你会怎么办?"

"哎!权威的问题,大家都有!我让我几个孩子做事,比如把脏衣服堆在一起,但他们就不按我说的做,你都不知道这种情况发生了多少次!"

"哦,这很简单!你别替他们做就行了!只要你替他们操这份心,他们就永远不会自己做,不是吗?"

总是这样,真相往往出自孩子之口!这次谈话结束后,我觉得很有趣。难道不是哈迪亚扮演了心理学家的角色吗?

幸好,我从开始工作以来,就在接受另一名治疗师的督导!之前,她主要听到我讲述我在医院里经历的事,为我提出明智的建议。现在,她请我思考我的家庭生活。我意识到,我在抱怨的状况正是由我自己维持的。由于我从早到晚马不停蹄地忙前忙后,就没人能给我帮忙。突然间,我明白了,我没办法去要求我那几个青春期的孩子做什么事。一切都清楚了:我们不能决定孩子的行为,不能百分百地让他们变得乖巧顺从;但是,我们总能决定我们自己做还是不做某件事。

这天晚上，我趁大家都围坐在餐桌边的时候宣布："那就简单说吧：我决定不再做吃力不讨好的事了。我罢工了！"

"你干嘛？"

"我跟你们说过，并且一而再、再而三地重复过，我受够了你们那些烂摊子。我得求着你们帮我摆餐具、晾衣服，或者给胡萝卜削皮。你们听好了，我现在非常严肃，这句话我不说第二遍：罢工从洗衣服开始。从现在起，如果你们不把脏衣服放在脏衣篮里，我就不会洗。别等我熨衣服或者叠衣服，我罢工了。如果你们改正自己的态度，罢工就到此为止。否则，我也不会送你们去各种活动，也不会再去购物。吃饭的事，你们自己想办法。明白了吗？"

晚餐在前所未有的寂静中结束了。没有人聊天，大家争先恐后地帮忙收拾餐具。

我以为我这样就算胜利了！但是，三天后，我又发现每个房间里的脏衣服堆得到处都是。我又想起了哈迪亚。她质疑自己树立权威的方式，也促使我开始质疑我自己的。我对孩子们什么都没说，但我同时也什么都没做！我只管享受这清闲的假期。

三周后，他们把所有能穿的衣服都穿了，包括破了洞的袜子和内衣。这时，他们才明白，我不是在说笑。从此以后，他们就开始帮我做家务了！

我们的夫妻关系紧张到了令人难以忍受的地步。我不明白，为什么在医院，每个人都那么容易地对我和盘托出，然而在家里，面对我的孩子和丈夫，我却没法"让他们说话"。说到底，我在想，比起我的亲人，我是不是更了解我的患者，并且，在医院遇到的情况是不是比家里的更好解决。必须指出，在这两种场合，我的位置截然不同。在医院，患者是寻求帮助的人，他们来找我，把他们的烦恼铺陈在我面前，然后更清楚地看待自己。在家里，孩子们想方设法让我猜不透他们，让我没法感知他们的状态如何，没法为他们担心。他们试图让自己越来越独立，这也就意味着拥有独自管理心情的能力。

但是，涉及到我丈夫，就是另一回事了。我们彼此间说了那么多微小的伤人的话，以至于已经不敢向对方吐露心声。最终，弗朗索瓦答应由专业人士来帮助我们。我们决定用一周的时间，远离一切，切断与各种屏幕的联系——甚至包括手机——以便在治疗师的帮助下，重新审视我们的感情经历。

借助专业人士的陪伴，在这一周结束之时，我意识到了两件事：我们往往要求伴侣抚平我们身上与童年有关的创伤，但这不是对方的角色，即便他带着世间最大的善意。爱，是一种信仰。一旦我们不再相信，它就会土崩瓦解，爱的联结也不复存在。我们的感受和情绪随时都在变化，这也让爱情摇摆不定。我们一定会经历高潮和低谷。但是，我们可以选择自觉地享受爱情，每天决定再次选择对方作为自己的唯一，像园丁照看花园、给花园除草一样，维护我们的感情。

这一天，我们为这段感情设置了一名监护者，那就是原谅。当时，我已经不太抱希望，但实际上，它的力量非同小可。我们两人非常仔细地盘点了我们相互造成的伤害。

回家后，孩子们马上就看出来，我们之间有些东西发生了深刻的改变。我们整晚整晚地待在一起，为各种各样的事开怀大笑。我们的爱情获得了新的活力，这让我们如此幸福，如此惊喜……从那以后,我们注意保持彼此之间的联结。我们喜欢在一天结束后,向对方讲述当天自己体验到的三种主要情绪。在事实性的内容之外,也谈论彼此的感受和想法,这使得我们感觉自己和对方心意相连。当问题再度出现——肯定有这种时候——我们也尽量不拖延,及时讨论是什么因素影响了我们。

29 生命力的奇特之途

早上醒来就不顺利。阿莉泽拒绝去上课。她在读文科预备班。她再也受不了这些巴黎学校里的巨大压力了。

"反正去也没用!"

"嗯?为什么?"

"因为你啊,就是你,用那套教我们关爱弱小的说辞,把我们的生活都**毁了**!现在,你知道吗,我就像个残疾人!他们会作弊、贬低、羞辱别人,为了得个第一,他们会除掉所有挡路的人,**还一点无所谓**,可我做不到!你叫我怎么办?世界不是像你跟我们描述的那样。强者通吃,剩下的人就得过苦日子。你什么时候才能明白这一点?"

"听我说,我明白这不容易。我从来也没说过世界不是这样的。我建议你穿好衣服,我们去森林里走走。然后,你再决定你今天要做什么⋯⋯"

那天早上,我迟了一些才到医院,但幸好一切都很平静。有些人以为我在工作中每天都会见到很多死者,甚至是死去的孩子。他们不明白,这里展现出的首先是生命的力量,这种力量的路径是如此奇特、不合常理,经常使我们感到迷惑。每周,生命都会让我们产生新的疑问。它是那么神秘，能在一个处于持续性植物状态的孩子身上坚持几个月到数年之久，即便我们始终无法和病儿交流；它又是那么脆弱，会在几小时、甚至几分钟内消逝，宛如烛火一般，转瞬熄灭——就像那次我们在一个从未生过病的孩子身上看到的那样，难以解释。重度残疾或疾病悖论地揭示出生命的力量。在医院工作让我的生活有了不同的滋味和意义。我永远无法接受一个孩子的离世，但事到如今，我不再绞尽脑汁回答那数不清的"为什么"：我意识到这是空费气力，到头来只会一无所获。我只关心"怎样"，因为只有这样才会让人成长。我只去努力探索怎样经历一种情景，怎样陪伴每个孩子、每个家庭，还有每个医务人员。这份追寻既发人深省，也充满惊喜。

琳达就很好地诠释了存在于脆弱性之中的生命力量。这是一个十二岁的女孩，棕色头发，暗色皮肤，两条粗大的辫子衬着一张圆圆的脸。她在我们科室生活了十多年，时间久到已经成了我们的徽记。琳达全身瘫痪。她不能说话，但幸好一只手还能稍稍活动，这就足够她操作鼠标，在电脑屏幕上选择字词，写下她的感受或表达她的愿望。

我们所有人都希望琳达能够活得舒适。我们知道她不喜欢在黑暗中入睡，夜里要让她房中卫生间的灯亮着。我们也知道她喜欢"加勒比海盗"系列电影，经常会看。但是，我们很难察觉她脑海里究竟在想什么，因为她面部瘫痪，不会显露任何情绪。当一个人只能依靠轮椅移动，只能通过与气管开孔相连的机器呼吸，只能借助胃造口术以人工方式进食，并且只能通过电脑屏幕来说话，生活还会幸福吗？让问题更加复杂的是，琳达曾有一个和她患同样疾病的妹妹，医生们当时决定不给她做气切，她不到四岁就夭折了。而琳达或许还能活上十年。我们所有人都害怕这些年对琳达来说会成为一种折磨，对于将近十一年前铤而走险艰难决定为琳达做气切的医生们来说成为一种谴责。

由于她的全部生活都在医院度过，我们真的非常牵挂她的身心健康，她的悲喜就是我们的悲喜。她经常告诉我，她想念家人。她的父母不常来，基本只是每月一次——来也主要是为了与社工见面！他们一般只跟女儿一起待上短短几分钟。去年她还回过家。但为了这短短两天，要带去大量医疗设备，装备的规模堪比一次国际人道主义援助！

琳达有时活力满满。她的老师来向我讲述过她在学校派对上跳舞的样子！当然，也有诸事不顺的时候。我还记得那天，我刚休假回来，就得知她妹妹过世的消息。医护团队急得团团转："她今天早上不想起床""她什么也不想干""她不想去学校""她不想跟我们说话"。您可能会觉得这很正常，因为她是哑巴，并且全身瘫痪！不过，我们有我们理解残疾的方式。我们看到的不再是瘫痪和失语，而是一个和其他人一样，有欲望、有想法，也会忧郁消沉的孩子。

当然，琳达没法跳舞，但她可以随着音乐的节奏转动轮椅……她知道如何抓住每一个幸福的时刻。当然，她每次出门，都要有两名护士和好几名特教员陪同。无论是在阿斯特里克斯主题游乐园，还是坐船夜游巴黎，抑或是去贝尔西体育馆看演唱会，他们都绞尽脑汁避免她看到路人惊恐或厌恶的目光。她过十岁生日时，特教员梅洛蒂带她去了Super U超市。这是她平生第一次探索一家超市。即使她自己不能吃糖，她还是想买给她邀请的客人们：医护人员，还有其他住院的孩子。

科室里的一名护士维尔日妮经常说："孩子是不会想死的。"但即便我们反复念叨这句话，我们还是担心这个念头萦绕在琳达的脑海，侵蚀她的生活。她情绪低落的时候，医护团队想尽办法让她重新微笑起来，而由于瘫痪的缘故，这微笑只能从她的眼睛中读出来。

让我吃惊的是琳达捕捉我注意力的能力，哪怕我忙得不可开交。我敢肯定，在我向她问好时，她能分辨出我的声音是真诚的、关切的，还是出于礼节。

这一天，我要同时兼顾几个家庭：一家刚刚由急救中心转送过来。父母在办公室等我，想知道他们的小加斯帕尔能不能得救。我则绝望地四处找人，希望了解更多信息。宝拉的家人惊讶地发现我没能像往常一样去看望宝拉。琳达又用眼神示意我，她想跟我谈话。今天她是不是心情不好？很有可能。距离她妹妹夭折已经九个多月了，她肯定经常想着这件事。我正准备接待她，又见到雨果的妈妈含着眼泪坐在我办公室前的等候室里。于是，我向琳达解释，我需要先照顾一下别人，但我会回来看她。

我向雨果的妈妈走去。她连忙问我："您知道了吗？"

"不，不知道……"

"雨果昨夜死了……他受了很多苦……我不知道该去哪，就来这儿了……"

"这就对了。请进来吧。"

"太可怕了……他第一次心脏骤停，他们给他做按压；心跳恢复了。他很难受，我们看得出他非常痛苦，但我没法对他们说：'停下，还他一个清净吧！'我多么恨我自己啊，我们之前一直说要拒绝不理智的坚持……可是……"

"您没能说出口，是因为您全心全意地做他的母亲……您的理智希望他不要受苦，您对他的爱希望他能多陪您一会儿，您也习惯于不要违背医生的意见，不要让医生不悦，因为您儿子的生命系于他们之手。您被这些想法撕扯着。"

"我不能就这样算了。我明显感觉到他们不那么关心他的痛苦，因为反正他是个残疾人。您能想象吗！多可怕呀，这样的歧视……我要去告诉科室主任，借口一个孩子有残疾就这样对待他，真是让人无法忍受……"

紧接着，我遇到了护士艾洛蒂……单单是她的生活态度就让我大获裨益。她面对世界的态度是如此光明，让我感觉每次见到她，自己都成长了一点。她觉得宝拉还是过分抱怨身体上的疼痛了。我真的非常需要她，来正确对待患者们。

宝拉遭遇事故已经四个月了，所有人都同意必须把她现在的情况告诉她，但谁也不肯向她解释，她的四肢瘫痪是终身性的。医生、护理人员，还有她的父母，都吃不准公布真相后她会如何反应。宝拉的父母，爱丽丝·斯科达和阿莱桑德罗·斯科达夫妇，不明白为什么一定要告诉她这个消息。不是说"希望给人生活的勇气"吗？为什么要夺去她的这份希望呢？

我和宝拉的弟弟皮埃特罗见面。他用他七岁的视角，告诉我他如何经历当时的情况："姐姐出事后，好像一切都停下来了……好像我消失了一样,变成了透明人。没人再关心我。但是,你知道吗,只要你有一个兄弟或姐妹在重症急救室,我们的头脑,一瞬间就会成长好多。当他们告诉我姐姐昏迷了的时候,我坐在沙发上,心里就像掀起了一场猛烈的暴风雨。我吓傻了,因为我,我明白——但没有人告诉我——昏迷离死掉只有两分钟。你能想象吗!特别恐怖!比恐怖还严重得多,你明白吗?"

"嗯,嗯,你解释得很好。再多讲一讲你当时的感受吧。"

"我整个人都崩溃了,我觉得很孤单,非常孤单……所有我知道的消息,都是他们打电话时从边上听来的,或者是爷爷奶奶交谈时说的。"

"那一定非常难熬。"

"对,因为,你看,我甚至连提个问题都不成。我得装作什么都不知道。现在,我什么都能跟你说了,这感觉真好。就像我把所有这些痛苦都扔进了垃圾桶。但问题是……"

"是什么?"

"问题就是,在来找你之前,在我能摆脱所有这一切之前,我的心把这种痛苦拍照记录了下来。我知道,它已经不在那里了,现在他们又开始关注我了,但是……但我还是觉得难受。"

"你说得有道理,有时候,我们会被已经不存在的痛苦继续影响着……你觉得,为了少想一点这种痛苦,你可以让你的心拍下其他的照片,拍下那些特别美丽、积极的事物吗?"

"我可以试试,成功了我会告诉你!"

我回到小加斯帕尔身边。他的状况终于稳定了下来,他的父母可以安心回家了。我也一样,现在已经是晚上7点,我只有一个愿望：回家。我已经脱下了白大褂，琳达的目光突然重新浮现在我的脑海里。我不能丢下她不管。于是，我又穿上白大褂，向她的病房走去。现在是晚饭时间，但她通过导管进食，我不用担心会打断她用餐！我用了足足一刻钟的时间，才帮她好好在电脑前坐下。她的手有点过于偏右，然后又放得过低，我不明白她想做什么。我太累了。幸好，马蒂厄出现了，他把一切都安装到位，没有嘲笑我什么都不会。我欣赏他的耐心和他照顾孩子的方式。琳达终于能自如表达了。看到电脑上缓缓出现的几行字，我心如刀绞："为什么？为什么是她？为什么她，……她死了……而……不是……我？"我再一次对她解释，她的妹妹死了，和她没有任何关系。她妹妹病得太厉害、太严重了，所以没能活下来。我俯身凑近琳达。

"你觉得难过，还是生气？是快乐，还是愤怒？你害怕吗？你现在感觉怎么样？"

"我感觉……**幸福**……"

我想到了一切，唯独没想到这个答案！读到这句话真令人惊讶。琳达又加了几个字，补全她的句子：

"**……生活很幸福。**"

不可思议！在许多次咨询中，我们都在谈论死亡、恐惧和焦虑，但今天，琳达一定要告诉我她是多么幸福，不仅仅是因为活着，更是因为生活本身而感到幸福。尽管这是一种行动能力大幅受限的生活，并且对于很多人来说可能根本不完整，但她仍然觉得自己活得很圆满。

我想起某天一个四肢瘫痪的小男孩说的话。他听到他的妈妈哭着哀叹："他什么也干不了了，当初就该让他走！"孩子伤心极了。但是，这句话也促使他思考自己的状态。"他们说我什么也干不了，这不是真的！"他在我面前惊呼，"我还能善良。"

对于这些坐在轮椅上的孩子们来说，生活是值得过的。而且，我知道，医护人员为了让琳达开心，给她讲他们的生活——闲暇时候的散步、他们的猫猫狗狗、森林和沙滩的气味，还有美味的三种奶酪披萨——这也让琳达得以尽情品味她自己的生活。是的，尽管有那么多辅助的医疗设备，那么多与气切相关的呼吸并发症，琳达仍然享受着生活……那是她的生活，无需劳心费时去幻想另一种命运。多么深刻的一课！

当然，琳达有时很怕自己窒息而亡。她知道，只要离开机器三分钟，死神就会夺去她的生命。我们也一样，我们熟悉这种焦虑，有个关键问题时时刻刻压在我们心上：万一要对琳达进行抢救，该做到什么程度？有些护士无法想象我们不拼尽全力救她，另一些则认为那是一种非理性的坚持……

目前，琳达的老师和整个医疗团队都在为她准备一份惊喜：年底，如果她的健康状况允许，她就能第一次离开科室，去野外上一周自然课。她的体疗师、护工、最喜欢的护士，还有她的医生必须和她一起去。团队全体成员都兴致勃勃，所以这丝毫不成问题！遗憾的是，他们竟没叫上她的心理学家！

回到家，我高兴地得知，阿莉泽后来还是决定去上课了。我总算舒了一口气！

30 连环悲剧

接连几个孩子都在伊斯哈姆值班的时候死去了。起初，他认为这是巧合，还能把他的不安憋在心里。但日复一日，他逐渐产生的负罪感开始影响他的自信。

医生不会轻易露出他们的软肋。我发现，他们往往需要时间——很长时间——才会决定敲开我办公室的门，跟我交流他们的问题。

是护士们提醒我注意伊斯哈姆的情况的。"他不太对劲"，"他控制不了了"。每次我见到伊斯哈姆，他都很投入地跟我说这位或那位孩子家长濒临"崩溃"的边缘，另一个没法"撑住"或者"坚持到底"……我明白，通过谈论他人，伊斯哈姆某种程度上也在谈论他自己。我小心翼翼地向他提问，尽量不伤害他："你呢？你确定还好吗？"我尤其不想让自己看起来像在强迫他坦白。"你知道的，如果你想，我们可以找时间聊聊……"

这一天，他终于允许自己接受我的建议。这位令人尊敬的医生，经验丰富的重症急救专家，总算能说出心里话了。"我不行了，穆里叶，完了。我做不到了，太难了……在全力以赴的抢救之下，当任何技术都无法挽回他的生命，孩子还是突然死去，这我还可以接受。但我没有勇气等待死亡的降临。我再也受不了要做伦理层面的决定,停止几周前或几个月前开始的救治,这太折磨人了。我不行了,"他垂着肩膀,颓丧地说,"我没法再做临终陪伴。眼睁睁看着一个孩子死去……"

为了压制这种负罪感,他动辄就给患者实施化疗、放疗、输血、气切……行动是最好的解药。只要医生在救治患者,采取的措施对患者有效,他就会像受到免疫保护一样,不会陷入消沉状态。然而,在我们这样的科室,很多孩子的病都无法治愈,医生们就应当思考他们所采取的方案的伦理边界,学会不去行动,把治疗武器放在一边,倾听家属、孩子们的声音,静静地陪伴生命直到终点。

在我的办公室,伊斯哈姆双手抱头,意志消沉。他来回不断数着他觉得自己应该为之负责的死亡案例,那些把他的生活搅成一团乱麻的数字。不知谁还偏偏饶舌,管他叫"黑猫"。十五个月里,有十五个由他救治的孩子陆续死去,而他同事那边只有一个。这对他来说太沉重了。

"我到底怎么了?"有一天,他又这样问道,他面前的咖啡没有他预期的凉得快。

我喜欢给走进我办公室的医护人员端上一杯茶或咖啡,因为这能确保他们至少在这里待上一会儿。我试着用提问的方式给他答案:"除了你自己,没有人说过你这个医生当得不好。一个也没有。也许是这些孩子选择了你,送他们最后一程?也许他们希望由你陪伴,一直走到另一个世界的门前?"

"也许吧,"他回答,看起来像是松了口气,"但这不是我想要的!"

伊斯哈姆走后,我去看宝拉。我已经陪伴了她四个多月,她现在已经知道如何更好地描述情绪。她一见我来,就对我讲她的痛苦、恐惧、焦虑和忧愁,但也讲她的梦,正常的和恐怖的,告诉我她对某位医护人员态度的解读、她父母的争执、对她"反应很奇怪"的朋友,以及她的姐姐——她还像从前一样,跟她说姐妹之间的体己话,分享关于人生的重要问题……却对她康复的可能性绝口不提。

我不禁想,这些问题什么时候才会到来。我不认为现在是最佳时机。不过,我还是能捕捉到她话里话外的暗示:"我不能再走路的话,妈妈肯定受不了。我觉得这对我姐姐和弟弟应该没什么影响,我们还能像往常一样聊天……不管怎么说,唯一的好处就是我跟我爸和继母待的时间变多了。"鉴于照顾宝拉的主要医护人员马上要去度假,尤其是她的体疗师,还有一位经常和她聊天的护士,我们征得他父母同意后商定,等假期结束再向宝拉宣布诊断结果。

31 医疗事故？

和伊斯哈姆交谈后仅仅三周，这天我刚刚度假回来，还没从床上坐起来，手机就响了："穆里叶，你能过来吗？马上。"我没再多问，从护士的语气中，我听得出我必须立刻前往。途中，我取消了当天的其他预约。当我对自己将面临的事情一无所知时，我不想有被催着跑的感觉，而且，一到现场，我就会自动忘记其余的事。

这天早上，我迅速赶到急救科的治疗室，看到整个医护团队都在哭泣：护士在前排，医生在后排。伊斯哈姆也哭了，他平时可是个很克制的人。我明白发生了严重的事情，但究竟是什么？只言片语掺杂着阵阵啜泣，让我摸不着头脑。我听到几句"我们都是凶手"，却不知道出自哪些人之口。伊斯哈姆说不能做尸检，因为一旦做了，就是板上钉钉，他就再也不能从医了。我知道有个孩子死去了，整个团队受到了无比巨大的冲击，以至于还没有人通知父母。大家没有勇气通知他们。

住院医斯特芬妮给我讲了事情的来龙去脉：就在伊斯哈姆全力抢救一个孩子的时候，另一个小男孩死去了。这巧合让人难以承受。

"那孩子本来很正常！"斯特芬妮告诉我，"他来这儿是因为哮喘发作……但他好好的。本来，今天早上他就应该回家了。昨天，他的父母甚至提前离开了医院，打扫、收拾他的房间。"

"发生了什么？"

"他心脏骤停了，但是，因为没给他做心率监测，嗯……机器就没响……然后……他就死了。"她猛然抽泣起来，艰难地补充了一句："他死去的时候**孤零零一个人**。"

我听伊斯哈姆说了很长时间。他不停地反复提起同一件事。我打断他：

"伊斯哈姆，我看得出来，你在怀疑自己，但不怀疑我！所以，我希望你相信我。"

他没有反应。

"听我说，时间不等人，我们得给他的家长打电话，让他们尽快赶到。我们必须向他们宣布这个悲伤的消息。"

"我做不到……"

"我和你一起。另外，尤其重要的是，我们得申请尸检……"

"不可能！"

"如果我们不这样做，我了解你，你此后一辈子都会觉得你应该对这个孩子的死负责。唯一能让你摆脱这个念头的机会，就是给孩子做尸检。"

门突然开了，靠着门的伊斯哈姆趔趄了一下。他重新站稳，迅速擦掉眼泪，不让他的同事雅克·洛朗医生看见。和每次危急时刻一样，雅克·洛朗医生都全权料理。

"伊斯哈姆，我见过大家了，我知道这一夜过得多么艰难。我来接待孩子的家长。现在，你先回家吧，你已经做得够多了。"

"您会申请尸检吗？"

"当然。不管怎么说，就算我们不做，家长们也会要求的。"

"我只想走，再也不想听到任何关于这一夜的事了。"

伊斯哈姆垂头丧气地走了，我听到雅克·洛朗医生跟他说起另一名患者："对了，小萨米埃尔那边，你干得不错！"

情况基本稳定下来后，或者说在每个人都必须回到各自岗位上时，我就去看望宝拉。我已经两周没见到她了。她离开了重症急救科，去了重症康复科（我更喜欢称之为"再适应科"）。这个杰出的科室接收重度残疾且依靠医疗器械生存的儿童，为他们回家生活做准备。这是全法唯一负责此项事务的科室。

去看宝拉的路上，我跟她的护士和护工打了招呼。她们语气坚定地告诉我："宝拉完全把自己封闭起来了。她整天都在睡觉，甚至连朋友也不见。她觉得他们'对待她的方式太蹊跷了'。"我见到宝拉的时候，她的状态与描述中如出一辙。起初，就像在我们最开始的几次谈话时一样，她只会提及身体上的痛苦、头痛和疲惫感。

"究竟怎么了？"我问她。

"我觉得累……头很疼……"

从一开始，宝拉就把她的不自在掩藏在身体的疼痛之下。不过，由于我们已经讨论过，说"我感觉不好"比说"我疼"困难得多，渐渐地，她开始承认自己已经多么筋疲力尽。她花了很长时间"在大脑中运动"，试着活动手臂和腿，重新调动她的肌肉，但根本无济于事。此外，她也不明白体疗师给她做的治疗有什么价值，因为对缓解她的瘫痪没有任何效果。"我再也不去了。"她哭着说，很难为情的样子。我找来纸巾，帮她擦去眼泪——她自己已经没法擦了。

宝拉的父母为了给她留住一线希望，试图对她隐藏真相，但她现在却因为无法接近真相而痛苦不堪。于是，我试着说：

"你知道吗，在生活中，有两种人。有一种人想，'得过且过，明天的事明天再说'，另一种人，需要理解、明白未来的样貌，以便更好地准备面对。没有哪一种比另一种更好，只有两种性情，它们都需要被尊重。你呢，你觉得自己是哪一种？"

"我觉得，我想知道。"她自然而然地说，不过，仿佛这种态度很危险、令她眩晕一般，她停顿了一会儿，声音沉了下来，"我脑子里有很多问题，来来回回地，循环往复。但是，只要医生在这儿，不知道为什么，我明明想着这些问题，却问不出口了。我一个字也说不出来。"

"如果你愿意，我可以把它们写在一张纸上。这样，下次医生来的时候，你就能记起你的问题了。"

"对，可是……如果我不敢念呢？"

"我会陪着你，帮你问。"

"哦，对！到时候你一定得在！"

几天后，我带着一张纸和一支笔，准备好依次记录宝拉的问题：

"首先，我想知道，我将来能有孩子吗？因为，我现在不来月经了，我不知道这还可不可能。"

"嗯。还有吗？"

"残疾人比别人更容易找工作,是真的吗?"

"好。就这些?"

"不,还有。我还能走路吗?还能运动吗?"

我放下了笔,大声读出她的问题。

"你知道吗,宝拉,这些问题的答案有可能会很沉重?"

"是的,我知道。"她说。她的声音紧张却坚定。

"很好。我去问问你的医生,他什么时候有时间回答你。不管怎样,在这么重要的时刻,我都会在这儿陪你。"

从她的房间出来后,我遇到了她的弟弟皮埃特罗。最近,我经常接待他,现在,我感觉他好了一些。我问他,需不需要找时间,我们两个人聊一聊,但他却说:

"不,我觉得没事了!你知道为什么吗?"

"不知道……?"

"因为,我已经告诉我的心,给美好的事情拍下很多照片!那些记录我的痛苦的丑照片还在,但完完全全被埋在了最底层。我几乎看不到它们了……哎,总之是越来越少,因为有那么多美妙的东西把它们盖住了,比如我姐姐的微笑,还有她的勇气!"

"很好!真的,太棒了!如果你之后觉得还需要见我,就告诉我……"

有人敲门,是一位护士,想来跟我谈谈那天晚上的事。她工作三十年了,心里始终燃着一束火苗,提醒她要真真切切地关心他人。她不明白:"我觉得自己像一个罪犯。我睡不着觉,也感觉不到饥饿,我必须强迫自己吃饭才行……"

整整三天,整个科室都死气沉沉。悲剧发生那一夜所有在场的医护人员一个接一个走进我的办公室,每人都在对我重复同样的话:"我们是凶手!""是我们杀了那个孩子!"伊斯哈姆也来了:他想辞职。

"我没有权利再做医生了。"

"我明白,你想辞职。但是,想象一下,如果你真的那样做了,五分钟之后,你会有什么感觉?"

"解脱了!"他喊道。

"五年后呢?十五年后呢?"

伊斯哈姆面色疲倦,抬起发肿的眼睛看着天花板。他在思考。显然,他不想回答这个问题。我继续说:"你说你杀了一个孩子,但你明明知道,这不是真的,你们把监测器拔掉,也不是因为粗心大意。当时,孩子的状况令你们放心,如果他感觉不好,他可以起床来找你们。没有任何迹象表明他会出现心脏骤停!在困难时刻,我们的心会让我们相信一些不理智的念头。但是,在你内心深处,你明明知道你是一个好医生。想想马埃尔、琳达、马蒂厄、哈迪亚、查理、法蒂玛,所有这些你收治过的孩子,现在都朝气蓬勃!你知道的,这个名单还能拉得很长:还应该包括那些如果你辞职,你就再也无法抢救过来的孩子。"

最终,中午过后,尸检结果送来了。孩子有先天畸形,死于动脉瘤破裂。他随时都有可能出现心脏骤停,尤其是在家里。但情况发生在了医院科室,这对于家长来说是一种幸运。得知这个消息的我们,仿佛在憋了很久不能呼吸后,终于从水面下露出头来。伊斯哈姆也放心了,但还不能完全心平气和。无论如何,他都继续自责,坚持认为自己能力不足。

32　我变成恶魔了吗？

约书亚是个十四岁的男孩。他遭遇了一场严重的车祸。经过四十三分钟的抢救，他的心脏重新开始跳动。医生在事故现场就给他插管，后来又做了气切。他经历了好几次心脏骤停，但每一次，完全无法预料之后的状况，医疗团队都为他进行了心肺复苏。

他一到我们科室，医生就详细列出了一份清单。约书亚的健康状况非常糟糕：他的大脑几乎完全被破坏了。他对任何刺激都没有反应，哪怕是他妈妈来看他，或者是护士给他做一般来说会引发痛感的操作，比如抽血。所有人都一致认为，应该停止通过呼吸机给他提供维持生命所需的氧气，让死亡安静地降临。因为，在这个具体的情况下，这是最理想的结果了。然而，约书亚又开始呼吸了。出乎所有人的意料，他自主地吸气、呼气。他仍旧没有任何反应，感觉不到疼痛，但是……他就那样自己呼吸了起来。

怎么办？

怎么照顾约书亚和他的亲人？他的爸爸甚至已经没法在他大儿子的床边继续待下去。他已经承受不住孩子空洞的目光，这具身体曾经是那么英姿飒爽。他的妈妈也完全迷失了方向。然而，她自己还是一名护工——她是一所很具规模的幼儿园的保育员。一般来说，她一走进医院的病房，就知道应该做什么：照顾一个婴儿，或者他的妈妈，帮忙换尿不湿、轻手轻脚地给新生儿脱衣服、量体温。而现在，她完全不知所措了，感觉自己是如此无力。她对我说："我一直以为，只有恶魔才会想让一个孩子死掉，尤其是他们自己的孩子。但是今天，我却没法不希望我的孩子死掉。我变成恶魔了吗？"我试着向她解释，她所希望的，不是她儿子的生命走到终点，而是那个已经不属于他的生命尽早结束。

医疗团队正面对一个棘手的难题：应当满足我们的良知，把这个完全失去反应的少年送去远离他妈妈家的专业看护中心吗？他可能会在那里活上三十年，生活没有任何改善，无人探望——因为他的父母没有汽车，但唯一能收留他的中心却在离他家六百公里之遥的乡下，附近没有火车站。我们知道，大脑损坏到了这种程度，从理性角度来看，我们不能再期望他有任何好转的可能。我们也知道，他的状况会慢慢恶化：全身逐渐变形，严重的脊柱侧凸会迫使他必须穿上背架，否则他将不能坐进轮椅，他还会生出褥疮——约书亚将不得不一天二十四小时都躺在床上……抑或是应该切断为他的身体供给营养和水分、人工维持生命的所有仪器，然后等待……终结？这些问题又继而引发新的问题，因为，我们如果在这个病例上思考了这些问题，为什么不延伸到其余或多或少和约书亚处于相似情形的患者？从哪个节点开始启动安乐死程序？我感到迷惑。我希望我们能对最弱小的人仍然保持关注。我怕我们的问题和推断方式会促使我们僭越伦理的边界，而我对这条边界又是那么珍视。

现在，约书亚到我们科已经将近五个月了。由于对情况始终不甚明了，我们就求助于伦理委员会。团队成员几乎全体到场：医生、护士、护工、保育员、体疗师、营养师、正音师围坐在桌前。我们必须为约书亚的照护设定一个合适的界限。伦理委员会的代表是一名医生和一名哲学家。他们首先提醒我们，法律禁止安乐死，以及任何不合理的继续救治。他们强调，急救中心的医护人员曾认为应当对孩子进行多次抢救，这超过了合理范畴，致使我们陷入进退两难的境地。如今，我们意识到，当前可行的方案却不一定是我们希望的方案。因此，我们必须小心遵守法律，不做不合理的坚持。伦理委员会的哲学家问了四个问题：维持着约书亚生命的我们，是在治疗还是在虐待他？我们将要做出的决定，是出于孩子利益的考量，还是为了维护我们自己的良知？让这条毫无好转可能的生命继续存在下去，究竟是否正确？是否可能停止治疗，如果可能，应采取什么方式？

我不是唯一一个经历了几夜辗转反侧后面带倦容的人。平日里光彩照人的儿科医生艾娃，今天也带着一对深深的黑眼圈。她把满头黑发匆匆扎了一下。医护人员一个个进来，犹豫着应该坐在什么位置，因为他们知道，座位决定着他们发言的次序。我在临终关怀医生让-皮埃尔旁边坐下，以便最后一个发言。我是那么害怕自己将要说出口的话，以及它们会产生的后果，以至于我的心已经提到了嗓子眼儿。

伦理委员会的负责人已经见过了主治医师和约书亚的家人。他们重新梳理了这个年轻男孩的经历。没有人敢发表评论。最终，我全心信任的伊莎贝尔，一名勇敢的护士，终于开口了：

"说实话，我从来没见过反应力低至如此地步的患者。即便是在护理过程中，他也没有任何反应……"

另外两名经验丰富的护士点了点头。儿科医生之一让-皮埃尔也点头表示赞同，并补充道："既然已经没有好转的可能，就应该知道停止……"

在场的保育员之一索尼娅像是被什么东西刺了一下。她回击道：

"就我个人而言，我没法让约书亚就这样饿死。"

这句话触动了我，因为我知道索尼娅喜欢美味佳肴，喜欢勃艮第牛肉、古斯古斯米……以及甜品！

"不是要让他饿死或者停止对他的照护，而是放弃用人工的方式维持他的生命，"艾娃说，"如果决定切断仪器，我们就要开始让他进入睡眠，进入深度镇静状态，以确保他不会感到痛苦。"

"不管怎么说，他的酸中毒那么严重，已经感觉不到饥饿了。"营养师补充道。

现在回想起来，我当时本可以拿很多人都经历过的一种情况做对比：在手术前，医生会让我们保持完全空腹的状态。手术进行过程中，我们被注射了镇静剂，不会觉得饥饿或口渴，并且失去一切与时间有关的概念。真遗憾，当时我没想到用这种方式解释。

现在轮到重症医生伊斯哈姆发言了。他从白大褂口袋里掏出一位医生同事写给他的信息："如果你们杀死了约书亚，这就说明，在我们的社会上，多重残疾的孩子和成年人将再无生存之地。"这句话重如千钧，因为我们科室的使命恰恰是迎接那些最脆弱的儿童。万一我们正在曲解自己的使命呢？会场上鸦雀无声。伊斯哈姆用一种我们十分陌生的声音说："无论如何，我，我反对停止治疗。"勇气可嘉。我们科室还有其他处于类似情况的患者，那些我们拼尽全力让他们活下去的患者。伊斯哈姆成了他们的代言人。但是，他的立场引发了争议，因为会议桌前的许多人都认为约书亚的生命已经与他原本的状态再无相似之处……此外，约书亚也是科室里的特例。他是唯一一个五个多月来身体毫无任何反应的患者。其他孩子偶尔会有微小的动作或条件反射，提醒我们他们的存在。然而他呢，说真的，无论我们做什么，他都纹丝不动。

辩论进行了两个多小时，每位医护人员都发了言，不受干扰地说了自己要说的。现在轮到我了。我清了清嗓子。我意识到，重要的不是说服谁，而是表达我的看法，尤其是我的恐惧。也正是恐惧引导着我开口：

"我在害怕，是的。如果我完全听从我的恐惧，我想，我会反对终止治疗。我会心平气和地回家，我们所有人，都能免于面对约书亚干瘪的、枯萎的身体。但如果我看着他，这个曾经那么年轻健美的运动员，看着他的父母，我会想，这不是他们中的任何一个人想要的结果。约书亚的妈妈不反对终止治疗，我们就应该有勇气把这个选择坚持到底。这不会是失败，恰恰相反！因为，要保护最脆弱的患者，我们就应该把医疗照护做到最细。区分患者的不同状态，或许没有比我们更合适的人了。你们知道如何分辨一个孩子是从昏迷中醒来，还是处于最小意识状态，抑或植物性状态……大家都知道，在整个法国，医护人员在几天或几周内就会做出这样的决定。约书亚来到我们科室已经五个多月了。我信任你们。伊莎贝尔在这里工作已经二十五年了，当我听到她说，她从未见过反应力低至如此地步的患者，我是相信她的。我知道，如果约书亚有哪怕一丁点苏醒的迹象，你们都会看到的。所以，当你们告诉我，他唯一的反应就是偶尔抽搐一下的时候，我相信你们。如果这是我的儿子，我会想继续做他的母亲，直到最后一刻，然后向所有医护人员声嘶力竭地呼喊：'求求你们了，救救他吧！'但同时又希望没有人能听我的。我希望我所在的团队不要做不合理的坚持，而是坦然做出终止治疗的决定。因此，即使这肯定是我人生中必须说出的最沉重的话，我也要说，我支持让约书亚获得解脱。"

伊斯哈姆在听，面色平静，但双手却不安地揉动着……他把那条消息揉成一个小纸团，在指间捏来捏去。

"好吧。如果你们必须终止治疗，就做吧，但我不想在场，"他说，"我从下周开始，就休几天假，我只想请你们不要在下周一之前开始。我不在的时候将会发生的事，我一点都不想知道……"

就在这一刻，我感觉每一个医护人员都希望自己也能说：我也是！

会议结束了。现在，全体人员都已经表态，显然，支持终止治疗的人占了多数。每个人都安安静静地离场。无论大家那时说了什么，我们都知道，我们方才做出了让一个孩子死亡的选择，这真的无比沉重。

有人打开会议室的门，一阵新空气涌了进来，尽管有些温热，但仍旧新鲜。我看向艾娃——她似乎比刚才更疲惫了——她也以眼神回应我。和我一样，她感到了解脱。

出门后，作业治疗师索尼娅告诉我，她为宝拉担心。她尝试教宝拉用安装在下颌处的装置操作鼠标。但宝拉压根不想听。她顽固地反驳索尼娅，说她痊愈之后会重新开始用电脑，而现在，她要把全部精力用在康复锻炼上。"你知道她今天早上跟我说了什么吗：'我是运动员，我不会轻言放弃！我知道，在初见成效之前，需要的是大量练习。'"

我回到约书亚的房间。我需要看看他，但我怕见到他的父母。我才走进去，就有人来敲门。是艾娃。

"所以，你们决定了吗？"约书亚的爸爸问。

"我们去坐下来吧，更方便说话。"

"您跟我们来吗？"

"如果二位愿意，好，我也去……"

就这样，我们四人安静地来到旁边的一间屋子。艾娃在寻找合适的词语，她不知道从何开始，应该说什么……为了帮她，我先开口了：

"二位知道，伦理委员会刚刚开了一次会。通过各种不同的形式照顾约书亚的人几乎都在场，包括值夜班的医护：共有二十多人出席，外加一名医生和一名哲学家，他们不在这个科室工作，而是伦理问题的专家。我想您二位应该已经见过他们了。"约书亚的父母一起点了点头。"一开始，医生们先大致回顾了约书亚病情的发展过程。然后，每名参会者都发表了自己对于约书亚当前情况的意见。"

现在，艾娃能够接着我的话继续说了。她再一次陈述了约书亚目前极度严重的状态。她强调说："您二位已经看到，我们科室接待的孩子，有的病情非常温和。这些孩子很快就能康复。但我们也接受有严重残疾的、患重病或临终的患者……对于这种极端的、不合常态的情况，我们也已经习以为常。我们知道如何照护一个与人交流十分有限的孩子，每一次，只要在他们身上发现证明他们活着的微小动作，我们都会努力维持他们的生命。但是……"

"但是？……"约书亚的妈妈，约兰德·杜维，追问道。

"但是……在约书亚身上，我们察觉不到一丁点生命的迹象。他的大脑似乎受损过于严重，以至于他对周遭环境没有任何感知。没有人能发现哪怕一丝微笑的痕迹，平和的感觉，甚至也看不出他是否痛苦。我们几乎一致觉得，是我们的仪器阻挡了他离开的脚步……我们给他供给水分和营养，是以人工的方式延续着他的生命。并且……我们想，把他维持在这样的状态，并不是在好好对待他。"

"你们是最了解的……"约书亚的父亲说。

"是的，这是我们的决定。请您记住这一点。"艾娃补充道。

"现在怎么办呢？你们会让他饿死吗？"约书亚的妈妈问。

"现在是周二，下周一，我们会增加镇痛药的剂量，让二位的儿子进入手术前的那种状态。也就是说完全的睡眠状态。我们的目的是保证他不会感受到痛苦。然后，我们会让人工维持他生命的仪器停止运行。"

"然后他就会死了？"杜维女士问。

"鉴于我们会停止非理性的坚持，很可能，在没有仪器的情况下，二位的儿子——真的十分抱歉——就会死去，是的。"艾娃恰到好处地拿捏着分寸，让我十分感动。

"是的，我明白。但亲耳听到这个消息还是很难受……"约兰德·杜维低声说。

"您要知道，对于我们来说，这也很痛苦。虽然跟您二位的方式不同，但也很困难。"

沉默。我把手放在约书亚妈妈的肩膀上。泪水滑落。沉默。

随后，我允许自己问出了这个问题：

"在那之前，您二位还想跟约书亚一起做什么吗？"

"什么？您在说什么？"约兰德·杜维问。

"您二位想怎么度过这几天？"

"我不知道……"约书亚的父亲回答。

我想，我还应该再问一个问题，但我知道，它可能引起深深的误解。但我仍然用最温柔的声音试着说：

"在灵魂层面呢？二位有没有宗教信仰，觉得有什么事物可以帮助二位吗？"

"我很惊讶您问这个问题……"约书亚的妈妈回答，"是这样，这几个月来，我想了很多，有一位同事给了我很多支持，然后……嗯，总之，她跟我说约书亚也许可以受洗。您觉得可能吗，还是说医院里不能这样做？"

约书亚的爸爸接着说：

"我是穆斯林，我的妻子不是。她一直以为我反对让我们的儿子受洗，但是如今，为这件事争执已经没什么意义了。我们分开已经十多年了。如果这样能有帮助，我就同意。归根结底，难道不是同一个主吗？"

"多么好的主意！我可以把二位介绍给一名神父，由他来给二位的儿子施行洗礼。"

"啊，非常感谢。原来真的可以，真不可思议……"约兰德·杜维十分喜悦。

两天后，神父来了，陪同的还有他的办公室成员。约书亚的爸爸坐在儿子床前，他请了几位朋友来和他一同祈祷。一见神父到来，他就起身准备离开，给天主教徒们留出施行洗礼的私密空间。但神父建议他和朋友们留下来。他特意尽可能多地更改了祷文，让"主"出现得更频繁，而不是耶稣或玛利亚。

我远远听到乐师们在科室里奏乐。小提琴、中提琴和长笛演奏着孩子们喜欢的、家喻户晓的儿歌。突然，我感到应该把他们也请到约书亚的病房来，这是明摆着的事。即便不是教徒，他们也马上领会了当下的情形，同意过来。天主教徒、穆斯林和无神论者的祷告或思绪就这样融为一体。约书亚妈妈的那位同事同意成为约书亚的教母。神父施洗礼毕，乐师开始演奏舒伯特的《圣母颂》。这首曲子在病房以及整个科室产生了神奇的效果：它盖过了仪器刺耳的警报声，让患者家属平静下来，也放慢了手推车的节奏和医护人员匆忙的脚步。

约书亚的父亲深受感动，邀请所有有意愿的人也加入他的祷告。有些祷告听上去那么相似，模糊了不同宗教之间的界限。在这个灵魂得到慰藉的下午，有一种美丽的、超脱的东西悄然而生……

周一，按照约定，艾娃关掉了仪器。四天过去，仿佛什么都没有发生。每个人都在捕捉约书亚身上哪怕最微小的不适或痛苦的迹象，但他看上去和之前一模一样，没有任何反应。护工们轮班给他轻柔地按摩。

周四，我们开始害怕了：万一约书亚日渐枯槁但并不死去呢？如果三周或一个月后，他的身体变得像从前集中营里的尸体那样呢？我们的幻想把我们引向各种各样的画面，一个比一个可怕。

电话铃声突然响起的时候我手里正捧着一杯茶。是神父办公室的艾里亚娜，她打电话来了解约书亚的近况。我告诉她，虽然我们断开了仪器，但他的情况没有发生任何改变。"我去见见杜维女士，也许她希望她的儿子领受病人敷油圣事。"我很高兴我们还能做一些事。不知道死亡何时降临，只能干等着，这实在过于煎熬。

周五，神父带着他的团队来了。看到约书亚的病房里有那么多人，医护人员都松了口气。孩子的妈妈面向所有人问道："大家愿意加入我们，在约书亚领受终敷圣事时围在他身边吗？""是的，当然。"护士和护工们齐声答道。就连艾娃也抽出时间赶来了。和上次一样，是否信教并不重要，重要的是陪在这位母亲身边，她需要大家与她同在。约书亚看起来十分安宁，身体还很饱满。神父对约书亚说："感谢你，约书亚，感谢你给予我们的一切。你以一种特别的方式让我们聚在一起，今天，我们是来告诉你，你是被期盼的孩子。我们拥有信仰。有信仰，就是说我们的信念比疑虑更多。我们就是怀着这份信念，来告诉你，主，即爱，也就是穆斯林所说的至慈的主，在等待着你……"就在神父在约书亚的额头画十字的那一刻，警报响了起来。约书亚走了。几首圣歌、几声"万福玛利亚"和几段《古兰经》经文在约书亚的耳畔萦绕了片刻,他就走了。

我们本应感到悲伤,但此时却出奇地高兴。神父办公室的人惊异万分——"我们从没见过这样的情形",他们和神父的喜悦也感染着约书亚的父母。"大家看到了,他走得很安详,是在爱和主的环绕之下离开的。"我们都被他们的热情牵动着,特别是都……长出了一口气。无论是否信教,很多人都在这个生命的终点读到了一种信息,仿佛主来告诉我们,我们做了正确的决定,或者说,最不坏的决定……

四天后,是约书亚起棺下葬的时间。整个团队都来为他送行,也向他的父母表达我们的关切。他们向所有人一一道别。约书亚的父亲与每一位医护人员握手,口中不停重复着:"非常感谢您所做的一切。"

我知道,这句话对于医护们来说是多么难以接受,因为他们体会到的其实是失败感。

约书亚的母亲对我说:"请您告诉大家,我非常感激他们与我相处的方式。我明白,你们没能救回我的儿子,但对我来说,你们还是救了他——以另一种方式——并且也救了我……"

这位母亲不知道的是,她的心路历程如此深刻地触动了一些医护人员,就在当天,其中一位甚至决定要去受洗。

至于我,我把这次天主教徒、穆斯林和无神论者共同祈祷的美好时刻视若珍宝,这是人们依然可以联合起来的证明——在这个世界已经几乎不再相信它的时候。

33　现代社会的寓言

我休假回来,发现办公室里的植物长势极好。除了打扫卫生,拉西达还想着在我度假期间给它们浇了水。我想,她或许意识不到,她对每一处细节的关注,给我带来了多么大的帮助……

伊斯哈姆热情地迎接了我,他的热情让我感动:"怎么样,假期还愉快吗?和往常一样,我们都很想你!"

"是的,很愉快,谢谢。有什么新消息吗?"

"我们收治了一个小男孩,圣诞夜在家里突然心脏骤停。我不多说了,你会明白怎么回事的。如果你能去看看他的父母就好了……对他们打击太大了。"

"好的。我会向你通报情况的。"

小男孩的妈妈先开口了:"从假期一开始,我们就感觉我们八岁的儿子保罗看起来不太好。我们以为是支气管炎之类的。12月24号那天,我们担心得不行,连做弥撒都是轮流去的。但是,晚上10点,保罗的情况严重到了极点,他只来得及告诉我们:'我不能呼吸了,我要死了',然后他的心脏就停跳了……幸好,我丈夫……"

"我马上开始给他做人工呼吸,就像我年轻时在急救课上学的那样。我妻子大声尖叫,邻居们闻声赶来,马上打电话叫了急救。"

"我完全被吓呆了。幸好,急救人员来得很快。"她看着她的丈夫补充说,仿佛说给自己听的样子,"是的,在四五十遍之后,他们就到了。我说四五十遍,是因为我们是天主教徒,邻居也是,于是我们就默默祷告。又过了四五十遍,他的心脏才重新开始跳动。"

在此之前,我从来没有把默念祷文当作一种时间单位!

保罗的父亲接着说:"本泽姆恩医生很出色。如果没有他,我们的小孩可能已经不在了。我当时已经很难多坚持五分钟了。他成功恢复了孩子的心跳,找到一间重症科室收治他。"

"我们来到这里的时候,"保罗的妈妈接过话茬,"伊斯哈姆医生……对不起,我没记清他的名字,他很优秀。他接管了一切。保罗脸色已经发青了,呼吸非常艰难……但他救了保罗。"

"今天,您一会儿就会看到,他状态很好!"保罗的爸爸继续说,"伊斯哈姆医生说他下周就能去上学了,当然,还要配以每日哮喘治疗,但您能想到吗……"

"是的,二位刚刚体验到了生命的脆弱。这种体验是根本性的,会让人极度焦虑,于是竭尽所能过分地保护孩子:不停确认他一切都好,禁止他爬树,不冒任何风险,等等。考虑到二位刚刚经历过的事,这种态度是可以理解的。但也请您二位知道,替他抹除风险,这样下去,会逐渐扼住他对生活的向往。对于孩子来说,时时刻刻生活在这种压力下,是很艰难的。孩子们能很清楚地感知到我们的恐惧。为了健康成长,保罗需要感受到二位对生活、对他都满怀信心。他需要感受到您二位认为生活是美好的,感受到他可以无忧无虑地成长,无需担心这生活不知何时就会结束。他需要二位言传身教，以实际行动教会他品味生活……也许现在谈什么品味生活有些突兀，毕竟保罗刚刚与死亡擦肩而过，但我之所以冒昧提醒，是因为有些家长曾经告诉过我，他们多么希望早在孩子出院的时候就得到这些忠告……"

"是的，当然，"保罗的妈妈回答，"我们没想过这些……的确，我在用我的焦虑窒息他们。我一直以为我是在保护他们，但实际上，您说得对，我向他们传递着我的恐惧，这也让他们变得更脆弱。"

这件事宛如一个现代社会的寓言：在天主教徒祈祷的时候，无神论、犹太人和穆斯林医护人员救了孩子。

我不禁想：说到底，在这个圣诞之夜，得救的人是谁？是保罗，他的父母，抑或伊斯哈姆？伊斯哈姆并没有离开医疗队伍。仿佛命运向他眨了眨眼，几个月过去了，再没有一个孩子在他的手上过世。

或许，得救的人其实是我？我也完全可能像这样，对一切焦虑不已……这个问题也与我切身相关：我扼杀了子女的生命力，还是帮他们树立了对生活和未来的信心……？

我们去看一位新眼科医生，一位隐形眼镜师。一想到医生会说，无论如何补救，情况都会不可避免地恶化，我就感觉胃痛。不过，就在我们等待的时候，一个大约还不到一岁的孩子回到了等候室，这时，这位欧医生对马克西米利安说："你看，戴隐形眼镜不分年龄……不过，马克西米利安，你不一样。我知道你已经试过所有传统矫正方法了，都不奏效。我建议用另一种方法，阻止你的近视继续加深，那就是角膜塑形镜。"

"那是什么？"

"这种隐形眼镜不是白天戴，而是夜里戴的。它像一个坐姿矫正器那样，矫正你的视力，让你第二天看得更清楚。就这样，每日每夜，循环往复。你可以去游泳，或者去沙滩玩，你的视力会变得非常清晰。"

我们开心地从诊所出来，微微有种奇迹降临的感觉。

最初一段时间，马克西米利安的夜晚过得并不容易。不过，他在努力，并且坚信自己可以适应。渐渐地，他终于习惯了这副隐形眼镜。我们知道，像马克西米利安这么年轻就接受了这项技术治疗的患者并不多见，至于这是否是最佳选择，那要等到十五年后才能知晓。不过目前，我们已经非常满足了……

这天晚上回到家，我发现女儿欣悦不已。她准备了晚餐，不停地说说笑笑。幸福的味道是如此甜蜜……她告诉我们，她坠入了爱河……有个叫克里斯多夫的男孩走进了她的人生。看到她如此光彩照人我多么高兴呀！两个命运正在发生联结……

34　　　　　　　　　　　　　　　　直面未来

这天早上，我有些紧张。和往常一样，我先从观照内心开始。我发现，我为他人服务的质量，往往取决于这段晨间冥想。

随后，我一一记住邻居们的笑脸和每句"祝你一天愉快"，本杰明那边的也不例外——他忠实地守在Super U超市加油站出口的小屋。他给了我去见宝拉的勇气。今天，我们要向宝拉宣布她将终身四肢瘫痪的消息。

我一到医院，首先确认宝拉没有处在半睡半醒的状态——这种状态一般会占据她一天中大部分时间，确认她足够清醒，能听明白医生的回答。她不想坐轮椅，仍然试图逃避，只是偶尔用上几个小时，但她的状态很不错。她的微笑有些僵硬，同时透露出她"战斗"的愿望和对现实的恐惧。

然后，我去找儿科重症医生西蒙，帮他尽可能为将要发生的事做好准备。我们把场景"预演"了一遍，想象宝拉可能有的反应：她可能会愤怒，也可能临场改变主意，什么都不想知道，还有可能会大哭、喊妈妈，抑或痛苦万分……

我把我们接下来要做的事通知了宝拉的医护团队，以确保谈话时无人打扰。然后，我和西蒙一起走进了宝拉的房间。我不知道宝拉是否察觉出西蒙非常忐忑。我想她能感觉到。

那张纸就在旁边，但宝拉并没有看它，直接就问了第一个问题，关于月经周期和生育能力。她提问的声音很轻快。

"你不用担心，你的月经会回来的。"西蒙从容地回答，"当女人或者年轻女孩遭受了严重的躯体或心理创伤，她们的月经会停止。你就属于这种情况。不过，你会发现，一段时间之后，很可能明年，你的月经就会恢复。所以，你不是没有生孩子的可能……还有其他问题吗？"

接下来是一段漫长的沉默，只听得到呼吸机规律的声音。是的，宝拉还有其他问题，她偷偷瞟着床头柜上放着的那张纸。西蒙给她充足的时间，也不催促她。终于，她低声对我说："我想还是让你来问吧，我不行……"

她闭上了眼睛，睁开，又闭上。我等她平复下来，替她问道："宝拉想知道，她以后还能不能走路。"

"为了让你理解我下面要说的话，我需要给你解释一下情况。"西蒙用一种教学式的语气认真地说道，"你知道你的双臂和双腿都不能动了，但你明白为什么吗？"

"因为那次事故？"

"对，但具体是为什么呢？是因为你的脊柱受到了非常严重的冲击，脊髓没法再传送信息。有点像电视遥控器失灵，我们再怎么按按钮也不管用，屏幕还是黑的。同样的道理，你没法再指挥双腿了。而且……我下面要说的话对你来说肯定非常难以接受，但既然你问我的意见，那我就告诉你。"

宝拉的眼睛闭上了。她在听，她的眼睑颤动着，显示出她内心极度不安，但她看不到我们。西蒙继续说："目前的医学水平还不足以帮助你重新行走。医学的发展是很迅速的，但是，就现在而言，我们还不能说你将来可以重新开始走路。"

宝拉没有睁开眼睛。西蒙俯身看她，确认她是否听到并且听懂了他刚刚说的话。

"宝拉？宝拉？"

我们喊了她几次，但她已经不在了。她离开了。不是把门一摔出了房间——如果可以的话，她会那样做的。她的身体找到了另一种自我防御的方式——同样十分有效——来帮她躲避西蒙的话。她睡着了，突然毫无预兆地熟睡过去。

第二天早上10点半，宝拉像往常一样出现了。她看起来甚至心情很好，这让医疗团队十分困惑。她在深沉的睡梦之中听到西蒙的解释了吗？我在和她说起前一天的谈话时，发现她只记住了最美好的部分，那就是她可以为这个世界带来新生命。一切又得从头开始。

下午4点半，我们组织了一场新的谈话。不过，这一次，我们让宝拉坐在轮椅上，为了让气氛更加活跃，也为了让宝拉不再用睡眠逃避现实。我们一步一步地，重新回到那些问题。面对面的交流使得宣布消息时的氛围变得截然不同。宝拉变得更专注，她要求自己来问那些问题。西蒙始终很放松地进行教学式的讲解。我欣赏他在如此棘手的时刻还能保持平静。他甚至带了一个本子，在上面画了一幅脊髓示意图。他解释道，脊髓功能总是按由上到下、从头到脚的顺序恢复的。

"我希望有一天你可以独立呼吸，手臂能恢复一点运动能力。但你的双腿……还需要等待医学研究的突破……在目前的情况下，我们没有办法让你重新行走。"

宝拉的眼睛始终睁着。她的脸上没有流露出任何情绪，但我注意到，她的呼吸开始加速了。我不知道她是否听到了西蒙给她列举的一系列她可以做的职业：教师、学者、接线员、法官……

"如果你还有其他问题，就来问我，别犹豫。好吗？我们稍后再见？"

5点。西蒙告诉医疗团队，谈话进行得很平静，宝拉既没有哭，也没有绝望地嘶吼。

但是，他刚一离开谈话的屋子，宝拉就崩溃了。她整个人都垮掉了，一刻不停地哭了整整两个小时……是的，消息宣布得很顺利，宝拉也听懂了！的确，她的眼泪告诉我，她终于深刻理解了她所经历的一切，也理解了事故对她的现实生活究竟意味着什么。我很高兴，不是因为她哭了，而是因为她终于把一切都释放了出来。

宝拉终于可以用语言描述她的痛苦了："我就知道，如果大家都绝口不提，这就不是一个好信号，但我仍然期待着……我的期待是为了我爸妈。他们几乎每天都问我，我能不能感觉到我的肩膀、胳膊和腿。他们想知道我在体疗师那边的治疗有没有进展。他们在我面前念叨的只有这一件事：'坚持住！战斗到底！你可以的。'但我呢，我唯一的感觉就是，我会……让他们失望！"她哭得更厉害了。

哭泣让她的声音也变得尖细起来："我甚至不知道一会儿要怎么告诉我妈。她会多么失望啊！她的生活会完全被我毁掉，肯定的……"

我给她擦眼泪，帮她擤鼻涕。"一直这样瘫痪下去，坐在轮椅上过日子，这还不是最糟糕的。不，最糟糕的是，我会毁掉他们的生活……这才是最可怕的！我要怎么才能告诉他们？……你可以和我在一起，帮帮我吗？"

"当然，一定会。"

她回到病房时，旁边病床上多了一个人。她的头上围着一个环形钢圈，辅以体疗，这个钢圈可以帮她在手术前拉伸脊椎。这个女孩叫佩内罗普，她的肌肉纤长，但有一处畸形毁了她的身体：她的背部有一块隆起，一边肩膀明显高于另一边。她胸口的形状也不规则，尽管已经做过胸腔手术——此前，她的脊柱侧凸严重挤压着她的胸腔和肺部。

佩内罗普是医院的常客，她习惯了残疾。坐在轮椅上的少年，她见得太多了！但是现在看到宝拉，看到她眼眶潮湿地盯着电脑屏幕，四肢瘫软，这让她极为不安。佩内罗普了解自己手术的风险，外科医生向她解释过，她可能"再也不会醒来"——后来有一次她这样告诉我。如果伤及脊髓，她也可能会四肢瘫痪。为了让她安心，医生告诉她风险极低，但仍然存在。

病房里，护工为二人作了引见。她们强调，宝拉和佩内罗普是同龄人，试图帮她们破冰。佩内罗普先开口了。

"你出了什么事？"她轻轻问道。

"我遭遇了一场意外。"

"啊！"

"我在海边跳水。但是我的头撞到了一块岩石……然后……就这样了。你呢？"

"我是脊柱畸形。它完全是弯的，所以要做手术。是一个大手术……我好紧张！"

佩内罗普犹豫了几秒，才问出那个让她害怕的问题："你瘫痪了吗？"

"是的啊。"

"你一点也不能动……一点也不行吗？"

"一点也不行，除了脸。"

"那……你还好吗？"

"之前非常痛苦。我是六个月前到的这里。起初，每天早上醒来，我都在脑袋里做'体操'。我高度集中注意力，对自己说：来，你能行的！我试着活动手臂、双腿和脚趾。但没有任何反应，特别可怕。现在，还行吧。我接受了这件事。最难的会是我妈妈那边。我今天下午就要告诉她了。我不知道她能不能承受……"

"她必须接受！你知道吗，我妈妈，她没有因为我是残疾就少爱我一点。她完全像爱我的兄弟姐妹一样爱我，她甚至帮我磨炼了我的性格。我现在是一个'斗士'了！"

308病房的两位"斗士"逐渐认识了彼此。佩内罗普讲述了她作为残疾人的经历——人们的目光和嘲笑，但也有爱——这份爱来自她的兄弟姐妹，来自无比喜欢她的侄子，当然还有父母，他们的爱没有任何条件。我想，这些话安抚了宝拉。她给我打电话，请我一起为通知她妈妈做准备时，声音无比清晰，听不到一点啜泣："我们先告诉她，我们有很重要的事情要跟她说。我们给她留一点时间，让她意识到……"

"你知道，"我说，"有可能你妈妈已经知道了一些事……"

"喔，不会吧，不然她就不会不停地问我体疗师那边怎么样，有没有进步了。"

宝拉的妈妈晚上6点到了医院。我去见她，以确保她稍后能接受女儿将要告诉她的话。她一见到我，情绪就十分激动。泪水无声地从她美丽的脸庞上滑落。她擦去眼泪，深吸了一口气。她准备好去见宝拉了。在让她们两个到我的办公室、并且留她们二人单独谈话之前，我先要为这段至关重要的交谈开个头。我对她说："女士，今天与往常不同，因为您的女儿见了医生，他们沟通的内容十分沉重。宝拉想跟您聊聊。喏，她到了。"

宝拉没等进我办公室，就对她妈妈说："妈妈，哦！太恐怖了，我知道了一件很可怕的事。但你得坐下听我说！"

我替她们把门关上，在走廊里安静地等待。宝拉的妈妈还没接受过气切护理的培训，因此不知道如何清理套管中的分泌物或者更换套管。我必须待在门后，以便在紧急情况下进行干预。半小时后，门开了，我看到的是宝拉湿润但灿烂的脸庞："我们把话全说了！"

她去找佩内罗普吃晚饭，状态之平静、轻松令人惊讶。她的轮椅在走廊里渐渐远去，这时，她的妈妈告诉我："我之前是多么害怕这一刻，从我知道宝拉不能重新走路的那一天起，我几乎不停地想象着这一刻的来临！我把这事看成一座大山，但最终这个过程却很美好。我告诉她，我们是多么爱她，并且，无论她的情况如何，我们都会永远爱着她。我想，这让她心里轻松了很多。"

第二天，宝拉和我一起，复盘她听到的每一个词、说出的每一句话。她自问有没有可能误解了医生的意思。她吃不准：应该把这秘密藏在心里吗？"我会在Facebook上继续说我的情况每天都在好转！反正也没人来看我，所以……没关系的，对吧？"她反复思考着一连串"为什么"，一刻不停："为什么会发生这样的事？为什么是我？……"她仍然每天以泪洗面。我帮她把她的负罪感和所有问题一一用言语表达出来，然后，带她把思路从"为什么"转向"怎样"，比如，问自己怎样过好这一生，怎样发挥她的优势、她的智识能力、她的幽默感和人际交往方面的特长。

三周过去，宝拉的抑郁仍然严重，但在面对这些问题时，她不再是孤军奋战。她向体疗师、护士和护工们提问。她始终在生自己的气，因为她无法忘记，要为发生的这一切负责的人是她自己。但她想给自己选择电动轮椅了。她在体疗康复训练中的表现时好时坏，但她明白了疗程的重要性，不再抗拒了。

特别是，她经常和佩内罗普聊天。她们谈论男孩——宝拉有过好几个男朋友，佩内罗普还没有——谈论她们各自的朋友：有令人失望的，因为他们不再来询问任何近况，也有继续联系的，会给她们打电话，或者在Facebook上发消息。

她们向对方描述自己家的房子、各自的家庭生活和兄弟姐妹，互相倾诉焦虑。对于宝拉来说，是变为残疾人的焦虑，对于佩内罗普，则是手术和与之相关的一系列复杂事项——插管、呼吸困难、心脏骤停。通过比对各自经历，她们也都变得更强大了。

我和佩内罗普一起为这场让她担忧的手术做准备。我们一一列出她所有的焦虑："其实，我是怕受折磨，怕手术失败，怕我瘫痪、被排斥，或者大家不再那么爱我……我怕孤独……或是手术让我改变，变得如此'正常'以至于不再知道自己是谁，知道我的独特之处……"

她越是说着，就越是敢于用语言描述她的感受，就越是能控制住她的恐惧，并且在脑海中给恐惧安排一个她可以接受的位置。最终，她向我说起对死亡的恐惧，用她的话说，是"怕再也不能醒来"，因为"死亡"一词是如此让她害怕……她担忧醒来的那一刻，嘴里含着导管，吗啡的药效在减弱，疼痛的感觉逐渐上升，强烈到身体仿佛要爆炸。在此前的一次手术时，佩内罗普已经承受过这一切。

"你知道在你插着管、不能说话的情况下，要怎么表达疼痛吗？你用点力气闭上眼睛，像这样。"我一边说着，一边用面部动作为她示范，"你知道怎么打信号吗？"

"知道。眨一下眼表示'是'，两下表示'不'。"

"别等到特别疼的时候再要求打吗啡，好吗？"

"好的。"

这个少女身上的力量令我惊奇，她就像为奥运会做准备的顶级运动员那样，成功是她唯一的目标。尽管害怕，但她仍然决定要成功。证据就是，她不停地跟我说，等她能站起来、体型矫直后，要和妈妈一起逛哪些商店。每次说起这些，她都神采奕奕。她有那么多想买的裙子！包括紧身低胸连衣裙！

"起初几个月会很困难，"想到等待着她的体疗康复训练和背架，她这样对我说，"不过，之后我这辈子都轻松了！"

手术前夕，佩内罗普被转到了另一家医院。在护工的协助下，两个好朋友成功行了贴面礼，尽管一个瘫痪在轮椅上，另一个头上戴着钢圈。

"祝你好运！"宝拉说，"想想你摘掉钢圈的样子，双腿能重新站起来，开始迈出第一步！"

当时我正好来到走廊里。我为自己听到的这句话动容，如此友爱、如此真诚，从一个四肢瘫痪的女孩口中说出来，她几周前刚刚在不知情的情况下走完此生的最后几步。除了同为十六岁，她们之间一切都截然不同：宝拉已经有了成熟女性的轮廓，而佩内罗普的身体仍然瘦弱、纤长。她们本可能互相漠视、嫉妒，但她们却互相打气彼此支撑。

我去取信。有一封官方信件刚刚寄到：我被任命为司法鉴定人了。我既激动又惊讶，我想起了科室主任的话：要通过遴选，往往得等上三四年的时间……

35　　　　　　　　　　　　　　　　　　　　　　　　宣誓

十天后，在大审法院一间华丽的会议厅里，我坐在一名伪造证件鉴定专家和一名核专家之间。上诉法院院长开始讲话：

"法庭从众多候选人当中遴选出在座诸位。我向诸位表示祝贺。我谨强调诸位的使命对我们，即本院法官的重要性。将诸位列入司法鉴定人名单的决定，是由多名评审遵循严格的程序、考察诸位优秀的职业履历，以及胜任司法鉴定人这一艰巨任务的能力后，谨慎做出的。凡尔赛上诉法院司法鉴定人，这是一个可敬的头衔。成为司法鉴定人是一项荣誉，意味着担当，因为荣誉永远与责任相伴。司法鉴定人不是一项职业，而是一个职位，一个要求严苛的职位。我祝愿在座的每一位，无论擅长哪一领域，都能在与司法有关的工作中获得充实的经历。"

而后，院长开始叫每一位专家的名字。他们一一起身，伸出右手，说"我宣誓"。不过，或许是因为紧张，他们的声音几不可闻。我也很紧张。我是多么惧怕这项新的使命啊。我能履行好吗？我是那么激动，心脏跳得飞快……马上就轮到我了。到我了。我的双腿支撑着我站起来，我一边坚定地想着，自己口中一定发不出一点声音，一边说："我宣誓。"声音之洪亮令在场所有人侧目。我的脸涨得通红,又坐了下去。

幸好,恐惧无法决定我的人生!我还不知道成为司法鉴定人后等待我的究竟是什么,但我为能维护孩子们的权益感到幸福和骄傲。我希望自己能配得上这个头衔。无论如何,我都会尽力而为。

我一回到科室,西蒙就希望我接待一个小男孩的父母。这个男孩从出生起就患上了一种退行性疾病。他饱受其苦,经历了两次心脏骤停,但他的父母无法想象他们的孩子就要死去。我试着用最温柔的方式和他们对话,但无济于事,他们不想要我帮忙:"不,谢谢,我们什么也不需要。我们目前的情况很艰难,但我们没有精神失常。"

"与这无关,但二位的孩子可能需要知道⋯⋯"

"我们的孩子什么也不需要。他不需要知道什么,我们会坚持到底,就像什么都没发生一样,不会让他担心。谢谢您,让我们清静会儿吧,别再来见我们了。"

坚决,生硬,毫无回旋的余地。不能陪伴他们让我感到失望,但我尊重他们的决定。

我去和整个团队会合,参加宝拉的欢送会,她即将转去一个康复中心。一位医生为她弹起了吉他。而佩内罗普正试着迈出她最初的⋯⋯舞步,宝拉随着音乐节奏转动轮椅,为她伴舞。

救护车司机带她离开的时候,宝拉告诉我:"我知道我不能再走路了,但是,无论将来如何,无论是否找回我的双腿,我都确信我能进步!"

她保持进步乐观的精神让我很受感动,并且一如既往地引导我思考我自己度过人生的方式:我自己能不能始终保持信念和希望,哪怕是在看起来山穷水尽的时候呢?

36 选择人生

今天，我和我陪伴过的那几个失去孩子的妈妈有约。我怕自己会说错话。孩子们鼓励我："妈妈，祝你今天愉快。""别担心，你能让她们安心……"为了给我打气，弗朗索瓦还准备了一份水果沙拉……

我还没进办公室，电话就响了。是雨果的妈妈。当时，她无法把自己想象为一名残疾儿童的母亲："我不能来了，但我经常惦记着您。我很想和大家一起……我还想告诉您……我不知道您怎么看，但我决定了——当然，我丈夫也同意！——再要一个孩子。我知道，时间不等人，我们不能耽搁太久。"

"嗯……"

"您知道吧，我现在体会到了当妈妈的快乐，就再也不能想象自己的人生中没有孩子了。最不济，哪怕他有一点小残疾——比雨果的轻一些——我都完全能接受。我唯一的愿望，就是做妈妈……"

我什么也没有说……我很愿意相信事情能如此简单……我欣赏雨果，这个不能说话的、一无所有的小家伙居然征服了他妈妈的心：起初，她甚至不愿考虑把他抱在怀里；可到了最后，她已经无法接受有人会有"他死掉了也并非坏事"的想法。真让我惊奇！

我从包里拿出一瓶果汁，还有一块我准备的蛋糕，计划等那几位妈妈来了后一起分享。我还破例带了鲜花，为这特别的一天增添一点愉悦的气氛。今天，我要接待玛侬、蕾阿、约书亚和吉布里尔的妈妈——吉布里尔是一个还没到我们科室就夭折了的婴孩，算来有一年多了——请她们交流悼亡的经历。其中几位我已经很久未见，比如玛侬的妈妈，她几个月都没给我消息了，还有加布里尔女士，自从她的儿子夭折，我就再也没有见过她。她没有让我在孩子死后的那段时期里陪伴她，因为她住得太远了。她还好吗？我对此一无所知。

上午10点，她们马上就到了。玛侬的妈妈发来一条短信："路上堵车，我会迟到一会儿。对不起！另外，我有个好消息要告诉您。"这条信息中洋溢着的乐观情绪让我十分愉悦。我拿出纸杯和一叠小纸巾。一切都准备就绪了吗？

蕾阿和约书亚的妈妈就站在门外。吉布里尔的妈妈到达时，她们已经寒暄了一会儿。我记得她一年前似乎是长发，现在，看着她头顶上稀稀疏疏的、似乎是新长出的头发，我心生疑惑。她是大病了一场吗？她们围坐在桌前聊天，等待最后一位妈妈。

我建议她们先放松一会儿。我请她们闭上眼，倾听她们的身体和感觉。在陌生人面前完全放松下来并非易事。也许，她们已经有人在心里嘀咕，来这里究竟是干什么。我怕她们觉得不自在、拘束，这样也就没有人敢说话。但是，这些担忧很快就消散了，因为这几位女士都非常需要倾诉，**互相**倾诉。她们彼此被共同的经历连接在一起,那就是孩子的夭折。

蕾阿和约书亚的妈妈拿出手机给我们看照片。顶着一头金色卷发的蕾阿,这个患了脑瘤、在家中去世的小姑娘,她的照片在大家手中传阅着,唤起温柔的笑容。

"她是个极好的孩子。"蕾阿的妈妈说着,并无忧伤之色,"她曾经是那么完美!我都忘记了,她是多么任性,总是跟哥哥们过不去……我的小天使……如今,我在想,她短暂的一生是那么充实。她有任务要完成。"

"是的,我也是这样想约书亚的。他来人世间走了短短一遭,却给周围的人带来了那么多幸福。"

有人轻轻敲了三下门,是爱洛依丝·罗蓬来了,玛侬的妈妈。她把红棕色的头发剪得更短了,如今剪成了中性发型,很适合她。她的脸稍稍圆了一些,一抹微笑衬托着她粉扑扑的双颊。因为那些噩耗不断的晦暗时期已经过去……不是过往被全部抹掉,悲伤不复存在——一个孩子的生命遽然消逝,有谁能忘记呢?——而是痛苦被战胜了,是的。罗蓬女士为迟到表示了歉意,然后在桌前坐下来。我注意到,她的手留在腹部,并且,在她拉直衬衫的时候,能看出微微的隆起。她是不是怀孕了?也许这就是她要告诉我的好消息?

和我一样,吉布里尔的妈妈加布里尔女士也注意到了她饱满的腹部。她在想什么?我希望她想的是,生命在继续,哪怕是在经历过无法承受的、难以言说的苦痛之后,我们依然不能停止生活、欢笑和爱——四十岁的年纪,连生命的半程都还没走完。

迎接了爱洛依丝·罗蓬,我转身看向加布里尔女士。她直到现在都一言未发。她只是从手提包里拿出一把椰叶扇在扇着。

"您的小吉布里尔，他从前怎么样？"扇子扇动的速度越来越快，断断续续的。但她仍然不作答。"您有机会谈起过他吗？"她闭上了双眼，两滴泪水滑落。

"哭出来吧，不用害怕。"我对她说。

"他没有得病。"

吉布里尔的妈妈沉吟了一会儿，组织着自己的语言。我意识到，她独自承受了这场悲剧，一直没能敞开心扉与一个可以真正倾听她、支持她的人交谈。

"从前……他怎么样？"她重新开口，"他是个小天使。他是我的第三个孩子，前面两个是女孩。我等这个男孩等了那么久。他死的时候才要刚满八个月啊。真是太残酷了！本来一切好好的，突然就这么轰的一下！太艰难了……我的小女儿经常问我：'他什么时候回来？'我没法谈论这件事，我说不出'死了'这个词。"

另外两位母亲静静地听着，保持着镇定。她们得让这位妈妈能够继续说下去，感觉自己被倾听。她们等她把话说完。然后，吉布里尔的妈妈带着一种前所未有的亲切态度问道："您很勇敢。您是怎么做到的？"

"我不知道这能不能叫作勇敢。"约书亚的妈妈回答，"这就是人生……约书亚的弟弟与我们同在，带给我们生命的活力。他微笑面对世界，是他**支持着**我们到现在。"

我对加布里尔女士说："在悼亡的最初阶段，我们背负着死去的孩子，我们感到痛苦，这种痛苦让我们感到逝者依然在场。随着时间的流逝，我们可能会觉得，如果放下这种把我们与孩子相连的悲伤就是对孩子的背叛。带着这份悲伤生活，对您来说很重要吗？"

"我不想让悲伤溜走。"吉布里尔的妈妈回答，"我怕如果我不再痛苦，就会忘掉我的儿子。这种情况已经发生过。我就跟他说：'对不起，我把你忘了。'"

"我们没法忘掉一个死去的孩子，"蕾阿的妈妈明确地说，"这是不可能的。但我也告诉自己，我有权度过愉快的时光。当我感觉悲伤在我心平气和的时候降临，我就想：'哎，这样不太好。等等，我们稍后再说。'"

"您能控制住……"吉布里尔的妈妈带着欣赏的语气重复道，"我呢，我就做不到……"

她又想起一年前，她的孩子死去的那个夜晚。她的目光从不停扇动的扇子上方看向我们，开始讲述：

"星期三的晚上，他开始呕吐。我带他去看儿科医生，医生诊断他是肠胃炎。他告诉我们，如果四十八小时之内不见缓解，就再来找他。我的小家伙又连着吐了两天，于是我又去找医生，他叫了救护车，把孩子送去医院。车上，他们给他戴了呼吸面罩。情况不那么糟糕，至少当时还没有……但随后，一切都发展得无比迅速。短短一个小时，一切都结束了。他在救护车上就有好几次心脏骤停。然后……然后？我一夜没合眼。我一点也不明白，只有一团怒火在心里，越烧越旺，对这些医生的怒火。我的儿科医生第一个得到了吉布里尔死亡的通知。他什么也没说，连一句'节哀'都没有。有人建议我报案。针对谁？为了什么事？我没有精力去为了什么而斗争，这已经够我受的了。后来，我得了癌症，大把大把地掉头发……但我联系了那个儿科医生的患者，所有带孩子去看这个医生的妈妈。我给她们讲了他所做的一切。我把他的名声糟蹋了个干净。"

沉默。没有人敢打断这位母亲,她在叙述中还时不时抛出一些问题。

"这是说明他的时辰到了吗?"她目光空洞地问,"才八个月?有人对我说,应该感谢仁慈的主,因为我的宝贝变成了天使,为我以后上天堂做准备。他们怎么能这样说?我想揍他们,想朝他们怒吼。不!所有人都说,我不应该愤怒,尤其不应该针对主!听说我们应该接受主给我们的考验,因为这是向他证明我们的信仰和虔诚的方式,然后,我们就能更快进入天堂。对不起,这可能会冒犯到各位,但没办法,我还是要说:我不同意!然后呢,现在怎么样?主会生气吗?他已经夺走了我唯一的儿子,还能把我怎么样?我不怕他,最坏的事我已经经历过了,尤其是,我丈夫也离开了我,找了一个更年轻的女人,她能给他生儿子……"

她的目光在比她稍微年轻的蕾阿妈妈身上停留了一会儿,随即抛出了一个关键问题:"您想再要一个孩子吗?"

"当然……我们在考虑。但如果是为了取代死去的孩子,那还是算了,因为和蕾阿相比,他肯定不会那么漂亮、善良,也没那么完美。"

"您想再要一个孩子吗?"我问吉布里尔的妈妈。

"我曾经想,这能让我得到安慰……我的丈夫也会高兴——他是那么想要一个儿子!我四十岁了。本来我可以花上两年试试的,但他不愿意等,他离开了……"

"如果您有了一个孩子,他需要照顾您、修复您心中的创伤,"我说,"他就不会被当成他自己对待,对于一个孩子来说，这是很沉重的。"

散会之前，我们共同进餐，闲聊了一会儿。她们走的时候，每个人脸上都带着轻松的神色。爱洛依丝·罗蓬悄悄对我说："您看到了吗，我怀孕啦！"

"真是太棒了！"

"是呀，不过……您觉得我会像爱玛依一样爱他吗？"

"您会给这个孩子同等的、甚至更多的爱，'一样'是不可能的，因为这个孩子不是玛依，他会有不一样的期待。并且……他很可能需要您以一种非常独特的方式爱他，一种独一无二的方式。但我不担心，我知道您能做到。"

"您知道吗，玛依的死对我的打击是那么大。当时，我的眼前只有两条路：撒手人寰，或者继续活下去。我选择了生，选择了相信生活。走出来不是一朝一夕的事情，但是，自从玛依被宣布死亡那一刻起，我内心最深处的直觉就告诉我，如果这一天我没有死——我至今都为此感到惊讶——我以后就会活得更有力量，更真实。我想对您说声谢谢，因为您让我用更深刻的目光看待周遭的一切，迎接每一刻的到来，为重要的事留出时间，真心地对待我自己和他人。您知道吗，微笑、与人见面、听着孩子或朋友们的欢笑，这一切都让我发自内心地感到快乐，重建了我对生活的信心。我向他人敞开心扉，也从别人那里收到许许多多回馈。这真的不可思议，如今，我比以往任何时候都更能笑迎人生。"

大家都离开了我的办公室。突然，我听见门外一阵响动。不是有人敲门,只是有人在那里……我听到一个非常微弱的、近乎耳语的声音:"穆里叶?你在吗?是我!"

我打开门。哈迪亚——那个经历肿瘤摘除手术后四肢瘫痪的女孩——出现了,脸上笑盈盈的。

"哈迪亚?我不知道你来了!"

"我知道,我就是来给你一个惊喜的。"

"但是……"

"别担心,没事,我都想到了:我的背包、气囊、替换套管,全套家什都带着了!"

我无话可说。

"我想跟你说一件事。你有空吗?"

"有,有,不过……"

"别怕,我跟你说,他们知道我在你这儿。我的护士看到你开门才走的。"

"好,那就好。进来吧。"

"是这样,妈妈和全家人回国了,然后……你明白,带我回去太困难了。所以我在这儿待一个月。我想,也许我们可以借此机会像从前一样见面呢?像在我九岁那年,全身瘫痪的时候。你记得吗?我记得,那两年,我们每周都会见面。你教我不要任人欺负,永远不要接受别人无礼地对待我。我们无话不谈……"

"对,我记得你反抗埃德维格的那次,那个抱怨你吃饭太慢的护工。你没有任她数落,那次很让我惊讶!后来呢,你怎么样?"

"我十二岁的时候,妈妈说我已经大了,可以去看护中心了。离家那么远很不容易,但那边太棒了!而且我每天晚上都回家！"

"哦？给我讲讲……"

"其实，我来找你，是因为……我不知道怎么说……"

我给她时间思考。

"哎，我爱上了一个人，就这样！"

"太好啦！"

"问题是……我们在课上了解了人是怎么生小孩的。所以，好，这个部分我现在明白啦！不过，老师没解释的是……怎么知道另一个人是不是喜欢我们，我们是不是喜欢他？"

"好问题！给我讲讲他吧……"

"他和我在同一个中心，他很善良，而且……好像他一直不停地看我，反正我的朋友们是这么跟我说的！"

"你呢，你感觉到什么了吗？"

"我不知道……你觉得他爱我吗？"

"你怕他不爱你？"

"不是呀。为什么这么问？"

"我经常遇到一些青少年，觉得自己不够漂亮、不够时髦，或者不够聪明，怕别人不爱他们。"

"我嘛，我倒没有这个问题！我觉得我足够漂亮，也知道我不笨，虽然学习有时不是我的强项。如果他爱我，那再好不过了！但是，如果他不爱我，那是他的遗憾，说明他真的太傻了！我妈妈告诉我，不要为不值得的事耗费精力。我嘛，我觉得她说得对，生命那么美好，可不能浪费掉！你不觉得吗？"

"当然，你说得完全正确……"

"那么，你有没有什么书是讲恋爱中的感觉是什么样的？"

"有的，有的。书不在这里，但我周二给你带来。"

几个月后，我的信箱里收到了一封粉色的信件，里面是宣布玛侬的弟弟出生的喜函："于勒、爱洛依丝和博努瓦高兴地通知您，亚历山大出生了。"卡片上的画低调地呈现出兄弟姐妹三人：亚历山大被抱在他哥哥的怀里，他们头上的云朵中有一个小天使，玛侬为家里迎来新成员而感到幸福。她护佑着他们所有人……

离开科室大约三年后，宝拉（那个因跳水事故而四肢瘫痪的女孩）回到这里做体检。她的妈妈向我说起她时满是骄傲："她在高中会考里取得了优秀。她有很多计划要推进。她周围有很多年轻人，他们都喜欢她为人处世的方式，喜欢她的微笑。是她给他们勇气，和享受生活本来意义的愿望……"

我赶忙跑去见她：知道从前患者的消息对我来说很重要。她变了，外表上当然没太多变化，但她的目光深处闪烁着一种光芒。她对我讲她的新生活：

"我当然依赖别人每天早上帮我起床，晚上帮我入睡，但我自己住在大学城里，我上大学了。我有朋友，有男朋友……我喜欢出去玩，开开心心的。虽然我不能跳舞，但我还是喜欢和朋友去舞厅，我跟着音乐的旋律转动轮椅……我去托儿所接我外甥。他坐到轮椅上，可喜欢自己操纵着它前进了！我和我姐去旅行。我们去了美国、夏威夷，还有其他地方。有的时候不太容易，因为她的力气不够大，没法一个人把我放到床上。说真的，我不知道人们为什么只把危机挂在嘴边！我觉得生活很美好啊！当我们心怀期待的时候，它真的太美妙了！我们总能找到愿意帮助我们的人。我想一个人去巴黎的时候，也是一样：我提前通知法国铁路公司，他们会安放一个装置，让我能够上火车，然后，到了车上，我总是能遇到在我下车时主动帮忙的人。其实，说起来有些难过，但是，当我看到我以前的闺蜜们如今的样子，我会想，如果没有这场意外，我恐怕不会过得这么好。上天只是夺走了我的双腿，但没有夺走我的头脑！"

后 记

有时，我会不知道如何讲述我的一天。我所经历的事往往难以名状。于是，为了帮助我自己消化我经历的那些不可思议的故事，我就把它们记在一个小本子上。本书即诞生于这些工作笔记、实习生们的记录，以及与阿斯特丽·埃利亚尔的交流。她花了很长时间倾听我的叙述，然后将它们化成文字。她还很贴心地答应在我工作时低调地跟随我，连续几周把自己沉浸在科室的氛围里。

您读到的是我二十年的从业经历。书里所有故事和场景都真实发生过。不过，为了保护患者及家属的隐私，我们修改了一些可能会让他们被认出的细节。

书中孩子们的每句话都是如实记录。我尝试以最忠实的方式记录这些对话，对我的弱点、感受、疑惑和情感也毫不掩饰。我经常想要修改我自己说的某一段话，重新读到我的某些反应并不是一件容易的事：我的目标不是塑造一个理想化的心理学家形象，恰恰相反，我想展现的是我们在工作中可以与自身的缺点、局限……以及人性共处！

我讲述了一些或多或少顺利进行的，或者那些让我受益最深的陪伴经历；但我也不想忘记由于我的鲁莽或失误而大失所望或受到伤害的所有儿童、少年和他们的家属，还有医护人员；不想忘记那些我曾选择逃避的人，或是因为他们没能让我看到一个令我满意的自己，或是因为我觉得自己无能为力。我真想告诉他们，我是多么遗憾自己过去没有能力或无法帮助到他们。

我也在书里分享了一些私人生活中的瞬间，来证明日常面对痛苦、残疾、疾病甚至死亡给我带来了多么根本性的变化。这些经历并不容易。它们原本可以将我摧毁，浇灭我对生活和未来的信心和期望。然而，结果恰恰相反。

在陪伴这些儿童和少年、他们的家属，以及长时间照顾他们的医护团队的过程中，我获得了那么多宝贵的经历。我想向他们致敬。他们与痛苦、恐惧、焦虑、悲伤、疾病或死亡顽强斗争，同时又坦然接受。他们以这种方式给了我一份珍贵的财富。他们帮助我用更加正确的眼光看待我自己和我的生活，回归本真。

对于科室里每一名住院儿童来说，他们所患疾病的特点、他们的性格，以及他们"存在于世"的方式都赋予了他们独一无二的特质。他们教会我，当我们不刻意逢迎他人对我们的期待，而只是简单地做自己时，就能获得真正的自由：接受自己的身体，接受情绪的起伏，接受疑惑、焦虑和恐惧，把它们当作健康的自我反思的可感信号，当作一张安全网，乃至自己人性的标志。为了做到这一点，我不停地变换视角，哪怕有时要忘掉熟悉的、令人安心的经验。有趣的是，医院里被时时监控、管理得井井有条的生活反而教会了我，任何事都不会完全可控——幸好如此，因为过度的控制会让生活窒息。

这些年里，我也必须学着如何更好地照顾我自己，因为我渐渐明白，这对于更好地照顾他人来说是多么重要。为了与病儿和他们的家属保持适当的关系，我必须考虑到自己的需求，允许自己失误，允许自己有所局限。这并不意味着面对危难封闭自己，保持距离或者习以为常，因为，正如阿尔贝·加缪所言，"习惯绝望比绝望本身更糟糕"。要更好地保护自己，反而应该学着留意自己身上的哪些地方会被触动，以便更好地把目光投向那些积极的或建设性的信号，哪怕它们再微不足道。有时，我也要寻求帮助。最终，正是任由自己迷失，保持创造性和开放、包容的心态，我才得以在尊重自我的同时更加关注他人。

在医院的这份如此特殊的从业经历让我意识到，只有接纳我的缺失并同时保持信心，我才能更好地调动我的潜力。尤其重要的是，我明白了我们每个人内心深处都会有的缺失并非一片空白。空白需要被填满，而缺失需要存在来弥补……

在二十年的陪伴生涯中，我经常要面对无力感、缺失感和不可预知的事。这培养了我的创造性，向我揭示出我身上连自己都不了解的能力。它使我身心俱疲；但令人惊奇的是，它也让我得到了休息。有点像退出比赛的选手。在这些患病的儿童面前，按照我们社会当下的评判标准寻求最好是毫无意义的。我要做的只是不断创造，做我自己。我只试图做到自己能做的最好，仅此而已。

孩子们全身心地迎接自己的感受。他们在难过、气愤、害怕或者感到疼痛时会哭，但他们也会在几分钟后为再简单不过的事赞叹不已。他们不会反复回想不顺利的事，不会让负面情绪成为一整天的主旋律。他们懂得运用想象带来的积极力量。他们对于人生应当如何没有具体的期待，也不会让躯体上的局限决定一切。在很多成年人会举手投降的时刻，他们反而会获得力量。他们甚至能从大悲中汲取至乐。

这些孩子和他们处世的方式为我们提供了范例，并拷问着我们这个往往容不下最弱之人的社会——恰恰是这些最弱之人极为准确地为我们稍稍揭示了人性的秘密。即便他们会激发出我们对不公、苦难和恶之荒谬的最本能的愤慨，他们同时也是一份邀请，邀请我们接纳本质，全身心地活在当下，不断地重新创造生活……这不正是给我们指出了一条光明之途吗？

致 谢

在我写作本书的时候,我的几个孩子分别在准备初中会考、高中会考,上大学预备班,上研究生二年级……写作场所包括我的办公室、卧床、汽车,或是火车上,还利用了等候孩子们的时间,等候他们就医结束——眼科医生、牙医、正音师等,或是派对结束!

我向所有患者家庭致以诚挚的谢意,感谢他们的信任,是他们帮助了我,让我知道如何帮助他们。我尤其想到那些向我真诚敞开心扉的家属,无惧评判,这才让我得以更好地倾听他们。他们用言语描述他们的痛苦,有时还有他们的期许,这使我极为受益。多亏他们,我才能帮助那些因为眼前的悲剧而失措的人,他们不知道如何表达头脑中的想法,表达阻碍他们的痛苦,或是他们体验到的情绪和情感。尤其要感谢同意审阅本书初稿的患者家属,那些经历对他们自己也是严峻的考验。特别感谢诺拉·杜福、克雷蒙蒂娜和西梅昂·勒盖恩夫妇、于斯蒂娜·盖雷克和她的家人,还有米拉·贝尔和莉拉·贝尔,他们中肯的建议使我深受启发,对我帮助良多。

感谢每一位在团队中包容我、在日常工作中支持我的医护人员。如果没有关注心理现实的领导和中层，如果没有整个团队的协作，任何心理干预都不可能实现。如果保洁人员没有清洁房间，如果护工没有为孩子洗澡，如果医生没有给患者开具药物，尤其是缓解疼痛的镇痛剂，如果护士没有完成照护、用药，如果体疗师没有帮助患者改进体态，使他更轻松地呼吸和表达，如果正音师没有教接受气切的孩子说话，如果孩子的父母和整个团队没有把孩子各种内心体验的情绪色彩告诉心理学家——听到的哭声、深夜的焦虑，孩子提到的恐惧、遇到的困难以及提出的问题，心理学家可能就完全无法了解这个孩子或少年的当下状态。对住院儿童的心理陪伴不仅仅取决于心理学家一人，而是取决于儿童家属及全体医护和教育团队的倾听和人性关怀。我要特别感谢儿童重症科室主任巴塔耶医生：如果不是他对我一如既往的信任，我永远无法想象心理学家能带来多么大的贡献！同样感谢艾希德医生、哈吉医生、哈玛米医生、莱特里耶医生、姆比艾勒医生和鲁宾斯吉昂医生，他们对心理学家的帮助保持开放态度，让我能及时了解孩子们的病情，这才使心理干预能与他们的治疗同时进行。

感谢我的家人：我的父亲教会我努力的意义，我的母亲让我学会为他人着想，让我品尝到了幸福的滋味。感谢我的公婆，感谢他们随时随地的帮助与关照。感谢我的姨母贝阿特丽丝的鼓励和犀利的评判。感谢我的兄弟姐妹，他们对我的出书计划给予了许多支持：维奥莱娜帮我免于俗务的干扰；阿莫里勇敢地面对一个他所惧怕的世界，让我尽可能地成为最真实的自己；马蒂尔德给我打气，让我对这个项目保持信心。尤其感谢我丈夫的姐姐弗洛朗丝帮我推敲文字，她的意见得体且中肯，为书稿增色不少。

感谢儿童重症心理学家交流协会友善的同事们，尤其是维罗妮卡·吉贝尔、卡洛琳·泽努和雷吉娜·洛朗-马耶，以及艾利克斯·德拉布罗斯、贝蕾妮斯·佩罗和维奥莱娜·德拉维勒乔治，她们完备的临床经验丰富了本书的内容。

特别要感谢付出时间帮我理顺文字的朋友：布鲁诺·巴郎吉、多米尼克·达乌斯、马尔蒂娜·加博德、索尼娅·马尔格朗热、布朗蒂娜·马莱、斯蒂芬妮·奥斯迪昂、玛丽-杰尔曼妮·佩肖、米莉亚姆·勒维亚尔和古艾诺拉·维亚尔，感谢他们的宝贵意见，也感谢每一位鼓励我写作本书的医护人员。

此外，我还要感谢所有愿意仔细审阅书稿、帮助我消除疑虑、提升精确度、给我启迪的人们：感谢施伦博格医生、尚塔尔·施泰纳医生、安娜·阿贝尔医生和娜黛热·勒诺。令我尤为感动的，还有我最年轻的审稿人让娜·希隆对本书的兴趣，还有布丽吉特·海勒医生对我的鼓励。她中肯的观点和她的热情让我获益匪浅。

我还要衷心感谢一些人，没有他们，本书不可能成型。感谢亨利耶特·雷，她每周带给我的支持和她看待我工作的积极态度，帮助我保持动力。是她第一个建议我出书。感谢菲利普·雷，他笃信这项计划可以成真。感谢阿斯特丽·埃里亚尔与我一起写作，感谢安娜·舒涅细致的修改。也要特别感谢我的实习生们——艾洛蒂·夏隆、瓦雷丽·博纳蒙、阿涅斯·杜菲、以萨林娜·厄林：她们的支持，以及她们接纳我的问题、疑惑和思考的方式对我来说至关重要。还要感谢L.塔布里纳尔对我内心世界的关照，这才让我有时间写作此书。

我也要特别由衷地感谢我的孩子们，感谢他们同意我披露他们的一部分生活，尤其是，他们表现出的主动性和自主能力让我能够及时应对科室里出现的情况。他们的信任和支持对我来说不可或缺。另外，和他们的父亲一样，他们也始终认为我的职业只是众多职业中的一种，多亏如此，他们才把我维持在日常生活的轨道里,这是一份弥足珍贵的礼物!最后,我尤其感谢我挚爱已近三十年的丈夫。没有他无条件的爱,我永远不可能在这些年里如此投入工作。他是我的天平,帮我保持平衡,即使且尤其在最艰难的时刻。

图书在版编目（CIP）数据

萤火虫的勇气：我在儿科重症当心理师/(法) 穆里叶·德罗马著；(法) 阿斯特丽·埃里亚尔执笔；刘舒怡译. -- 上海：上海文艺出版社，2022
（亲历）
ISBN 978-7-5321-8099-8
Ⅰ.①萤… Ⅱ.①穆… ②阿… ③刘… Ⅲ.①纪实文学－法国－现代 Ⅳ.①I565.55
中国版本图书馆CIP数据核字(2021)第186540号

« Le courage des lucioles » by Muriel Derome.
With the collaboration of Astrid Éliard.
© Éditions Philippe Rey, 2017
This edition published by arrangement with L'Autre agence, Paris, France and Divas International, Paris, France 巴黎迪法国际版权代理 All rights reserved.
Simplified Chinese edition copyright © 2022 Shanghai Literature & Art Publishing House
All rights reserved.
著作权合同登记图字：09-2019-1124

发 行 人：毕　胜
责任编辑：赵一凡
封面设计：朱云雁

书　　名：萤火虫的勇气：我在儿科重症当心理师
作　　者：[法]穆里叶·德罗马
执　　笔：[法]阿斯特丽·埃里亚尔
译　　者：刘舒怡
出　　版：上海世纪出版集团　上海文艺出版社
地　　址：上海市闵行区号景路159弄A座2楼　201101
发　　行：上海文艺出版社发行中心
　　　　　上海市闵行区号景路159弄A座2楼206室　201101　www.ewen.co
印　　刷：上海盛通时代印刷有限公司
开　　本：889×1168　1/32
印　　张：10.375
插　　页：5
字　　数：175,000
印　　次：2022年1月第1版　2022年1月第1次印刷
I S B N：978-7-5321-8099-8/I.6413
定　　价：58.00元

告 读 者：如发现本书有质量问题请与印刷厂质量科联系　T: 021-37910000

亲历

萤火虫的勇气
我在儿科重症当心理师

殡葬师札记（待出）

妈妈要来我打工店（待出）